JN111218

氷彗星のカルテット

大和田廣樹
Hiroki Ohwada

幻冬舎 MC

氷彗星(ひょうすいせい)のカルテット

目次

プロローグ

地球が見える。そこに青白く光る物体が地球に向かって真っ直ぐに飛んでいく。

その物体は大気圏に突入し、赤、青、黄、緑など色々な色の破片となって日本列島周辺に落ちていく。

第一章「邂逅」　10歳から11歳

第一話　運命の出会い

1.

ここは、横浜アイスアリーナ。多くの子供や大人が自由にスケートリンクの上を滑っている。その中でひときわ楽しそうに滑っている女の子がいる。彼女は一条翼、横浜の市立小学校に通う5年生だ。周りの人にぶつからないように、次々とジャンプを跳んでいる。

「翼、そろそろ帰るわよ」

スタンドで見ている翼の母親の三枝子が叫んだ。三枝子は、ダウンにジーパンという動きやすそうなスタイルで、いかにも活動的だとわかる感じだ。

「わかった」と滑るのをやめる翼。三枝子のところへ帰ってくる。

「本当に翼はスケートが好きね」

「うん、ジャンプしている時が、とにかく好き」

2.

狭い1DKの部屋。男が1人ソファで見るともなしにテレビを眺めている。この男はフィギュアスケートで元オリンピック金メダル選手だった四ノ宮剛。

部屋は、あちらこちらにダンボール箱を積み重ねて置いてあり、ほこりをかぶっていることからも長年開けていないことが見てとれる。

コンビニの弁当の入れ物がゴミ箱に放り込まれている。流し台にもたくさんの皿やお椀が置いてある。流し台の横には、ビールの空き缶やワインのボトルが並んでいて、すさんだ生活をしていることがうかがえる。

ダンボール箱の1つにはオリンピックで優勝した時の表彰台での写真や、たくさんのトロフィーが詰め込まれている。これだけが、彼の過去の栄光の片鱗がみえる唯一のものだ。

携帯電話が鳴る。小さい時から切磋琢磨してスケートをやってきた五十嵐だ。五十嵐は今、連盟強化委員になっている。

「五十嵐、なんだ?」

「剛、あるスポンサーがおまえを迎えてスケート教室をやりたいと言ってる」

「スケート関係の仕事はしたくない」と吐き捨てるように言う剛。

「剛、いつまでそんな生活しているんだ」

「おまえの言ったとおりにコーチもやってみただろ。でも、教えたいと思う選手には出会えなかった。そもそもコーチに向いてないのかもしれない」

「続けてれば心から教えたいと思う選手に出会うよ」

「しばらく放っておいてくれ」

「スケートの仕事したくないって言う割には近くのスケートリンクに行ってるみたいじゃないか?」

「俺は小さい頃からスケートリンクに毎日行ってたんだ。あそこにいると落ちつく。氷の音は俺にとって心地いい音楽なんだ」とはっきり言い切る。

「わかったよ。何かやる気になったらすぐ俺に言えよ」

「わかった」

電話を切る剛。冷蔵庫を開けてビールを取り出す。

3.

横浜アイスアリーナで翼がまた楽しそうにジャンプをしている。

「翼、そろそろ行くわよ」と三枝子が声をかける。

「はーい」

そう答えると空いているスペースを見つけ、助走をつけ前向きから思い切り跳ぶ。

スタンドで翼を何気なく見ていた剛が「あっ」と大きな声を出した。

翼は高く跳んで2回転半回り綺麗に着氷する。このジャンプをストップモーションのように見入る剛。その綺麗で高いジャンプに思わず「凄い！」と声を出す。

剛の中で何かがはじけた。剛は翼を目で追いかける。

翼はリンク出入口からリンクサイドに上がりスケート靴を脱ぎ出す。三枝子もやってくる。剛は走り出していた。

翼と三枝子の前に現れる剛。

「彼女のお母さんですか？」と翼の方を見る剛。

「はい、そうですが」

「私、四ノ宮剛と申します。少しお話をするお時間をもらえませんか？」

「どんなご要件でしょうか？」

「彼女のスケートのコーチをやらせてもらいたいのです」と興奮気味に言う剛。

「えっ、翼のスケートのコーチですか？　翼はスケートが好きでよくこのリンクに来てますが、本格的にやるつもりはありません」と当惑している。

「翼さんはどうなんでしょう」と剛は翼を見て「もっとスケートうまくなりたくないかい？」と訊くと翼は目を輝かせて「うまくなりたい」と答える。

「でも四ノ宮さんにコーチをしてもらう費用が支払える状況でもないです」

「コーチ代はいりません。翼さんのコーチをしたいのです」

「私もうまくなりたい」とおねだりするように話す翼。

「コーチ代がいらないなんて信じられません」と当惑気味の三枝子。

「こんな話、信じてもらえないのも仕方ないですが、私は、元々……」

「四ノ宮さんはオリンピックで金メダルをとった選手でしょ。私の世代で四ノ宮さんを知らない人はいないわ」

三枝子は内心、相変わらずイケメンだわと感じてドキドキしている。

「ありがとうございます」

「だからこそ四ノ宮さんが翼を無料でコーチをしたいなんて話、信じられると思いますか？」

「そうですね。でも翼さんは、才能を持っています。だから私はコーチをしたいのです」

「そんなに翼に才能があるんですか……。でも四ノ宮さんのコーチ代以外にもお金が結構かかるスポーツだと聞いてます」

「はい、かかるにはかかります」

「そのあたりも調べて夫にも相談しないと……」

「はい、わかりました。ご連絡先を教えていただいてよろしいでしょうか?」

三枝子は携帯の電話番号をメモに書き、それを剛に渡す。

剛は翼を見て「また今度ね、翼ちゃん」そう言うと去っていく。見送る翼と三枝子。

歩きながら「一条翼!」と、ワクワクした感覚に体が熱くなっていることを感じている剛。

4.

長野の野辺山にある大きな時計台が付いた建物の帝産ロッヂに集まってくる親子たち。子供たちは9歳から12歳までの小学生だ。全国から有望なフィギュアスケートの新人を発掘するための合宿である。

帝産ロッヂ内のスケートリンク2階広場に開校式のため参加した小学生が体育座りをして6列に整列している。その中には、小学5年生で参加している一ノ瀬純、本城麗子と伊藤健太もいる。

そこに責任者の小笠原が現れ「今日からいよいよ合宿が始まります。ここはスケートを教わりに来た場所というだけでなく4日間とはいえ、共同生活をする場でもあります。それぞれのコーチの意見を聞いて怪我なく過ごしましょう。わかりましたか?」

子供たちは、「はい」と元気よく答えたり、うなずいたりしている。

帝産ロッヂ宿泊施設の廊下を麗子が歩いている。彼女はスポーツブランドではない高級ブランドのスポーツウェアを着ている。ルックスも可愛くアイドルみたいだ。彼女は向こうからやってくる男の子を見て顔を輝かせる。向こうから来るのは、一ノ瀬純。まだ子供なのにモデルのように足が長く端正な顔立ちで、スケートをしている姿は、美しい。

「一ノ瀬君、久しぶり。去年の野辺山以来だよね」

「ああ、そうだね。カナダの生活には慣れた？」

「ええ、英語も話せるようになったし、スケーターの友達もできた」

「家の近くにリンクあるんだろ？」

「車で5分くらいのところにあるの。一年中滑れるし、日本みたいに混んでなくてレッスンも受けやすい」

そこに健太がやってくる。彼は、一目でエネルギッシュな人物だとわかる。純と麗子のところに割って入ってきて話しかける。

「はじめまして、伊藤健太です」

健太の方に振り向く2人。

「僕も同い年です。よろしく」手を麗子に差し出す健太。

「ここは小学校じゃないのよ。同い年とか関係ないじゃない」手を無視する麗子。

「僕は一ノ瀬純、よろしく」手を握る純。

「よろしく、君は？」

麗子に向かって訊く健太。

「本城麗子。私は遊びに来たんじゃないから」といらだっている。

「僕も遊びに来たんじゃないよ。スケートがうまくなりたいんだ」

「そう、それじゃ頑張ってね。純君、またね」

純に手を振って歩き出す麗子。

「気にしないでいいよ。彼女は負けん気が強く全員がライバルだと思ってるから」

「そうなんだ」と言いながら麗子の後ろ姿を見ている。


スケートリンクに合宿のため呼んだロシアのマリア氏がいる。元世界チャンピオンで親日家としても有名な女性だ。日本語もうまい。少し太ったが流れるようなスケーティングと気品は衰えていない。

この時間は色々なジャンプを教えるレッスンだ。

「みなさん、一度、曲が流れるから聴いてみて。その後、1人ずつこの曲で好きなジャンプを3つ入れて跳んでみてください」

リンク内に曲が流れる。リンクにいる20人は一生懸命に曲を聴いている。

そこに純、麗子、健太もいる。

まず、純が曲に合わせてループ、サルコウそしてアクセルを跳ぶ。その美しさに感嘆の歓声が上がる。

健太は唖然としている。

「曲にもぴったり合っていて美しかった」と言って拍手をおくるマリア。

健太の番になる。ルッツ、フリップを跳び、最後にサルコウを跳ぶが転倒してしまう。

「悪くないけど、力が入りすぎね」

しょげる健太。

麗子の番になる。ルッツ、トウループ、サルコウと3つ跳んだ後、最後にアクセルを跳ぶ。華麗に決まり拍手が起きる。

「3つと言ったのに4つ跳んだのね。ジャンプは良かったわ。でも、この短い曲の中に無理やり4つ跳んだから曲とはあまり合ってなかったし、美しくはなかった。スケートは構成や曲に合っているかも重要な要素なの。ジャンプだけじゃないの」

麗子は少し悔しそうな表情でマリアを見ている。

しばらくして練習は終わるが、健太は1人で教わったジャンプを確認するように跳んでいる。

それを純は見ている。

「頑張り屋だな」とつぶやく。そこに麗子もやってくる。

「がむしゃらに頑張る人って暑苦しくってカッコ悪い」

「うまくなりたいから練習するんだろ。格好いい、悪いじゃない」

麗子は無言で去っていく。

体育館では南コーチが表現の講義をしている。

南コーチの振り付けをみんな[illegible]を全員で何度もやっている。健太は一生懸命やるが、体が硬いせいもあってうまくいかない。純を見ると華麗に動いていて見入ってしまう。次に麗子を見るとバレエもやっているからだろうが、体の軸がぶれずに何回転もしている。ため息をつく健太。

レストランで閉校式をやっている。小笠原がスピーチをしている。

「みなさん、4日間お疲れ様でした。ここで学んだことを生かして頑張ってください。10月のノービス選手権でみなさんに会えるのを楽しみにしています」

解散して全員席から立ち上がる。健太は純のところに行って「一ノ瀬くん、これからもよろしく」と手を差し出す。

「よろしく」と言って健太の手を掴む純。

それを冷ややかに見て母親のところに行く麗子。

5.

横浜の翼の家の近くにある生鮮食品を中心とした営業をしているスーパー。

そこで店の制服を着てレジ打ちをしている三枝子。交代の人が来てロッカーの方へ向かう。途中でパートのチーフに廃棄する弁当を4つもらう三枝子。

「いつもすいません」と頭を下げる三枝子。

「いいのよ、気にしないで」

翼の家は、２階建ての木造の古い家で、横浜の少し山の上にある。居間のキッチンテーブルに翼、三枝子と勝が座っている。勝は痩せていて背は高い。眼鏡をしていていかにも公務員という真面目さがにじみ出ている。三枝子の優しさに包まれた感じの一家である。翼の２歳下の弟の涼介はテレビでゲームをしている。

「私は反対だ。スケートはお金もかかるし、送り迎えなどで家庭がめちゃくちゃになるぞ」

「私もそれは不安。翼はどうなの？　やるとなったら早起きしないといけないし、好きなテレビも見られないし、ゲームもあまり出来なくなるのよ」

「それでもやりたい。早起きもする」ときっぱり言う。

「その四ノ宮さんが無料で教えるというのも信じられないな」と首をひねる勝。

「それは会った時に直接訊けばいいじゃない」と三枝子。

「そんなに翼に才能があるというのか。私もお前もスケートなんてまともにやったことがないだろ」

「翼はなんでスケートを習いたいの？」

「うまくなりたい。もっと難しいジャンプを跳んでみたい」

「そうなのね」翼の顔を見てやらせたくなってきた三枝子。

「それでも私は反対だ」

「わかったわ。それでも四ノ宮さんには一緒に会ってね」

「わかった」

三枝子は、翼の顔をじっと見つめて決意を固める。

翼の家の最寄り駅のすぐ近くに、ひなびた喫茶店がある。

そこで、剛が一条家の人たちを待っている。コーヒーがすでに届いていて湯気も上がっているが、全く口をつけていない。そこに翼、三枝子と勝が入ってくる。四ノ宮は立ち上がる。

「四ノ宮剛と申します。本日はありがとうございます」と一礼する。

「一条勝と申します」

席に着く4人。勝の表情は硬い。

「早速ですが、翼さんのコーチをやらせてもらえませんか?」

「三枝子から話は聞きました。でも選手はいくらでもいるのではないですか? 翼は好きで滑っているだけですし、誰かに教わったことも一度もありません」

「だから凄いのです。見よう見まねで、あんなジャンプを跳ぶなんてできないですよ。ちゃんと教えたら一流選手に必ずなれます」

「フィギュアスケートはお金がかかるスポーツと聞いてます。私は公務員で妻もパート働きで、フィギュアスケートを続けていける資金がないです」

「もちろんお金はかかります。でも当面は最小資金で続けられます。一流になって海外遠征などが増えると確かにお金はかかりますが、最近はスポンサーもつくようになってきていますので、負担は以前よりは少なくなっています」と必死な剛。

「翼はどうなの?」と訊く三枝子。

「私はもっとスケートをしたい。もっと難しいジャンプを跳びたい。コーチしてもらいたい」とまっすぐに三枝子を見る翼。

「やる限りは中途半端にはやれないわよ。スケートをするから勉強はしないでは困るしね」

「勉強も頑張る！」

「それならあなた、四ノ宮さんにコーチをお願いしてもいいわよね」

「……」

予想していない展開に戸惑う勝。

三枝子は四ノ宮に向かって「翼をよろしくお願いします」と頭を下げた。

その言葉を聞いて「やった」と三枝子に抱きつく翼。

勝は三枝子に無理やり誘導された感じだが、あんな真剣な翼を見たことがないからやらせてみるかと思っている。

「四ノ宮さん、翼のどこに才能があるのか訊いてもいいですか？」と訊く三枝子。

「はい、翼さんはまず習ってもいないのに難しいダブルアクセルというジャンプを綺麗に跳んでいます。これは習っていてもなかなかできないジャンプです。それと音楽に合わせるセンスを持っています。これもフィギュアスケーターに大切な要素です」

「そうなんですね。ジャンプが得意なのは知ってました」

「この一年、見ていてください。素晴らしい選手に必ずなりますから」

勝と三枝子は「よろしくお願いします」と頭を下げる。横にいる翼の目は輝いている。

興奮気味に帰宅する剛。何かを思いついたような顔になり、五十嵐に電話をする。

「ありがとう」と言って携帯電話に向かって何度もお辞儀をしている剛。

「そういうことか。1人だけのコーチ。たいした惚れ様だな。わかった。すぐ連絡してみるよ」

「誰かに教わったこともない一般の子だよ。無料でコーチを引き受けることにした」

「もうコーチはやらないって言ってた剛がコーチやるのか？　どんな子だ」

「今度、ある女の子のコーチをすることにしたんだ」

「おい、どうしたんだ。あれだけ嫌がってたじゃないか」

「以前、私に対してスポンサーになりたいと言っている会社があると言ってたよな。そこを紹介してくれ」

「改まってなんだよ」

「五十嵐に頼みたいことがある」


翼の部屋は2階の六畳に弟の涼介と一緒だ。

その部屋からベランダに出る翼。そこに望遠鏡がある。その望遠鏡で星を見てつぶやく翼。

「スケートを思いっきりやれるなんて本当に嬉しい。お星さま見ていてください。私頑張ります！」

そこに三枝子が入ってくる。

「翼、また星を見てるの」

「うん、ママも昔よく星を見てたんでしょ」

「そうね。その望遠鏡はママのだもの」

「スケートをやるのをお星さまに報告してたんだ」

「そう、スケート楽しみでしょ」

「うん、ジャンプするのが本当に楽しい」

「あなたのその顔を見るだけでママは嬉しいわ」

「頑張る。あっ流れ星」

翼の指さした方向を見る三枝子。流れ星が糸をひくように落ちていく。

「願い事した？」と三枝子。

「ばっちり」

「そう、よかったわね。あなたが生まれた年は流れ星がたくさん降ってきた年なの。あなたがお腹にいる時、ここから星をよく眺めていたわ」

「ママもたくさん願い事した？」

「そうね。いい子が元気で生まれますようにってね。そして願い事はかなったわ」

「元気というのはかなったよね」と笑う翼。三枝子もつられて笑う。

三枝子はポケットから布に包まれた石を取り出す。石は水晶のような半透明で薄い青色をしている。

「ママのお守りね」と石を見て言う翼。

「そう、空から降ってきたお守り」

「持たせて」

翼が持つと一瞬、輝く。顔を見合わせて驚く２人。

「今輝いた！　今まで一度も輝いたことなんてないのに」と驚く三枝子。

石をさわったり振ったりする翼。石は光らない。

「あなたが持ってなさい」

「いいの?」

「あなたが持つべきものなのかもしれない。あなたが生まれた時に天から降ってきた石だから」

石を大事そうに握り締める翼。

第二話　それぞれの挑戦

1.

カナダのトロント郊外にある大きな一軒家。高さ3mほどの大きな門がある。その門から玄関までは、30mはあり、そこにある2階建ての邸宅を囲むように色々な種類の木や花が植えられている。邸宅の裏には、広々とした芝生の庭がある。庭の横には、大人が泳げる大きさのプールもある。お手伝いも2人いる。

リビングには麗子と母親の良子と父親の光一がいる。良子も光一も身に着けているのは、部屋着ではあるがブランド品である。また、2人とも、フィギュアスケーターだった頃の体型を維持している。

「麗子、野辺山合宿はどうだった」

「去年参加した時は周りの人が大きく見えて焦ったけど、今年は落ちついて過ごせた」

「もうすぐ全日本ノービス選手権だろ。どうなんだ?」

「間違いなく優勝できるわ。そしてジュニアの大会に出るの」自信に満ちた表情でしゃべる麗子。

「自信あるんだな」

「麗子の言っていることは本当よ。私も合宿で見てきたけどライバルはいないわ」と良子も確信を持って言う。

「まあ、私もママも全日本チャンピオンだし、麗子にはその血が流れているから当然か」

リビングには両親のトロフィーやメダル、優勝した時の写真などが飾られている。その横に箱に入った彗星のかけらが飾られている。

「私の目標はパパもママもできなかった世界チャンピオン。必ずなってみせるわ」

「麗子、焦らず一歩一歩よ」

「わかってる」

「もうすぐ練習の時間だろ。用意してきなさい」

「はい、準備してきます」

麗子は、リビングから出ていく。

「今からあれだけ勝ちにこだわるのも心配になるな」

「あの子は強い子だから大丈夫よ」

麗子と良子が玄関から出てくる。玄関前には黒いベンツ車がとまっていて、金髪のイケメン運転手が立ってドアの横で待っている。

「ジョン、待たせたわね」

「いえ、奥様」

麗子と良子が車に乗り込む。

「それではスケートリンクに出発します」

後部座席のドアを閉めたジョンが運転手席に座り、ベンツが動き出す。車の中からトロント市内の緑豊かな街並みが見える。

トロントの公園の中に大きな屋内スケートリンク場がある。このスケートリンクは2面ある。

そこに着替えた麗子がリンクに降りてくる。コーチのケイトが麗子をハグする。ケイトは恰幅(かっぷく)のよいアメリカ人のおばちゃんで、今までも多数のオリンピック選手を誕生させている有名なコーチだ。このリンクでも、麗子を含め5人ほど教えている。

「調子はどう?」

「とてもいいです」

「それでは始めましょう。今日はジャンプとジャンプのつなぎのところを徹底的に練習するわよ」

「お願いします」

その様子を見つめる良子。

2.

東京の松濤(しょうとう)にある高級マンション。このマンションに純の家がある。

純の部屋は小学生の割には地味だ。ポスターなど貼ってないし勉強机もシンプルで、整然としている。純がその机で宿題をしていると、母親のいずみが戸をノックして入ってくる。

いずみは小柄だが姿勢がよくハツラツとしている。

「純、そろそろ練習の時間よ」

「お母さん、わかりました。準備します」とはきはきと答える純。

「ところで来週、ご両親の命日だけど、今年も行かないの？」と様子を窺うように訊くいずみ。

「お母さん、まだ行く気にならないので」と申し訳なさそうな表情の純。

「わかったわ」

いずみの夫で事業家の重文がリビングにいる。キッチンにいずみがいて、そこに純がスケートに行く格好をして部屋から出てくる。

「行ってきます」

「行ってらっしゃい」

「気をつけてね」

純は家を出ていく。

「今年も純、墓参りに行かないって」

「今年も無理か。なかなか受け入れられないんだろうな」

「私たちも純に私たちが本当の両親じゃないということを伝えるのが早すぎたのかもしれないわ」

「その時もよく話し合って決めたじゃないか、上に宏がいるし、宏は純が本当の兄弟じゃないことを知っているから話そうということになったじゃないか」

「そうなんだけど」

「これだけは純の気持ちの整理がつくのを待つしかない」


いずみは、純が生まれた時のことを思い出している。

いずみの姉の一ノ瀬京子が病院に運ばれ帝王切開で赤ん坊を産む。赤ん坊を産んでしばらくして京子も絶命する。京子の手には光る石が握られている。

赤ちゃんが並んで寝かされているのをガラス越しで見ている一ノ瀬重文といずみ。

「お兄さんの事故に続いて、姉さんまで亡くなるなんて……」

「兄さん、姉さんの子を私たちで育てよう。男同士で宏といい兄弟になるだろうし」

「はい、2人には本当にお世話になったし、恩返しする番だわ」

強い気持ちで言葉を噛み締めるように言ういずみ。


「あれから10年。早いな」

「純は真面目でスケートも勉強も申し分ないし、優等生だけど、どこか暗いところがあって心配」と不安そうないずみ。

「宏と4つも違うので、お互い遠慮があるしな」

神宮のスケート場。純はここのスケートリンクで活動する渋谷区にあるスケートクラブに所属している。コーチの井上が純たち選手の集まっているところに来る。

「10月のノービス選手権に出場するメンバーには今後の課題と別メニューを作ってきた」と言うと純を含め数人に紙を渡す。

3.

剛と翼が横浜アイスアリーナで練習をしている。2階のスタンド席で三枝子が見ている。スケートリンクに剛と来るのが初めての翼。ステップを中心に練習している。

横には横浜のスケートチームがいる。その中に健太がいる。健太はチームの10人の中の1人で須藤コーチに教わっている。

「コーチ。あそこにいるのは、金メダリストの四ノ宮さんですよね」

「健太、よく知ってるな。20年前くらいのオリンピックで優勝した四ノ宮剛さんだ」

「金メダリストに一対一で教わっている子って、金持ちなんだろうな」とうらやましそうに言う。

「そうじゃないらしいぞ。四ノ宮さんが自分から申し出たそうで連盟内でも話題になったくらいだからな」

翼の下手なステップを見て「あんなに下手くそなのに……」と納得がいかない健太。

「人のことはどうでもいいだろう。健太、もうすぐノービス選手権だろ。自分の演技に集中しろ」

「はい、すいません」

その時、翼がステップの練習を終え、ジャンプを始める。翼がいきなりダブルアクセルを跳ぶ。その高くて美しいジャンプに健太は見とれる。

「すげえ……」

その健太の言葉で他の選手も一斉に翼を見る。

翼は休憩の間、2階席で三枝子と話をしている。

「さっき、2種類のジャンプの跳び方も教わってたわね」

「6種類もあるんだよ」

「6種類もあるの?」

「うん、得点が低いところから言うと、トウループ、サルコウ、ループ、フリップ、ルッツそしてアクセル」

「ママはアクセルしかわからないわ。翼の得意のジャンプ」

「アクセルだけ正面から跳ぶからわかりやすいよね」

「あそこで教えているジャンプはトウループだよ」

須藤が子供たちにジャンプを教えている。ひときわ声が大きく跳ぶ度に声を出す健太を見て笑ってしまう。

「翼、どうしたの?」

「あの男の子がジャンプする度に大きな声を出すのがおかしくて」

そう言っている間にも健太が跳んで大きな声を出す。翼と三枝子は見つめ合って大笑いする。

翼が休憩からリンクに戻ると四ノ宮と須藤が話をしている。

須藤は剛の2つ先輩で、一緒に全日本選手権を争ったこともある選手だった。

「須藤さん、今、教えている一条翼です」

「はじめまして。一条翼です」

「こんにちは。一条さん、今、話題のシンデレラに会えて嬉しいよ」

「それでは練習を再開するので、また今度」

「それではまた」

須藤は2人のもとを離れ、教え子たちの方に行く。

「今度はスピンを練習するぞ。昨日送った動画を見てきたかな。音楽をかけるからやってみて」

音楽をかける四ノ宮。それに合わせて3つのスピンを回る翼。送った動画と全く同じように回る翼。

「翼、本当にスピンの練習したことないんだろ」

「はい、ありません」

「動画を見て真似ているだけか」

「はい、何度も何度も動画を見ました」

動画を見ただけでこんなにうまくスピンができるのはたいしたもんだ。

横浜アイスアリーナのメインエントランスで、三枝子は翼が着替えて出てくるのを待っている。

翼がやってくる。

「お待たせ」

「ううん、じゃ行こうか」

そこに健太がやって来て翼に向かって「俺、伊藤健太、よろしく」と言うと手を出す。

突然、声をかけられて驚く翼。でも健太だとわかって笑い出す。

「なんで笑うんだよ」

「さっきリンクで見てたらジャンプの度に大きな声を出していたから」

「仕方ないだろう。声が出ちゃうんだから。ところで名前は？」

「一条翼」

「俺、小学5年生」

「一緒だ」

「そうか同じ年か。ノービス選手権は出るの？」

「まだスケート始めたばかりだもん」

「始めたばかり？　あんなに跳べて……」

「コーチに教わるのは今日が初めて」

「そうなんだ。とにかく同い年だし、よろしく」

再度、手を出す健太。仕方なく手を握る翼。

握手できて嬉しそうに笑う健太。

「翼、そろそろ行くわよ」

「はい、それじゃ。伊藤君」

「健太でいいよ。じゃあまたね」

「ううぉー」と叫んで走って出口から飛び出していく健太。

それを見て2人は顔を見合わせて笑う。

4.

横浜の市立学校に通っている翼。

男女40人のクラスで1時間目の国語の授業を行っている。

1番後ろの席で寝ている女の子がいる。翼だ。

隣の席の金子由紀が、翼をゆすって起こす。目をこすりながら起きる翼。

「翼、次、私たちの列が朗読しないとならないから」

「ありがとう。何ページ？」

「45ページ」と教科書のページを見せる。

「ありがとう」

「翼、スケート大変？　最近、授業中よく寝てるよね」と少しあきれ顔で言う由紀。

「朝早いから眠くなっちゃって……それとすぐおなかがすいて、何か食べたくなる」

「大丈夫？」

「でも楽しいんだ」と明るい顔で話す翼。

「様子見てればわかるよ」

２人が話をしているのを見て先生が「おい、授業中だぞ」と叱る。

首をすくめる２人。

第三話　バッジテストと初めて見る全日本フィギュアノービス選手権

1.

小会議室で、剛は翼に用意した資料を説明している。

「これがバッジテストの初級から2級までのテスト項目だ」

「へえ、初級の次が2級ではなく1級なんですね。一級ずつ順番にテストがある。1日1つじゃないんですね。その日に一気に初級、1級、2級と連続で試験受けられるんですね」

「もちろん、合格しないと次の級は受けられない。翼は2級までのバッジテストまで合格するつもりでいなさい」

「わかりました。頑張ります」

「それじゃ、リンクで練習するぞ。頭には入ったよな」

「はい」と言いながら焦ってもう一度見る翼。

　スケートリンクの上で剛と翼が向かい合っている。

「初級から2級までで翼が練習してないのが、サークルを描くステップだ。ジャンプやスピンは今回のバッジテストで心配する要素は全くない」

「ジャンプとか回りすぎたらどうなるんですか？」

剛は頭を抱えながら「それは心配してない。サークルの練習をするぞ」

「わかりました」

「まず、ハーフサークルをフォア、アウトエッジでやってみて」

翼が始めるが、エッジがつっかかって綺麗に円が描けない。

「もう一度」

何度かやってやっと少しましになる。

「次は、フォア、インエッジで」

これもうまく描けない翼。この後もバックでアウト、そしてインエッジと何度も何度もハーフサークルを描く練習を続ける。汗だくで困惑した顔を見せる翼。それを見てやはり苦手かという顔をする剛。

アリーナのメインエントランスで翼を待っている三枝子。翼がやってくるが、いつも以上に疲れている。

「今日は随分疲れてるのね」

「サークルを描くのが苦手で、うまくできないからイライラしちゃった」

「そうね、いつもは楽しそうな顔をして練習しているけど、今日は滝に打たれて修行をしているお坊さんみたいだった」

三枝子にそう言われて自分が尼僧の格好で滝に打たれる姿を想像する翼。思わず吹き出す。

「そんな顔してたわよ」

「ママひどい……」

「ひどいってそういう顔してたからね。でも後半の演技は動画を撮ったので見てごらん」

そう言って携帯カメラで撮影した動画を翼に見せる。翼が思った以上にサークルが綺麗に描けている。

「意外、思ったより綺麗！」と少しうれしそうな顔になる。

「何日か練習したらもっとうまく描けるようになるわよ」

「うん」

「翼の好きなオムライスでも食べて帰ろう」

「やった！　オムライス」

2.

古都京都の西京極にスケーターたちが集まってくる。

京都アクアリーナで全日本ノービス選手権が行われるのだ。

剛と一緒に歩いている翼を見つける健太。走り寄って「翼ちゃん、ノービス出るの？」

「あっ、健太君。私は出ないよ。前に会った時に言ったでしょう。見学に来たの」

「そうか、じゃ、応援して」

「わかった」

健太は「よっしゃ」と言って駆け出していく。それを見て爆笑する翼。剛も微笑んでいる。

観覧席に翼と剛が座っている。

「同じ学年の一ノ瀬純と本城麗子を覚えておけ」と剛。

「はい」


いよいよノービスA女子が始まる。滑走順はあいうえお順だ。全部で36名出場者がいる。

鈴木千夏がリンクに出てくる。前年の優勝者なため観客席から拍手が起こる。その拍手に一礼する千夏。演技が始まる。冒頭のダブルアクセルが綺麗に着氷する。その後も次々とジャンプを成功させる。スピン、スパイラルシークエンスも無難にこなし、最後はレイバックスピンでしめる。終わった瞬間、会場は最大の拍手と歓声が起こる。

翼は剛に「やっぱりうまいですね」

「最後の滑走まで見てなさい」と剛が言う。

本城麗子は最後の滑走だ。本城麗子が出てくる。衣装も洗練されていてルックスもいいのでアイドルのような雰囲気がある。曲が始まる。冒頭はダブルアクセル。完璧な着氷。流れが綺麗だ。その後、次々とジャンプを成功させていく。そして、ステップシークエンスやスピンもうまく、感情表現が豊かで人に訴えてくる。アリーナが静まり返る。そして5個目のジャンプはダブルアクセルからのコンビネーションジャンプ。これも完璧だ。そして最後にレイバックスピンで天を仰ぐポーズで演技終了。静まり返っていたアリーナは拍手喝采に変わる。

翼は感動して泣いている。

その様子を見て「来年は翼がこういう演技をするんだ」と剛が言う。

翼はまだ放心状態だ。

「そんなに遠くない時期に本城麗子のライバルになるよ」

驚きながら剛を見て「えっ、コーチ、何言ってるんですか？　ライバル？　無理です」

「そのうちわかるよ。でもフィギュアスケートの素晴らしいところがわかっただけでもいいかな」

表彰式が始まる。1位は、103点でダントツ優勝の本城麗子。2位には昨年優勝した鈴木千夏が88点で入った。


次の日、観客席に剛、翼、三枝子が並んで座っている。

「健太君、2番目に滑るんだ」

「そうなのね。すぐね」

ノービスA男子が始まる。

滑走順トップの純がスケートリンクに出てくる。冒頭はダブルアクセル。完璧でとにかく美しい。その後も次々とトリプルジャンプを決める。その度にため息や歓声が起こる。ステップシークエンスやスピンもそつがない。そしてダブルアクセルから2回転のコンビネーションジャンプを決める。最後のスピンはシットスピンから足換えを行いキャメルスピンで終了。終了とともに拍手喝采となる。


「いい演技だったわね。一ノ瀬君というのね」

「凄くうまかった。でも本城さんのようには感動しなかったな」

「いいところに気づいたな。本城さんは、感情表現があって気持ちが伝わってきただろう。一ノ瀬君は淡々と演技をしていたからだ。フィギュアスケートはただジャンプしてスピンすればいいのではない。いかに感情を曲に合わせて伝えていけるかも重要なんだ」

「はい……」

次は健太だ。「健太君、この雰囲気で滑るのは大変だな」

健太が出てくる。あきらかに雰囲気に飲まれ緊張している。曲が始まり、冒頭はやはりダブルアクセル。力が入り過ぎて着氷を失敗し、転倒する。パニックになって次の演技を一瞬忘れる。次のジャンプは跳べなかったが、3つ目のジャンプである2回転ループと2回転トウループのコンビネーションジャンプは成功する。そしてステップとスピンもなんとか決め、最後の3回転ジャンプも成功する。憮然として立ち去る健太。

「健太君、残念だったわね」と三枝子。

「一ノ瀬君のあとで可哀想だった」

「確かに順番がね」

「順番も勝負の1つだ。どれだけ自分の演技ができるかが重要なんだ」

男子の演技がすべて終わり、表彰式が始まる。一ノ瀬純が122点で1位となる。2位とは30点以上の差でダントツである。

「次は翼の番だぞ」

「はい、バッジテストですよね」

「そうだ。来年この舞台に立つためには、5級は合格していないといけない」

「頑張ります」

2人のやり取りを聞いて微笑む三枝子。

3.

横浜アイスアリーナリンク。翼のバッジテストの前日、リンクに出ると健太がやってくる。

「この間は応援してもらったのに情けなかった」と下を向く健太。

「でも最後の3回転ジャンプは良かったよ」

「ありがとう。翼ちゃんはバッジテストだろ、頑張れよ」

「ありがとう」

「翼、そろそろ練習開始するぞ」

「はい、健太君またね」

健太も手を振って去っていく。

「それじゃ、サークルを描く練習から。どんどんやってみて」

「はい」と言いながら、4つのパターンのサークルをスムーズに描いていく。


バッジテストの日になる。初級、1級は、問題なく合格。2級の試験になる。2級の試験は3名。小学生と中学生だ。まずエレメンツでフリップ、ループ、そして2つのスピン、ピボットを行い最後にサークル。翼はほぼ完璧にこなすが、顔に疲れが出ている。次にセットパターンステップ。フリースケーティングにジャンプやステップの要素を入れて行う。気力を振り絞りスタートする、最初のフリップを完璧に跳んで笑顔がこぼれる。その勢いでステップや他のジャンプも成功させ、翼は満足した顔でテストを終了する。リンクから上がるとすぐに合否が伝えられ、見事に合格！　翼はやったーと叫ぶ。

翼がエントランスホールに出てくると三枝子が駆け寄る。

「翼、おめでとう！」

「ありがとう」

剛もやってきて「よくやった」

「コーチのおかげです」と満足げな顔の翼。

「この調子で5級まで一気にいくぞ」

「はい」

「よろしくお願いします」と三枝子。

4.

連盟の会議室に小笠原と五十嵐がいる。

「四ノ宮が本格的にコーチを始めたそうだな」

「はい、才能がある子を見つけたようです」

「そうか、それは良かった」

小笠原は、剛がオリンピックで金メダルを取った時のことを思い出している。

オリンピックでの表彰台から記者会見、優勝パレードなど日本中はフィーバー状態。そして世界的なプリマドンナとの結婚と続く。その次のオリンピックを目指して臨んだ全日本では10位と惨敗。酒に溺れ出し、離婚、自宅も豪邸から安アパートへ引越し、それまでの蓄えを使いながら定職にもつかず、たまにあるアルバイト的な仕事だけで過ごしている。

自宅の扉をたたく音が聞こえ扉を開ける剛。そこには小笠原がいた。

「剛、なんて風貌だ。鏡見てないだろう」

「先輩、情けなくなるので帰ってください」

「このまま何もしないつもりなのか？」

「何をしたらいいのか、何がしたいのかわからないのです」

「俺に一度体を預けろ」と強い口調で言う小笠原。

「……」

「若手育成の責任者になった。お前をコーチとして呼びたい」

「コーチなんてやったことないですよ」

「お前は天国も地獄も知っている。だからいいんだよ」

「先輩……ありがとうございます。でもスケートからしばらく離れたいのです」

連盟の会議室に戻る。

「小笠原さんには感謝してます」と五十嵐。

「自信に満ちた剛に戻ってきてほしいだけだ」

第二章「始動」　11歳から12歳

第一話　ライバルと初めて出会う野辺山合宿

1.

新シーズンが始まる。翼は、小学6年生になった。この一年で、身長は10㎝以上も高くなる。横浜アイスアリーナに剛と翼がいる。

「翼、新しいシーズンで曲、衣装、演技の内容をすべて新しくするぞ」

「はい、凄く楽しみです」ワクワクする翼。

「7月には全国有望新人発掘合宿がある。そこまでにある程度仕上げていくぞ」

「新人発掘合宿?」

「通称野辺山合宿と呼んでるんだが、ノービスクラスの有望な選手を全国から集めて合宿するんだ」

「私も参加できるんですか?」

「そうだ」

嬉しそうな笑顔で「楽しそう!　友達できるかな」

「遊びに行くわけじゃないぞ」

「すいません」

剛は真顔になって「そこで、今年力を入れたいのがスピンだ」

「スピン？」

「もちろん、スピンも以前とは比べられないほどうまくなっている。ただもう一段上を目指したい」

「わかりました」

「自分で好きなスピンってあるか？」

「自分が滑るので好きというのは特にないんですが、他人のを見るのではビールマンスピンが好きです。うまい人のビールマンスピンは美しいなって思っちゃいます」

「そうか、でもその感覚は大事だ。自分が好きなスピンをうまく回れたら嬉しいだろ」

「そうですね」

「翼も知っているとおり、スピンは大きくわけると3種類ある。直立した状態で回るアップライトスピン。翼の好きなビールマンスピンもアップライトスピンの1つだ。それから、しゃがんだ状態で回るシットスピン。T字型で回るキャメルスピンだ」

「キャメルスピンで挑戦したいスピンあります」

「なんだ？」

「ドーナツスピンです。今までやったことないですが」

「そうか、ドーナツスピンか、よし、やってみよう。今年の目標できたな」

「はい！」

「それじゃ、さっそく練習するぞ。スピンは練習するほどうまくなる」

2.

野辺山合宿に参加する選手とその親やコーチが続々とやってくる。翼も剛と一緒に帝産ロッヂへ入っていく。

講堂に全員が集められ合宿の注意事項などの説明をうける。選手の中には、純も健太もいる。麗子は連盟からすでに特別にシードをもらっているため、今回の合宿はパスしている。説明が終わり解散になると健太が翼のところにやってくる。

「よろしくな」と翼に声をかけ手を出す健太。

「うん」と返事をして握手する翼。

2日目はグランドで50ｍ走と持久走の測定をする。帝産ロッヂは標高が高いところにあるため、酸素が少なく苦しい。持久走を健太が苦しそうに走っている。純は、はるか前にいてトップ争いだ。後半、軽やかに抜いていく子がいる。翼だ。

「早いな、苦しくないのか？」とやっと息が整った健太は翼に話しかけると

「純君、早いよね……」

「あいつはなんでも別次元だ」と吐き捨てるように言う健太。

トレーニングセンターでジャンプ、ステップ、スピンと課題を出され、こなしていく選手たち。ジャンプでは翼が目立つ。複数ジャンプを綺麗に高く跳ぶ。ステップ、スピンもかなりよくなっている。

それを見て小さい時からスケートをやっている選手たちはよく思わない。吉田京子が田中薫に話しかける。

「あの娘、誰?」

「元オリンピック金メダリストのコーチに教わっている娘よ」

「なんか気に入らない」

「そうね、イライラする」と鈴木千夏も話に入ってくる。

エレメンツ演技が始まる。エレメンツ演技は、ジャンプ、ステップ、スピンと3つの技術だけをテストするのだ。ますジャンプだ。次々と跳んでいく選手たち。純が跳ぶ。会場からため息が出る。高く美しい！　健太も跳ぶ。ダイナミックなジャンプだ。そして翼の番になる。

翼は思い切りよくダブルアクセルを跳ぶ。高く躍動感のあるジャンプ。着氷も成功。

「さすが、剛が惚れた選手だな。ピカイチだ」

五十嵐は剛を見る。剛は、無表情のままだ。

そしてステップ、スピンにも挑む翼。ステップとスピンはまずまずだった。

演技がすべて終わり剛のところへ行く翼。

「どうでしたか?」

「自分ではどうなんだ」

「ジャンプは練習どおりできたけど、ステップとスピンは満足いく出来ではなかったです」と少し悔しそうな顔をする翼。

「そうか」

「でも」

「でも何だ？」

「でも楽しかったです」とパッと明るい笑顔になる。

剛は少し微笑んで「それならＯＫだ。フリー演技が勝負だ」

「はい！」


フリー演技は、本番の試合と同じように曲をかけて３分半の中でジャンプ、ステップ、スピンを入れて演技をする。

次々と演技が行われる。健太の番だ。冒頭のジャンプを転倒してしまうが、その後は素晴らしい演技だった。しばらくして純。会場全員が純の滑りに注目している。冒頭は３回転ジャンプの連続。見事着氷。その後も華麗なステップ、音楽に合ったジャンプ、スピンなど会場は沈黙が続き静まりかえっている。そして演技終了。大きな拍手が沸き起こる。

吉田が滑り出す。女子のトップ候補だけに安定感のある演技で大きなミスなく終了。

「さすが京子ね。ノーミスだわ」と鈴木。隣でうなずく田中。

そして翼だ。冒頭は３回転ルッツ。高く綺麗に成功。表情も明るい。続いてダブルアクセル。

「高い！」と思わずつぶやく五十嵐。

綺麗に決まる。続いてステップ。悪くない。スピンも少し回転不足なところはあったが、いい出来だ。そして最

後の3回転と2回転の連続ジャンプ。これも綺麗に成功！　純ほどではないが拍手が起こる。剛も納得した表情を浮かべる。

四日目の最終日は表彰式が行われる。

男子で最初に呼ばれたのは純だ。最後の方に健太も呼ばれガッツポーズ。女子で最初に呼ばれたのは翼。どよめきが起こった。続いて吉田が呼ばれる。悔しそうな吉田。健太は「翼ちゃん、やったね！」と大きな声を出してガッツポーズする。

剛のところに行く翼。

「まず第1歩はクリアだな。楽しめたか？」

「はい！」ときっぱり言う翼。

第二話　健太のプレッシャーと麗子の初めての挫折

1.

横浜市内の小さな商店街。日の出の時間に自転車に乗って新聞配達をしている大学生がいる。

健太の一番上のお兄さんの隆だ。一軒一軒、丁寧に新聞を郵便受けに入れていく。外に出てきた八百屋の店主の、市川が声をかける。

「隆君、おはよう」

「おはようございます」

「毎日頑張るね！」

「はい」

「健太君はどう？」

「健太、もの凄く頑張ってます」と嬉しそうに話す隆。

「お母さんもパート、お兄ちゃんたちもバイトをして健太君支えてるんだからたいしたもんだよ」

「ありがとうございます。失礼します」と言って自転車をこぎ出す隆。


築年数がかなり経っている2階建ての一軒家。健太の母、詩織が出かける用意をバタバタとしている。

「健太、出る準備できた？　もう行かないと間に合わないわよ」

「ちょっと待って。あと教科書を入れたら行ける」階段をあわてて下りてくる健太。

「宿題は持ったの？」

「あっ、入れ忘れた」階段をもう一度あわてて上り、すぐ下りてくる。そこに配達が終わった隆が戻ってくる。

「あれ、まだ健太いるのかよ」

「健太、ちゃんと挨拶して行きなさい。お兄ちゃんが働いてくれるからあんたスケートができるんだから」

「わかってるよ。大兄ちゃん、行ってきます！」と元気に飛び出す健太。

「行ってこい」

詩織と健太は、駐車してある水色の可愛いらしい丸みのある軽自動車に乗り込む。

車が横浜アイスアリーナに到着して、健太が降りる。

「いつもの時間に迎えにくるからね」

「うん、わかってる。じゃあね」そう言うと走ってアリーナに向かう健太。

健太を降ろして家に戻ってくると、詩織は朝ごはんの用意と忠の弁当の仕上げにとりかかる。用意が終わるとダイニングテーブルに朝食を置いていく。健太の父の良助、長男の隆、次男の忠もテーブルに着いて食事を始める。詩織も食事を一緒にとっている。終わると、

「それじゃ洗い物よろしくね。私は健太を迎えに行って学校まで送ってからパートのお店へ行くので」と少しあわてている様子の詩織。

「わかってる」

出かける用意を始める詩織。あっという間に出ていく。

家の近くの中華料理屋でパートとして働いている詩織。14時を過ぎてランチ時間の混雑が解消してきている。汗だくの詩織のところに交代の人が来る。

「詩織さん、もう上がる時間ですよ」

「もう、そんな時間!?」と時計を見る詩織。

「すいません。いつも一番混んでるランチ時間に来れなくて」

「いいのよ」と言いながら、手際よくテーブルにある皿やコップを片付ける詩織。


ハンバーガーショップ。お客がカウンターに注文に来る。

「いらっしゃいませ」レジで答えるのは、忠。注文されたハンバーガーをお客に渡している。


横浜港に隣接している物流倉庫で多くの作業員がフォークリフトで荷物を運んでいる。その中に隆もいる。そこへ高く荷物を積まれたフォークリフトが隆の方に近づいてくる。そのフォークリフトの前を横切る作業員。急ブレーキを踏むと荷物がバランスを失って横に落ちる。その下には隆が。

「隆危ない！」

「わっ！」と叫ぶ隆。


夕食の準備ができて健太、詩織と良助は、隆と忠を待っている。

時間は、20時を過ぎている。テーブルには鶏のから揚げ、サラダ、ジャガイモの煮つけなど大盛りで並べられている。

「腹減った。兄ちゃんたち、まだかな」と落ちつきがない健太。

「忠はあと5分くらいで着くってメッセージ来てるし、隆もそろそろ帰るはずだから少し待ちなさい」

「2人ともお前のためにバイト頑張ってるんだろ」と良助。

「わかってるよ。お父さんにも、お母さんにも、お兄ちゃんたちにも感謝してる」とすまなそうな顔になっている健太。

そこに高校生の忠が帰ってくる。

「ただいま」

「お帰り！」

荷物を置いて、忠も席に着く。

「隆も遅れる時は、いつもメッセージくれるのに……」と少し不安な顔の詩織。

そこに電話がかかってくる。詩織が電話に出る。

「もしもし、伊藤でございます。えっ、隆が……荷物が落ちて怪我して病院に？　すぐ行きます」

大きな声を出す詩織。詩織を見るほかの家族。

血相を変えて隆の病室に入ってくる伊藤家のみんな。

「隆、大丈夫？　朝早いんだから、大学の授業終わってから荷運びのバイトよりもっと楽なバイトすればいいのに」

不安な顔の詩織。

「バイト代がいいからね」

「大兄ちゃん」

「心配かけたな。荷物を運んでいるフォークリフトから足の上に荷物が落ちてね。骨も折れてないし、大げさなんだよ」

「不幸中の幸いだったな」と良助。

「良かった！」と安堵の表情になる健太。

「健太もシードがとれて全日本ノービス選手権に出れるし、これからだからな」

健太は泣いている。それを見た詩織が、

「何、健太、泣いているのよ」

「だって、みんなに迷惑かけてるから」

「迷惑なんてかかってないぞ。健太の夢はうちの家族の夢でもあるんだから」と良助。

「そうだ。お前は何も心配しなくていい」と健太の肩をたたく忠。

「兄ちゃんたちもいつも健太を応援してるから思い切ってスケートやれよ」

ますます激しく泣く健太。

2.

麗子の家。居間で3人が揃って紅茶を飲んでいる。

「麗子、明日の準備は万端かな」

「もちろんよ。パパ」

「カナダでの大会は初めてだから気楽にね」

「ママ、十分練習してきたから自信はあるし、勝ちにいく」

そう言うと自分の部屋に戻る麗子。見送る2人。麗子は、自分の部屋から広いバルコニーに出る。ここは、麗子のお気に入りの場所だ。バルコニーからは、辺りの緑豊かな風景が目に飛び込んでくる。東南向きの部屋のため朝日もここから綺麗に見える。冬は周りの針葉樹に雪がかかって幻想的になる。夜は隣の家が日本のように近くにないため、少しの街灯の明かり以外真っ暗闇だ。そのため星がよく見える。

ここにいると自分に自信が持てる。なぜかな……昼の景色も好きだけど、夜は最高！　明日もやれる気がする。

夜空を見ている麗子。流れ星が流れる。

「あっ、流れ星！」

すかさず祈る麗子。

トロントのスケートリンク。カナダだけでなくアメリカからも選手が来ている。麗子に近づいてくる選手がいる。キャサリン・スミスだ。キャサリンは、麗子の2歳年上で、このリンクで別のコーチに習っている。麗子が華奢なのに比べるとしっかり筋肉もついていて、手足が長くスタイルもいい。身長も10cm以上麗子より高い。

「へたくそなのによく出場するわね」と挑発するキャサリン。

「私がへたくそだとどうして知っているの？」

「練習しているのを見てるからよ」

「そうなの。でも私はあなたのこと知らないわ。あなたもへたくそだから覚えてないいんだわ」とむきになる麗子。

「あなたよりはうまいわよ」

「試合ですぐわかるわ」

「そうね」

キャサリンは麗子をにらみながら自分のロッカーへと歩いていく。

「絶対に負けない」と麗子。

この大会はフリープログラムだけで競う。麗子の滑走順は6番目、キャサリンは12番目、優勝候補のキャロライン・ホワイトは最終滑走の17番目。

競技が始まる。

そして麗子の番になる。コーチのケイトがリンクに送り出す。

「麗子、思い切って滑って来なさい」

「はい、行ってきます」

勢いよくスケートリンクに出ていく麗子。演技がスタートする。冒頭の3回転ジャンプ。綺麗に着氷する。着氷とともに笑顔が広がる麗子。次々とジャンプを決めスピンも問題ない。ステップになると自信満々で演技を続ける麗子。最後の2回転の連続ジャンプも成功させ、満面の笑みでフィニッシュする。

内心、勝ったわと思う麗子。リンクから上がってくるとケイトと抱き合う。

「素晴らしい演技だったわ」

「ベストが出せました」

得点も6人中でトップの98・14点。

キャサリンがリンクに登場。体も大きく華やかだ。キャサリンの演技が始まる。最初の2回転ジャンプ、着氷はするがバランスを崩す。麗子はたいしたことないと感じる。しかし、演技が進むにつれ、日本人の中ではトップレベルの表現力の麗子も、キャサリンの表現力の豊かさに顔が曇る。後半になってダブルアクセルが綺麗に着氷。連続ジャンプも成功し、観客も徐々に乗ってくる。そしてフィニッシュ。得点は、103・50点。うつむく麗子。

落ち込むのはこれのせいだけではない。この後に出てくる選手も僅差ではあるが、麗子の点を超えていく。そして最終滑走のキャロラインは112・78点をたたき出し優勝。キャサリンは3位。麗子は5位だった。

更衣室。麗子のところにやってくるキャサリン。

「演技が終わった時は優勝したような笑顔だったのにね」

麗子は歯をくいしばっている。微笑しながら麗子のもとを去っていくキャサリン。

家に着くと良子の顔を見て泣き出す麗子。

「だめだったのね」

「ひどかった」

「ジャンプ失敗したの？」

「違うの。自分では完璧にできたし、勝てるのではと思ったんだけど」

「そういう時もあるわよ。完璧にできたんなら仕方ないじゃない」

「ママ、反対よ。完璧にできたと思ったのに5位だったの。トップの子には20点近くも離された。今のままでは絶対に勝てない。ケイトに頼んでバレエに力を入れて表現力を磨く」

必死に話をする麗子。悔しさがにじみ出ている。

「そうなのね。わかったわ。パパにも言っておくわ」麗子の勢いにおされて答える良子。

第三話　翼の初優勝と全日本ジュニアへの挑戦

1.

翼の学校のクラス。翼は今年も一番後ろの席にいる。この日は黒板の前に転校生がいて、担任の先生に紹介されている。彼女は背が高く手足も長い。姿勢がいいのは遠目でもわかる。

「北海道から来た牧里香ちゃんです。みんなよろしくね。それじゃ牧さん、一言どうぞ」

恥ずかしそうに下を向いて「牧です」と頭を下げる。

「席は、翼ちゃんの隣空いてるわね」と翼の左の空いている席を指す先生。

下を向いたまま、その席のところに行って座る里香。

「私は一条翼。よろしくね」里香に向かって話す翼。

小さい声で「牧里香です。よろしく」と答える里香。

数日たったある日。翼が練習を終えて朝登校すると、里香の席で同級生の女の子3人が、里香を囲んで話している。

「ねえ、もっと、しゃべってみて」

下を向いたままの里香。

そこに翼が来て「おはよう」と話しかける。

「おはよう、翼」

「みんな何してるの?」

「牧さんは、北海道の室蘭から来たんだって」

「そうなんだ」

「それでイントネーションが少し違うんだよ」といたずらっぽい顔で話す同級生。

「それ、いじめだよ」と強い口調で言う翼。

「えっ、違うよ。そんなつもりじゃ」と言って3人は自分の席に戻る。

「ありがとう」と里香は頭を深く下げてお礼を言う。

「お礼なんて」と笑顔で返す翼。

授業が終わると、同級生の男女が翼のところに来ている。

「今回の全国大会は東京でやるんでしょ」

「うん、神宮外苑だね」と言う翼。

「ねえ、みんなで応援に行っていい?」

「えっ、来てくれるの? 嬉しい!」

「うん、みんなで行こうと思って」

１人が隣の里香を見て「牧さんも一緒に見に行かない？　翼は、凄いフィギュアスケートの選手なんだよ。今度、全国大会が東京であるんだけど」

「そうなのですね」と行きたそうな顔をする里香。

「良かったら来て。あっ、こんな時間。ママが車でもう来てるな。やばい」とあわてて教室を出て行こうとする翼。

「翼、練習頑張れよ」「また明日ね」と同級生から声がかかる。

「ありがとう、また明日ね」と飛び出していく翼。

それをじっと見ている里香。翼はクラスの人気者だなと感じる。

「翼のジャンプは天下一品。コーチは元金メダリストだしね」と、まるで自分のことのように自慢顔で言うクラスメイト。

「有名な選手なのですね」

飛び出して行った方向を見続けている里香。

2.

今回のノービス選手権の会場は、東京の神宮外苑のスケートリンク。純がいつも練習しているスケートリンクだ。

更衣室で選手たちが話している。

「今回の大会、一ノ瀬君も本城さんも出場しないようなの」

「どうして？」

「強化選手に選ばれたので、全日本ジュニア選手権に出るらしい」

「ノービスの大会に出ないで、ジュニアに出れるなんてうらやましい」

「海外のノービスの大会での成績が良かったらしい」

「そうなんだ、次元が違いすぎるな」


観客席に健太の両親の良助と詩織がいる。

「健太は優勝を狙うと言ってたが、どうなんだ?」

「負けず嫌いだからね。精一杯やってくれればいいわ」

「本人は結果がほしいんだろうな」


スケートリンクで演技が始まる。健太の滑走は16番目。

健太の滑走が始まる。祈るように見つめる良助と詩織。最初のジャンプは3回転サルコウ。綺麗に着氷。続いて3回転、2回転の連続ジャンプ。これも成功。続いてダブルアクセル。これは加点が付くほど完璧なジャンプ。そしてスピン。ノーミスで後半になり、ステップシークエンスもまあまあ。最後のジャンプの3回転ルッツも辛うじて着氷。バランスを崩すも最後まで大きなミスはなく演技終了。得点は102・59点でこの時点ではトップ。

「やったー健太」

抱き合って喜ぶ良助と詩織。良助は泣いている。それを見てほほ笑む詩織。

その後2人を残し、健太はまだトップ。東条渉選手がリンクに出てくる。彼は体が大きい。ダイナミックな演技で場内を沸かせる。得点が出るとき、祈る健太。得点が出る。１０５・６０点。

「負けた……」とうつむく健太。

最終滑走の石田信も１０３・６４点で健太は3位となる。


表彰式。健太が表彰台に上がる。それを泣きながら見ている良助と詩織。ひときわ大きな拍手をしている。照れくさそうな健太。


スケートリンク場のエントランスに出てくる健太を待つ良助と詩織。健太がやってくる。

「おめでとう！」と抱きつく詩織。健太は嫌がる。

「優勝じゃないんだから、喜びすぎだよ」

「優勝、2位の人とほとんど同じ点じゃないか、良かったぞ、健太」

「お父さん、ありがとう。最低目標は達成できた」

そこに翼がやってくる。

「健太君、おめでとう。素晴らしかった」

「ありがとう。翼ちゃんも明日頑張ってね」

「うん、頑張るよ。じゃあまた今度」と去っていく翼。


次の日。観客席には翼の両親の勝と三枝子。健太もいる。それに里香も含め5人の同級生が、ある生徒の両親と一緒に来ている。


「四ノ宮コーチから、翼の成長した姿を見てくださいとメッセージいただいたの」

「翼の演技を見るのは楽しみだけど緊張するな」と勝。

「あなたが今から緊張してどうするのよ」

「そうなんだが……」

「翼の滑走順は36番目よ。最終滑走だわ」


麗子がいないため、吉田京子と鈴木千夏、翼が優勝候補に挙がっている。五十嵐もリンクサイドで見ている。滑走が始まった。優勝候補の中ではまず吉田が演技をする。９４・３５点。鈴木が９６・８０点。そして最終滑走の翼になる。

翼の演技が始まる。最初はいきなり3回転と2回転のコンビネーションジャンプ。綺麗に決まる。そして得意のダブルアクセル。場内が息をのむほど高い。続いて3回転サルコウも完璧だ。そして練習してきたドーナツスピンも綺麗だ。ステップも無難にこなし、最後の3回転トウループも着氷。ビールマンスピンで締めくくる。会場から大きな拍手が起こる。

健太ガッツポーズ！

里香も立ち上がって翼に拍手を送る。同級生もつられて立ち上がる。

「一条さんって……」と一生懸命手をたたく里香。

「そうなんだよ」

「翼、やったね」三枝子は涙ぐむ。

「四ノ宮先生は本当に優秀なコーチだね。翼の才能を見抜いてくれた」

「ほんとに感謝」

そして得点が発表される。１００・４３点。翼が優勝だ。抱き合って喜ぶ勝と三枝子。

翼も剛に頭をたたかれて嬉しそうだ。

五十嵐も翼と剛のところに来て「翼ちゃん、剛おめでとう！」と声をかける。

「ありがとうございます」と翼が晴れやかに言う。

剛も「ありがとう」と答える。

「こんな短期間で。お前はたいしたもんだよ」と感心する五十嵐。

「ほめるな。慣れてないんだから」と照れている剛。

「コーチ、ありがとうございます」

「今日は勝ったと素直に喜んでいい。でも目標はもっと高いからな」

「はい」

表彰式が行われる。３位吉田、２位鈴木と表彰台に上がり、最後に1位の場所に翼が上がる。

拍手が沸きおこる。健太が大きな声で「翼ちゃん、おめでとう！」と叫んでいる。満面の笑みの翼。それを見て感動している勝と三枝子。里香は羨望のまなざしで翼を見ている。

翼の家。チラシ寿司にから揚げにハンバーグにと翼が好きな料理がテーブルに並んでいる。

「わあ、嬉しい！」

「翼、おめでとう！」

「おめでとう」と勝も言う。

4人で乾杯する。

「四ノ宮先生に感謝」

「それにしても翼、本当に凄かったな」と勝はずっと感動している。

「ねえちゃん、優勝するとはね。そこまでうまいとは思わなかった」

「とても楽しかった」

「表情も滑っているときも楽しそうだったわよ」と三枝子。

「うん」

「これで全日本ジュニアにも出られるんでしょ？」と三枝子が訊く。

「そう。出られる」

「ジュニアか、頑張れよ」

「頑張る！」

しゃべりながらから揚げをほおばる翼。

食べ終わると石を持ってベランダへ行き、星を見る翼。

「守ってくれてありがとう。おかげでいい演技できた」と強く石を握ると、突然強く光る石。それを空にかざす翼。

3.

翼のクラス。同級生に囲まれプレゼントをもらう翼。

「翼、優勝おめでとう！」「凄かったよ」「いつ見ても最高」

「ありがとう。みんな応援してくれたしね」

授業が終わり、翼が横を見ると里香が携帯でイヤホンをつけて何かを聴いている。イヤホンを取る里香。

「何聴いてるの?」と翼が訊く。

「ボレロ」

「ボレロって、クラシックの?」

「クラシックじゃないけど」

「意外、どうして?」

「私、実はバレエをやってるの」

「えっ、そうなの」と少し驚く翼。

「一条さん、今日は練習に行かなくていいの?」

「今日はお休み。だからゆっくりできる。それと一条さんって呼ぶのやめてよ。翼でいいから」

「翼さん」

「私も里香って言うから、翼さんじゃなくて翼」

「わかった、つ・ば・さ」

「硬いな……しょうがないか」と笑う翼につられ里香も笑う。

「でも、毎日、朝と晩で練習頑張っているよね」

「好きだからね」

その顔を見て「私ももっとバレエ好きになれるかな」

「好きじゃないの?」

「好きか嫌いかと聞かれれば好きと答えるけど……」

「今度、発表会ないの? 見たい」

「来年になったらある」

「絶対行きたいな」

「日にち決まったら教えるね」

「絶対だよ」

「うん」

4.

今年の全日本フィギュアスケートジュニア選手権は北海道の札幌で行われる。

札幌駅近くのビジネスホテル。エレベータから出てくる翼、勝、三枝子。ロビーに健太と詩織がいる。

「翼ちゃん」

「健太君。もしかしてこのホテルに泊まってるの？」

「うん」

「同じホテルなんだね」と翼。

「翼、紹介して」

「うん、同い年で、明日からのジュニアに出る伊藤健太君。パパとママです」

「はじめまして、伊藤健太です」

「健太の母の詩織です。よろしくお願いします」

「健太君にはリンクでお会いしてるわね。翼の母の三枝子です」

「勝です。これから夕食に行こうとしてますが、もしまだでしたらご一緒にいかがですか？」

「私たちも夕食に行こうとしてました。ご一緒させてください」

「やった！」と飛び上がる健太。

ホテル近くに赤ちょうちんの居酒屋が見える。その居酒屋に入る。少し大きなテーブルに両家族とも座っている。

「北海道は海産物が安くておいしくていいですよね」と詩織。

「居酒屋で大丈夫でしたか?」と三枝子。

「うちは庶民的な方が合ってますので居酒屋で十分です」

酒やジュースが来て、それぞれのグラスに注ぐ。

「乾杯!」とみんなで唱和する。


「健太から伺ってますが、翼ちゃんはまだスケートを習って2年も経っていないそうで、それでノービスで優勝って凄いですね」

「この子は跳ぶのが好きで。それが楽しくてやってるみたいなもんです」

「でもあの四ノ宮さんがコーチを志願したというのは、翼ちゃんの才能がそれだけあるということじゃないですか」

「私たちはスケートもやらないし、よくわからないのですが、四ノ宮先生についていこうと思っています。練習で見たことあるんですが、健太君の演技は情熱的で力強いですよね」

「うちのは力が入りすぎているだけだと思います……」と健太を見ながら話す詩織。

「うるさいな。しゃべりすぎだよ。蟹もきたし、どんどん食べようよ」

「健太君の言うとおりだ。さあ食べましょう」

健太は蟹を取って、ぱくぱく食べている。翼は健太の食べる勢いを見て笑っている。

「明日から夢の舞台ね」

「夢の舞台?」

「翼にとってではなくて私にとってかな」と翼を見つめる三枝子。

「翼ちゃんは絶対にオリンピックに出られますよ」と詩織。

「まだそんなレベルじゃないのでやめてください」

「僕は絶対にオリンピックでメダルを取る」と、すかさず健太。

「はい、はい」

「すぐ馬鹿にするんだから」

「馬鹿になんてしてないわよ。ただ、みなさんには暑苦しいかな」

「暑苦しい？」

「そんなことないですよ。翼から健太君は努力家だと聞いてますから。きっとオリンピックで活躍すると思います」

詩織は小声で健太に「だからあんたは暑苦しいのよ」と言う。意味がわからず健太は蟹を食べ続ける。


札幌駅ビルの高級ホテルのスイートルーム。大きなダイニングテーブルにルームサービスを持ってきたホテルマンが豪華な料理を置いている。それを見ている麗子の女性の付き人。リビングのソファにいる麗子は純にメッセージを打っている。

「純君、もう札幌でしょ。もし食事してなかったら一緒に食べない？」

純から返信がある。「もう食べたよ。それじゃ明日ね」

「麗子お嬢様、食事の用意ができました」

麗子は無言でソファを離れてダイニングテーブルへ向かう。

札幌駅近くのコンビニから出てくる純。コンビニの袋を持って高級ホテルに入る。

スケートリンクには全日本フィギュアスケートジュニア選手権の横断幕がある。初日はショートプログラムが行われる。

観客席は満員だ。

「今年は男女ともにノービスから4人ずつ出場するんだって」

「へえ〜」

「それだけじゃないのよ。男女ともにノービス選手が優勝候補になってるのよ」

「えー、まだ小学生でしょ」

「そうなの」

多くの選手がウォーミングアップエリアでそれぞれのアップをしている。

翼はストレッチをしながら剛と話をしている。

「気持ちはどうだ、緊張しているか」

「観客は多いですね。でも楽しいです。早く滑りたい」と答える普段どおりの翼にホッとする剛。

「そうか、その気持ちで明日まで滑りきれ」

「はい」

その少し先には健太が凄く緊張した顔で体操をしている。純もストレッチしているところに麗子が来る。

嬉しそうに「純君、久しぶり」

「ああ」

「優勝狙ってるんでしょ」

「普段どおり滑るだけだ」

「私は優勝しか考えてない」ときっぱり言う麗子。

「そうか、頑張れよ」と言うと麗子から離れていく純。

女子から競技が始まった。まずはショートプログラム。出場選手は26名。翼の滑走順は4番目、麗子は10番目だ。優勝候補は、昨年優勝した小泉恵で滑走順は23番目。ダークホースで麗子の名前も挙がっている。

観客席で勝と三枝子が話をしている。

「あなた、凄く緊張してるでしょ」

「それはそうだよ。こんな大きな舞台で翼が滑るなんて」

「本当にそうよね」と三枝子も緊張気味だ。

競技が始まった。すぐ翼の番がくる。麗子が見ている。冒頭は3回転ルッツ、見事着氷。

「あんなに体が小さいのに高い……」と観客席で声が上がる。

2つ目のジャンプはダブルアクセル。これも完璧だ。スピン、ステップも無難にまとめ、最後のジャンプは3回転サルコウ、2回転トウループの連続ジャンプ、これも成功。嬉しそうな笑顔で最後のポーズ。会場から大きな拍手が起こる。

「翼！」

勝はうなずきながら泣いているだけ。三枝子も嬉しそうだ。剛も満足な表情でうなずいている。麗子は険しい表情で見ているが、アップをしにその場から消える。健太は力強く拍手をしている。

麗子の番がくる。場内の雰囲気も変わった。麗子は話題の中心だからである。冒頭は3回転ルッツ、3回転トウループの連続ジャンプから入る。綺麗に着氷。2番目のジャンプはダブルアクセル。翼ほど高さはないが綺麗に決まる。得意のスピンとステップはバレエのトレーニングをした成果もあり、ジュニア選手を圧倒するほどうまい。そして最後のジャンプは3回転サルコウ成功。この日一番の拍手が起こるが、麗子の顔には笑顔はない。得点が出る。麗子がトップに出る。

23番目の小泉恵がリンクに登場。安定した滑りをみせる。得点は1位、この時点で麗子は2位に下がる。最終的に麗子は3位、翼は24位でショートプログラムは終わる。

男子も始まる。優勝候補は江藤浩一郎で純も並んで候補に挙がっている。男子は健太が2番目、純が10番目。すぐ健太の番がくる。緊張していて力が入りすぎている感じだ。最初のジャンプは3回転ルッツ。なんとか着氷する。続いてダブルアクセル。転倒してしまう。焦っている感じが演技全体に出ている。スピードに乗れずスピン、ステップをこなす。そして最後の3回転と2回転の連続ジャンプも1回転になってしまう。うなだれる健太。翼も詩織も拍手をしている。

「健太、よく頑張った」

純の番だ。冒頭は3回転サルコウ。綺麗に着氷。2番目はトリプルアクセル。これも成功。

ステップ、スピンは華麗ですでに手拍子が起こる。そして最後は3回転ルッツから2回転ループ、成功。危なげない演技で拍手が起こる。

「純君はいつも完璧なのにどうしてあんなに楽しそうじゃないんだろう」と翼。

最終結果は江藤浩一郎が1位、純が僅差で2位。健太は16位。


2日目は勝負のフリープログラム。

「コーチ、今日も楽しんで跳んで来ます」

「そうだな。思いっきり跳んで来い」

翼の前を麗子が通り過ぎる。麗子は音楽を聴いて気持ちを集中させている。翼を見ようともしない。純は黙々とストレッチをしている。健太は音楽を聴きながら席に座って集中している。


フリーの演技が始まる。次々と選手が滑り終わる。

翼の番になる。冒頭の3回転サルコウは綺麗に成功。会場がどよめく。続いてダブルアクセル、3回転ルッツと次々とジャンプを成功させる。スピンとステップを無難にこなし、後半のジャンプへ。ここで3回転フリップから2回転トウループのコンビネーション。これも綺麗に着氷。会場も乗ってくる。そして3回転トウループ、3回転ループをすべて成功させ、会場から大きな拍手が起こる。満足そうな笑顔の翼。得点は98・90点。ショートプログラムと合わせてトップになる。

麗子が登場。次々とジャンプを決めるが、少し回転不足のジャンプがある。スピンとステップは鍛えてきただけに訴えるものがある。

演技を見ながら涙する翼。

「やっぱり麗子ちゃんは違うな」

最後のジャンプも決まり、フィニッシュポーズを取る。今日一番の拍手が起こる。得点は、100点を超えてトップに躍り出る。

そして最終滑走の小泉恵。ここまでトップは麗子。演技が始まる。次々と正確なジャンプを決めていく。スピンもステップも正確だ。麗子ほどの芸術性は感じないが、しっかり得点を取れる演技だ。得点が出る。1位だ。麗子はそれを見て悔しがる。

「こんなところで負けていてはだめだ」

翼はごぼう抜きで7位まで順位を上げた。

翼が麗子のところに来て「麗子ちゃん、凄かったね。おめでとう」

「めでたくなんてない。1位じゃないと意味がない」と言うと去っていく。

翼のところに剛がやってくる。

「よくやった」

「麗子ちゃんの演技は私にとっては一番良かった」

「翼もそろそろ次の段階の練習を行っていくぞ」

「はい、わかりました」

男子のフリープログラムが始まる。1番目の滑走は健太だ。かなり緊張している。最初のジャンプで転倒。2つ目のジャンプでも転倒。一瞬、次に何の演技をしていいかわからなくなり止まってしまう健太。「健太君、頑張れ！」という翼の声が場内に響く。我に返って演技を続ける健太。場内からも手拍子が起こり、後半の3つのジャンプは成功。演技終了とともに悔しくて泣く健太。場内からは拍手が続いている。良助と詩織も一生懸命拍手している。

最終滑走前、純の番だ。演技が始まる。まずはコンビネーションジャンプ成功。この後も正確なジャンプで出来栄え点も取り加点していく。スピン、ステップも綺麗だ。流れるような演技で観客を引き付ける。あっという間に演技終了。得点は112・50点。高得点に会場がどよめく。

最後に江藤浩一郎が滑走。冒頭の3回転ジャンプが1回転になる。その後、リカバーするが得点は92・67点となり、総合で純が優勝。

表彰式で純と麗子が表彰台に上がっているのを見ている翼。

「次は表彰台だ」と剛。

「はい……」と半信半疑の翼。

「大丈夫だ。俺に任せろ」

「はい」

控室の外で健太は悔し泣きをしている。そこに着替えた翼が走り寄る。

「健太君、後半のジャンプは凄く良かったよ」と健太を励ます。

健太は涙を止めて「ありがとう」と答える。

控室から出てきた純と麗子もその様子を見ている。

翼が念じながら「次、一緒に頑張ろう」と言うと胸のあたりが強く光る。

驚く健太。

「それは……」

翼も呆然としている。

「これは私のお守り。でも、ここで輝くなんて」

麗子も純もそれを見て驚く。

「それはもしかして……」

第四話　翼のバレエと中学受験

1.

剛の家に五十嵐が来ている。以前と比べると家の中は整然としている。テーブルにはつまみとビール数本がある。

「翼ちゃんに乾杯！」ビール缶を剛のビール缶にぶつける。

「乾杯っておおげさだな。まだまだだよ」

「これだけ短期間で全日本ジュニア出て入賞だぞ。たいしたもんだぞ」

「これからが大変だ。翼の好きなジャンプだけで上位にはいけない」と考え込む剛。

「まあそうだけど。バレエを習わせるとか？」

「翼の家計にこれ以上負担はかけられない」

「いい先生知ってるぞ」と微笑みながら五十嵐。

「誰だ」

「お前が一番よく知っている人」

間があって「彼女はだめだ」と剛。

「なんで？」

「それはお前が一番知ってるだろ」

「美沙さん、ずっと心配してたんだぞ」

「人生めちゃくちゃにしてしまって」と暗い顔になる剛。

「そんなことないよ。お前と別れて、始めたバレエ教室は全国に30以上あるぞ」

「どの面下げて会いにいくんだ」

「その面下げて行ってこいよ。翼ちゃんのためならできるだろ」

「……」

緑の豊かな公園の横を歩いている剛。ここは代々木公園だ。

公園が見えるビルにあるバレエ教室の扉の前にいる剛。中に入れずにいると、後ろからビジネススーツの女性が声をかける。

「剛？」

剛は振り返り「美沙、久しぶり。元気そうだな」

「あなたも元気そうで良かった。中に入って」と扉を開ける。

社長室に通され落ちつきのない剛。

ペットボトルの水を持ってきて剛に渡す美沙。

「来てくれて嬉しいわ。何年ぶりかしら？」

「かなり前だな……」

「最近フィギュアスケートの世界に戻ったみたいじゃない」

「まあな。コーチとしてだけど」

「それでご用事は？」

なかなか切り出せない剛を見て「今日は翼ちゃんのバレエのコーチの依頼なんでしょ」

「えっ。五十嵐のやつ……」

「いいわ、教えるわ」

「教えてもらえる条件なんだけど」

「それも聞いてるわ。あなたにつけておけばいいんでしょ」

「情けないけど」と剛が話し出すと、さえぎる美沙。

「私が立ち直らせられなかったあなたを、翼ちゃんは立ち直らせてくれたんだもの。お礼しなきゃね」

「美沙」

「今、私は投資家としても成功してるのよ。短期間で翼ちゃんをここまで育成したコーチとしての才能に投資するわ」

「久しぶりにバレエのコーチも直接やりたくなったわ。今度、翼ちゃんを連れてきて」

　剛は深々と頭を下げる。

「ありがとう。連れてくるよ」


　後日、翼を連れて美沙のバレエ教室に来る剛。翼を美沙に紹介する。

「翼、今日からバレエを教わる鈴鹿美沙先生だ」

「一条翼です。よろしくお願いします」

「鈴鹿美沙よ。剛の元妻です。よろしくね」

　この話を聞かされていなかった翼は剛の顔を思わず見てつぶやく。世界的なバレエダンサー！

「美沙」

「初めから知っておいた方がいいわよ。隠すことでもないでしょ」

「まあそうだけど」

「翼ちゃん、早速着替えて始めましょう。次の練習からは横浜の教室で教えるけど。奥の更衣室で着替えてね」

「はい、着替えてきます」

　変な空気から逃げ出したかった翼は着替えを持って駆け出す。

「目の輝きがいいわね。教えるのが楽しみだわ」

「頼むよ。君に任せておけば安心だ」

「不思議ね。こんなに穏やかにあなたと話ができるようになる日が来るなんて思わなかった」

「ごめん」

「謝らないで。もう昔の話よ。私も悪かったしね」

着替えた翼がやってくる。レオタードに着替えると一人前のダンサーに見える。

「それじゃスタジオに入って、柔軟体操から始めましょう」

剛はレッスンの様子を不思議な気持ちで見ているが、これで翼はさらに飛躍できると確信している。


翼は朝、クラスに入ってきてランドセルを置くとすぐに隣の里香に話しかける。

「これから土日だけど、本格的にバレエを習うことになった」

「本当？」

「うん、鈴鹿美沙先生」

驚いた顔になる里香。

「えっ、私の室蘭での先生は、鈴鹿さんのお弟子さんだったんだよ」

「そうなんだ」

「でも翼はやっぱり違うよね。鈴鹿先生に教わるんだから」とうなずきながら言う里香。

「うん、恵まれてることに感謝しなきゃ。頑張って結果出さないと」

2.

純がいる教室。授業前に別のクラスの女の子たちが純に優勝おめでとう！　と花束をあげている。純は無言で受け取り頭だけ下げる。女の子たちが自分の教室に帰ると、３人の男の子の同級生が純のところにやってくる。

「なんだよ、あの子たちは？」

「ずいぶん、もてるんだな」

「男が花束なんかもらって嬉しいのかよ」

「全日本ジュニアスケートで優勝したんだよな」と冷やかすように言う1人の同級生。

３人の男の子が純の席を離れると、その中の1人が「純は勉強もできるし気に入らない」と、きつい目つきで純をにらんでいる。


純がトイレに入っていこうとすると、さっきの3人の同級生が無理やり用具入れに純を押し込む。

「やめろよ」

「優勝祝いに水をかけてやるよ。野球でも優勝するとビールかけとかやるじゃん」

バケツに入れた水を上からかける同級生たち。びしょ濡れになる純。

歩いて下校している純をめがけ、３人組の1人の甲本のりおが勢いをつけて自転車で突っ込んでくる。純はそれを察知して横の芝生を確認する。芝生はふさふさしている。純はぶつかる寸前に横によけ自転車のサドルを蹴る。

勢いよく自転車は倒れ、のりおも吹っ飛び横の芝生に体をこすり膝から血を出して倒れる。近くにいた中年のおばさんがあわてて救急車を呼ぶ。しばらくして来た救急車にのりおは乗せられ病院に連れて行かれる。

後日、校長室の大きな机の前のソファに校長と純といずみがいる。

重苦しい雰囲気の中、校長が口火をきった。

「お母さん、今日は事実確認をしたいので来ていただきました」

「はい」

「純君、のりお君の自転車を蹴ったというのは本当かね」

「蹴りました」と下を向く純。

「なんで蹴ったのかね。よけるだけで良かったはずだ」

「……」

「純はあの子にいじめられていたんです」ときっぱり言ういずみ。

「それでもスピードが出た自転車を横から蹴るなんて。軽傷だから良かったけど」

「歩いている純にスピードをつけて故意にぶつかろうとしたんですよ。もし当たったらその方が大きな怪我になるんじゃないですか?」怒りの表情のいずみ。

「でも実際怪我したのは甲本君ですから。謝罪に行ってください」

「純も私も謝罪するつもりはありません」

「甲本君のご両親は訴えると言ってますよ」

「訴えてもらっても構いません。絶対に謝りません。純、帰ろう」

純の手を引っ張って帰るいずみ。呆然と見送る校長。悔しくて涙が出てくる純。

「純、泣くな」

一生懸命涙をこらえ小さい声で「お母さん、ありがとう」と言う純。

純を抱きしめるいずみ。

3.

放課後、グランドのベンチに座っている翼。そこに里香がやってくる。

「翼、何してるの？」

「ぼーっとしちゃった。ねえ、里香って中学はどうするの？」

「中学は私立の虹陽学園に行きたいと思ってるの」

「いいな。私立なんだね」

「翼は？」

「うちはお金ないから私立でも奨学金とか特待生とかあるところを探してる。フィギュアスケートの練習や大会のことを考えて選ばないといけないし。悩んじゃって……」

「私が受験する虹陽学園は？」

「虹陽学園？」

「この学校は、横浜にあるし、来年度から特待生制度もよくなるんだって」

「知らなかった」

「翼ならフィギュアスケートで受ければ絶対受かると思うよ。私もバレエで試験受けるんだ」

「本当？　そうなの……」

「翼も一緒に受けようよ」

「帰ってママと相談してみる。じゃあね」

翼は立ち上がり、走って家路につく。それを見送る里香。


クラスの自分の席に座り、周りの同級生も声をかけられない雰囲気の翼。その顔を見て里香が話しかける。

「翼、顔怖いよ」

「えっ、怖い？」

「うん、明日、虹陽学園の面接だからでしょ」

「緊張しちゃって」

「私も面接、一緒だからわかるけど。怖すぎるよ」

「そう。でも緊張する」

「こんな顔してるよ」と翼の顔をまねてみせる里香。

吹き出す翼。

「ひどすぎない？」

「こんな感じだよ」

翼が笑うと、一緒に笑う里香。

そして、次の日、翼も里香も無事面接試験を終えた。

4.

剛に電話する五十嵐。

「どうした？」

「翼ちゃんを強化選手に推薦したよ」

「おお、それはありがとう！」

「強化プランには海外遠征や練習費用の支援も入れてある。小笠原さんが委員長だしね」

「それはいい。海外で外国の選手と滑るのは一番の経験になる」

「今年は早速イタリア遠征を考えている」

「イタリアか」

連盟のホームページに強化選手が掲載される。強化選手は男女それぞれ10名である。純、健太、麗子、翼も指定されている。

5.

翼の自宅で、三枝子と翼がパソコンの前に座っている。

「時間だ」と言って、パソコンを操作し、虹陽学園のホームページの合格者番号を見る三枝子。目をつぶっている翼。

「翼、番号あるわ。合格よ！」

「本当！　やったー」

「里香ちゃんの番号もあるわ」

「やったー。出かけてくる」

「えっ、どこへ？」

「里香のうち」

「里香ちゃんに連絡して。車で連れて行ってあげるわ」

「うん」と返事をしながら、メッセージを打つ翼。

6.

三枝子と勝は、虹陽学園を教えてくれた里香にお礼をしたいと思い、里香がバレエをやっていることを聞いて、丁度来日するロシアのバレエ団のチケットをとってプレゼントすることにした。それも演目は、ボレロだ。そして、翼の先生である美沙も一緒に行くことになった。

横浜にある市民ホール。座席には、翼と里香、そして美沙が並んで座っている。

「美沙先生、連れてきていただいてありがとうございます」

「こちらこそ、プラチナチケットをいただいてご両親にお礼を言わないとね」

「憧れの美沙先生と一緒で、里香なんて、緊張して話ができないみたいです」

翼の脇をこづく里香。

「里香ちゃん、ボレロが大好きなんだってね。ここのボレロは見ごたえあるわよ」

「はい、ずっと楽しみにしてました」

「2人とも4月から虹陽学園なのね、あそこは思いきり好きな活動ができるからいいわね」

「はい、里香と一緒で嬉しいです」

ブザーが鳴り、幕が上がる。

ボレロが始まる。独創的な演出だが、ボレロの音楽に乗って演じられる美しく力強いダンサーの迫力に圧倒される翼と里香。そして幕が下りる。

しばらく声が出ない2人。

「あんな風に踊りたいわね」と美沙。

美沙の意外な言葉に「美沙先生でもそう思いますか?」と翼。

「クラシックバレエとは体の使い方が違うところがあるからね。里香ちゃん、どうだった?」

「いつか……いつかボレロを踊りたいです」はっきりした口調で言う里香。

「その強い気持ちは大切よ。忘れないでね」

「はい、絶対忘れません」里香の眼は真っ赤だ。

その顔を翼は見て「里香……」とつぶやく。

第三章「世界」 12歳から13歳

第一話　翼の初恋

1.

新年度になり4人とも中学生になった。それぞれ新しいシーズンに入ったためプログラムを新しくし、曲や振付や衣装も変わっている。

「翼、オリンピック強化選手にも選ばれたし、今年は飛躍の年だぞ」と剛。

「気を引き締めて頑張ります。オリンピックって遠い先の感じですが」

「そう言っているとあっという間に来るぞ」

トロントのスケートリンクの上にケイトと麗子がいる。

「麗子、あなたがこだわった新しい衣装が来たわよ」

衣装が入った箱をケイトは持っている。

「嬉しい！　早く着たい」

「いよいよ世界デビューよ。本格的に始動するわよ」

「はい、今年はしっかり結果を出さないと」

外苑前のスケートリンクの上には純とコーチの井上がいる。

「純、新プログラムの構成は頭に入ってるか？」

「はい、入ってます」

「それじゃ、ショートプログラムから確認しながら通しでやってみよう」

「はい、わかりました」

曲がかかり、純はそれに合わせて滑り出す。

健太の家には家族全員に加え、須藤コーチも一緒に料理が並べられているテーブルを囲んでいる。

「健太、中学入学おめでとう、そして強化選手に選ばれておめでとう」と詩織が言うと、みんなが一斉におめでとうと言って乾杯をする。

「須藤コーチ、今年も健太をよろしくお願いします」

「こちらこそよろしくお願いします」

「オリンピック目指してとにかく頑張るよ」

「まだ3年以上あるんだから今から飛ばしすぎるなよ」といさめるように言う隆。

「わかってるよ。大兄ちゃん」

虹陽学園の入学式がある。翼と里香は、それぞれの両親と一緒に来ている。大きな講堂で学園長の話や主賓の挨拶があった後、新入生は、それぞれのクラスに行って先生とクラスメートと初めて会うことになる。翼は1年3組で、里香は9組と離れている。

「里香、それじゃ、またね」

「翼、またね」と、2人は別れて自分のクラスに向かう。

2.

横浜アイスアリーナスケートリンク。日曜日は、翼たちのフィギュアスケートの練習が終わるとアイスホッケーの練習となる。

「フィギュアスケート終わったらさっさとリンクから出てよ」

せかされ少し焦る翼。

「すいません」と言うとバッグを落とし中身が出てしまう。

キャプテンで中学3年生の天馬雄が「焦らせるもんじゃないぞ」

「キャプテン、すいません」

翼は天馬を見て「ありがとうございます」と恥ずかしそうに言う。

天馬は肩幅広く、選手の中でも背が高い。

「ごめんね、ゆっくり用意していいから」さわやかな笑顔で、白い歯が印象的だ。2つ年上だが、中1にとっては、背も違うし、かなり年上のお兄さんに見える。

着替えて三枝子が来るまで観客席からアイスホッケーをぼんやり見ている翼。

天馬は10番をつけている。練習を見る限りキャプテンだけでなく得点を取るエースだ。前方でパスをもらうとすばやいシュート！　ゴールにささる。

「かっこいい」とつぶやく翼。


次の日曜日、着替えて出てくると外に天馬がいる。

「この間は、せかしてごめんね」

「あっ、いえ」予想外な場所に天馬がいて戸惑う。

「フィギュアスケートやってるんだね。もう長いの？」

「いえ、まだ2年とちょっとです。虹陽学園1年一条翼といいます」

「虹陽なんだ。横上学園の3年天馬雄です。それじゃ練習頑張って！」

そのやりとりを見ていた健太。顔に焦りの色が見える。


別の日に観客席でアイスホッケーを見ている翼。三枝子がやってくる。

「お待たせ」

じっと見ていて気づかない翼。

「翼、聞こえてる？」

「あっ、お母さん」

「随分、熱心に見てるのね」

リンク内では試合形式で練習が行われている。立て続けに天馬がシュートを決めると、別のメンバーから「雄、調子いいな。今日はバースデーだもんな」と声がかかる。

「お母さん、クッキー焼くのを手伝って」

「えっ、クッキー？」

次の土曜日。キッチンで三枝子に手伝ってもらいながらクッキーを作っている翼。

「翼が手作りクッキーを男の子にあげるなんてね」

「お父さんと涼介には内緒にしてね」

「わかってるわよ」

「うまくできるかな」

しゃべりながらホットケーキミックスを混ぜている翼。

「私の言うとおりに作れば絶対に美味しいクッキーができるわよ。それにしても翼も中1だから恋してもおかしくないわね。今まで恋人はスケートだけだったものね」

「からかうのやめて」

翼の練習が終わり、交代でアイスホッケーの選手が観客席から降りてくる。翼は天馬のところに行き、クッキーを渡す。

「先週、誕生日でしたよね。おめでとうございます」と言うと、顔を見られずにクッキーが入った容器ごと渡す。

「よく先週誕生日だったって知ってるね」

「先週の練習の時にバースデーという話が聞こえたので」

「そっか。ありがとう」

「初めて作りました」

「そう」

周りのメンバーからひやかし声がかかる。この日練習に来ていた健太も見ている。


次の週の水曜日、朝練が終わって更衣室から翼が着替えて出てくると健太が待っている。

「これ」と言うと見栄えはよくないクッキーが入った袋を翼に渡す。

「健太君、これは？」

「自分で初めて作った」

袋から1枚取り出して食べる翼。

「おいしい！」

「ぼく……翼ちゃんのことが好きだ」

いきなりの告白だったが、健太の真っ赤な顔を見て翼は笑ってしまう。

「笑うことないだろ」

「ごめん。私……」

「わかってる、翼ちゃんがアイスホッケーのやつ好きなことは」

そう言うと走って行ってしまう健太。少し戸惑っている翼。


それからも時々話す程度の翼と天馬だったが、ある日曜日、翼の練習が終わり、アイスホッケーのメンバーと入れ替わるところで天馬が「翼ちゃん」と声をかける。

「はい」

「実は今日で引退するんだ。それでもうここには来ないんだ。受験頑張らないと」

ショックを受ける翼。

「翼ちゃん、フィギュアスケート頑張って！」と言うと手を出す天馬。ゆっくりその手を握る翼。すでに涙目になっている翼。

「先輩も受験頑張ってください」

「ありがとう」と言うとリンクに下りていく。呆然としている翼。いつの間にか来ていた三枝子がそっと肩を包む。

第二話　互いの運命を感じるミラノ遠征

1.

連盟会議室に強化委員が集まっている。小笠原が話し出す。

「今回のイタリアミラノ遠征だが、以下８名で行くことにした。世界的な振付師による特別レッスンとローカル大会にゲストとして出場する」

遠征予定表が各委員に配られる。

高校生４名と中学生４名。中学生の４名は翼、麗子、純、健太である。五十嵐はすぐに携帯電話のメッセージで剛に翼が選ばれたことを伝える。

「翼ちゃん、ミラノ遠征に選ばれたぞ。お前も一緒に来い」


ミラノ空港の出口から遠征メンバーが出てくる。健太はキョロキョロして、

「すげえ、ここがイタリアか？　イタリア語でしゃべってるぞ」

「当たり前でしょ。はしゃがないでよ、恥ずかしいから」と麗子。

「でも、ワクワクしてくる」と翼もはしゃぎぎみだ。

「仕方ないさ、麗子ちゃんみたいに海外で生活しているわけじゃないし」と純はいつもどおりのポーカーフェイスで言う。

「お前ら遅れるな。迷子になるぞ」

五十嵐に声をかけられて、あわてて追いかける４人。

ミラノの市街をバスでホテルに向けて移動している。イタリアは歴史的な建造物が多く、石でできた建物も多い。ファッションで有名な街なだけあって歩いている人もおしゃれな人が多い。

「あの建物素敵！」と健太が見ているのは大きなゴシック教会だ。

「あれはドゥオーモという５００年もかけて完成させた教会だ」と剛が説明する。

「５００年？　なんで教会にそんな時間かけてるの？」

「宗教や政治的な話で時間がかかったんだ」

「まるで観光客ね」と麗子は純につぶやく。

「いいじゃないか」


廃工場の横にある古びた倉庫にマシンガンや銃が大量に置かれている。その横には30人程のがたいがいい男たちがいる。

「主要な閣僚がいるところを占拠または拉致し、政府に身代金を要求する。俺たち貧しい人間が虐げられていることを理解させるんだ」

「計画の詳細は、渡した資料を見てくれ。イタリアの４大都市ローマ、ミラノ、フィレンツェ、ベネチアで決行する。まずはミラノ」


ミラノスケートリンク会議室。

「今日はお披露目会のようなものだ。まず、イタリアの選手が演技をして、その後、先に高校生４人が練習した簡単なプログラムを披露する。それが終わった後、中学生は１人ずつ得意なジャンプを披露して終わりだ」

スケートリンク裏口の駐車場に整氷業者の大きなバンがやって来る。そこからテロリスト5名が武器を持って降りてくる。

出番の時間があるので、選手控室で待っている4人。急に音楽が止まり、そこに悲鳴やら、ドタバタする音が聞こえる。

「何が起きたの？」と翼。

「俺、ちょっと見てくる」

健太が部屋を飛び出していく。

リンクを覗くと武装している連中が、一か所に観客と選手を集めている。

「やばい」

走って控室に戻ろうとすると前から何人かの声がする。あわてて近くのノブを引くと開く。入ってみるとそこは用具室だった。声がしなくなってから控室に戻る健太。

「武器を持っているやつらがいっぱいいる。ここから出た方がいい」

「どこへ」と純。

「近くに用具室があったけど、そこの方が安全だと思う」

「うん、そこへ行こう」

４人は様子を見て走って用具室に向かう。麗子が転ぶ。麗子は足をひねったようだ。

「おんぶするから乗れよ」とかがんで背中を出す健太。

「嫌よ」

「そんなこと言ってる場合かよ」

強く言うと、麗子も健太の背中に乗って用具室にみんなと入る。

用具室は真っ暗だ。

「電気どこ？」と不安な表情の麗子。

「電気をつけると、ばれるかもしれないからつけない方がいい。そのうち目が慣れて少しは見えるようになる」と冷静な純。

「少し目が慣れてきた。結構大きいね。この部屋」と翼。

「奥の方に行ってみよう」と動き出す健太。

「みんなで移動しよう」

麗子は今度は純の肩を借りて足を引きずりながら歩いている。

「こんなところで死にたくない」

「麗子ちゃん、大丈夫だよ、頑張ろう」と健太。

「どうして大丈夫だと言い切れるのよ」

「こんなところで悪い方に考えても意味がない。みんな生きて一緒にまた滑ろう」

「純君の言うとおりだ」と翼。

いきなり明かりが奥に向かってさす。翼がお守りの石をつかんで祈っている。そして、その袋に入った石が緑色に光りだして奥の方にその光が伸びていたのだ。

「それ、氷彗星の隕石でしょ。私も持ってる」と言うとポーチから石を取り出し麗子も祈る。すると2つの石が呼応するようにもっと強い緑の光が一直線に奥を照らす。その光に導かれるように4人が奥へ向かうと、遮蔽されているが高いところに天窓があるのが見える。

「あそこから出れるんじゃないか？　開かなかったら割るか？」と純。

「でも、かなり高いところじゃない」と心配そうな顔の麗子。

「ここにある道具を使って足場を作ればなんとか届くんじゃないか」と健太。

「やってみよう」と純。

椅子や道具入れなどを重ねていくがそれでもまだ足りない。

「翼ちゃん、私たちは窓から飛び降りられないと思うので、伝って降りるための紐を作らない？」

「紐を作る？　どうやって？」

「あそこにある布で作れないかな？」

応援で使ったのか横断幕になっている大きな布がある。ものを上に置いて引くと布は意外と簡単に切れる。それを束ねて紐を作る2人。

「俺がこの足場の上に立つから、俺の肩に乗って純が飛べば天窓のサッシをつかめるんじゃないか？」

「やってみるか」

「天窓つかめなくても下で純をつかまえるから安心して思いっきり飛んでくれ」

「わかった」

「翼ちゃん、麗子ちゃん、今から純が天窓に向かってジャンプする」

「紐を2人で作ったので、使って」

「ありがとう……純、やるか」

「健太、やろう」

健太は作った足場の上に立ち、足を踏みしめ安定する位置決めをする。

「純、いつでもいける」

「ああ」

健太がしゃがみ、純が肩のところに乗りゆっくり健太は立ち上がる。それでも天窓のサッシまで20㎝はある。天窓の横には丁度、取っ手のようなものが付いている。その様子を祈るように見ている翼と麗子。純が健太のところからジャンプしてサッシの取っ手をつかもうとする。届いた。取っ手をつかまえ、腕の力で体を持ちあげ、天窓の端に足をのせ安定させる。しゃがんだままで「紐をくれ」と言う純。紐が2つある。

「なんで紐が2つ？」と訊く健太。

「だって外にたらす紐と中にたらす紐がないとみんな純君のように天窓まで飛ばないと出れないじゃない？　かわるがわる使うと時間がかかるし」

「さすが麗子ちゃん、頭いいな」

「感心してないで早く紐をくれ」

まず翼が健太に紐を渡し、健太が純に渡す。純は紐を受け取ってサッシのところに2つの紐をくりつける。そして天窓を開こうとする。天窓は動かない。

「やっぱりだめか」

「いや、開くと思う」

もう一度、体重をうまくかけ天窓を横にひくと、ギッギッとさび付いた音がしたが、少し開いた。

「いけるぞ、純」

「ああ」

少しずつ開いて、ついに天窓が完全に開く。

「やったー開いた！」

翼は麗子の手を取り合って喜ぶ。麗子もはしゃぐ。明かりが入ってきて石の光もいつのまにか消えている。紐をたらし外へ出る純。続いて麗子、翼と続く。最後に健太が出てきて全員外へ脱出成功だ。

観客席の隅の方に観客、選手とコーチも集められている。その周りをマシンガンを持ったテロリストが取り囲んでいる。

「剛、中学生の4人は大丈夫かな？」

「まだ見つかってないようだな。どこかに隠れてくれているといいんだが」

「副首相のご令嬢、おとなしくしてくれれば危害は加えない」とテロリストの主犯格が言う。

副首相令嬢が「何が目的なの？」と訊く。

「あと1時間も経てばわかるよ。あなたが他の場所での活動の起点となる」

スケートリンクから近い道路。麗子が流ちょうな英語で通行人に話しかける。英語は理解できないとイタリア語がとびかう。4人ともフィギュアスケートの衣装なので通行人の注目を浴びている。英語のわかる通行人の1人が、「どうした?」と麗子に声をかける。

「武器を持った人たちがスケートリンクを占拠しています。警察に連絡してください」

「それは大変だ。電話しよう」

通行人は警察に電話している。

サイレンを鳴らさずやってくる特別警察隊。特別警察隊が中の様子を見てスケートリンクへ突入する。

2.

ミラノのホテルの部屋。テレビから、ニュースが流れる。キャスターが話し出す。

「今日午前10時ごろ、テロリストが4つの都市でテロを起こそうとしていましたが、拉致されていた日本人の中学生のスケーターたちが脱出したことで警察が動き、未然に防ぐことができ犯人一味を逮捕しました」

「みんな怖かっただろ」と五十嵐。

「はい、でもみんなで力を合わせて脱出できました」と純が話す。

「足をくじいてしまったけどみんなに助けられました。みんな本当にありがとう」

「麗子ちゃんが紐を作ることを考えてくれてなかったら脱出できなかった」と翼。

「そうだよ。4人で知恵を出して脱出できた」と健太。

「武器を向けられた高校生はかなりショックを受けていて帰国させるので、みんなも帰国しよう」と五十嵐。

男2人と女2人で2部屋にわかれているが、翼も麗子も純と健太の部屋にいる。

「翼ちゃん、麗子ちゃん……」

「麗子でいいよ。これから純、健太って呼び捨てにするよ」

「私も」

「わかった。2人とも生まれた年に落ちてきた石を持っているだろ」

「うん、普段は持っていても光ったりしないから不思議なんだ」

「私のも今回初めて光った」

「実は僕も持ってるんだ。でもその彗星が落ちてきたことで、父は交通事故に巻き込まれ死んで、母も僕を生んですぐ亡くなったんだ」

「純、そうなの？　今のお父さん、お母さんは？」と麗子。

「本当のお母さんの妹が今のお母さんなんだ。僕を引き取ってくれた」

「そんなことがあったのか」と健太は考え込みながら言う。

「だからその石は自分の両親の命を奪ったものだと思ってた」

「私にとってはお守りなのに」と麗子。

「私も……」

「くそ、俺だけ持ってないのか……純は捨てたのか」

「家にある。母もお守りとして持っていたそうだ。捨てたいのに捨てられない」

「今度持ってきてよ」と麗子。

「……」

「無理強いすることはないよ」と健太。

「そうだね」と翼。

しばらく沈黙が続く。

「ねえ、みんなでオリンピックを目指さない？」と麗子が沈黙を破る。

「うん、みんなで行きたい！」と翼もにっこりしながら言う。

「みんなで表彰台だよ」と健太。

「その前に世界ジュニアで勝たないとな」

「純、そうよね、まずはジュニア制覇」

「よし燃えてきた、やるぞ！」立ち上がる健太。

「健太はいつも力入りすぎで失敗してるでしょ」と翼がさとすと他の２人が笑う。翼も健太も笑い出す。

第三話　それぞれの全日本ジュニアへの挑戦

1.

横浜の古い雑居ビルの3階の1室に、良助が働いているコピー機の営業をしている会社がある。良助は営業部に所属しているが、営業成績がよくなく上司に叱責されている。突然その場にうずくまる。

自宅からそんなに遠くない病院。総合病院とあるが、内科を中心とした病院だ。

病室には健太一家が揃っている。ベッドには良助が寝ている。

「みんな、心配かけてすまん」

「倒れたって聞いた時には本当に驚いたわ」と詩織。

「胃潰瘍になったなんてそんなに今の仕事、ストレスが多いの?」と隆。

「ストレスが多いなら辞めちゃえば、そんな会社」

「健太、簡単に辞めるなんて言うなよ。父さんの年で再就職するのは大変なんだぞ」と忠が責めるように言う。

「でも体を壊しちゃ意味ないじゃん」

「大丈夫だよ。しばらく休んでから会社に行くから。先生も手術はしないでしばらく薬で様子を見ようと言ってくれているしね」

「あなた、体調が悪いときは遠慮しないで言ってね」

「悪かった」

そこに良助の父の宗助もやってくる。

「お義父さん、来てくださったんですね」と詩織が言う。

「良助、大丈夫か、昔から体が強くなかったからな」

「大丈夫です、お父さんにも心配かけて本当に情けない」

「おっ、健太か？　大きくなったな」

「おじいちゃん」

「健太は、最近フィギュアスケートを頑張ってるんですよ」と詩織。

「ほお、フィギュアスケートか」

「この間、イタリアへ強化合宿にも行ってきたんです」

「イタリアか、健太の話を聞きたいな」

「今日はおじいちゃんの家にお泊まりしたら」と詩織。

「おじいちゃん、いいの？」

「いいぞ、うちに泊まりなさい」

「やった」

「健太。ここ病院だぞ、声が大きい」と隆がいさめる。

「ごめんなさい……」と小さくなる健太。

宗助の家は逗子海岸の近くの海が見える小さな一軒家だ。逗子駅から車で5分ほどだ。居間のテーブルに向かい合って座っている健太と宗助。そこから海が見える。

「おじいちゃんの家、いいね、海が見えてリラックスできる」

「おばあさんもなくなったので海が見えるところに家を買ったんだ」

「いいな、僕も海が見える家がいい」

「健太はスケートリンク頑張ってるんだろ。この近くにはスケートリンクはないぞ」

「スケートリンクがなきゃだめだ。みんな僕のスケートをやるために頑張ってくれてる。それに応えるにはオリンピックに出場してメダルをとらないと」

「今からそんなに思い込まなくても」

「……」

「健太が生まれた時の新聞は今でもとってあるぞ」

「えっ、本当？　見たい！」

「新聞読めるのか？」

「全部は読めないけど……」

宗助は立ち上がって、新聞を持ってくる。新聞をめくっていると氷彗星が落下した記事がある。

「おじいちゃん、この記事は？」

「健太が生まれる少し前に彗星の隕石が落下してきて世間を騒がせたんだ」

「おじいちゃん、その石持ってる？」

「持ってない」

がっかりする健太。

「この頃、隕石が光るとか光らないとかテレビでもよくやってたな」

「最近、光っている石を見たよ」

宗助が何かを思い出したように「そういえば、隕石を詩織さんが拾ったと言ってた気がする」

「えっ、その石今どこにあるの？」

「知らないが、帰ってお母さんに訊けばわかるだろ」

家に帰りたくなる健太。

次の日、家に帰ってきて詩織のところに行く健太。

「お母さん、拾った石はどこ？」

「石？」

「おじいちゃんに聞いた。僕が生まれた時にお母さんが石を拾ったこと」

少し考えて詩織が「彗星の石ね、拾ったわ」と言う。

「その石だよ」

「ほしがってた友達にあげちゃった」

「えっ、その石がほしい」

「なんで？」

うまく説明できない健太。もじもじしている。

「その石持っているか訊いてみるね」

電話をする詩織。

「珠美久しぶり、元気？　急にへんなこと訊くけど、10年くらい前に隕石をほしがってたからあげたよね。あれ持ってる？」

「えっ、あの石……どこかにあると思う」

「健太がね、その石どうしてもほしいと言うので、良かったら返してもらえないかな？」

「わかった。光る石というのでほしかったけど一度も光らなかったし。探してみる。見つけたら連絡するね」

「ありがとう」

電話を切る詩織。

「健太、あったら返してくれるって」

一生懸命に祈る健太。


珠美から見つかったという連絡をもらって詩織と健太で石を受け取りに行く。

石を受け取る健太。

「やった、おばちゃんありがとう」

「どういたしまして。それにしても何で石がほしかったの？」

「スケートやってる友達がみんな持ってるんだ」

「へえーそうなの」

「私も訳がわからないんだけど、ありがとうね」

「私こそもらっておいて放置してただけだから」

健太は石をぎゅっと握るが、光もしないし、何も変わらない。首をかしげる。

2.

中学になっても小中一貫校のため、甲本のりおを含めて純のクラスメイトは変わっていない。それで、純は不登校のままである。

「お母さん、何で純は学校に行かないの？　スケートだけやっている引きこもりって聞いたことがないよ」

「宏、純のことは私に任せて、あなたはあなたでやることがあるでしょ」

「だっておかしいじゃないか」

「純だって、さぼりたくて学校に行かないんじゃないのよ」

純は自分の部屋で膝をかかえてベッドにいる。２人の声が純にも聞こえてくる。ヘッドフォンを取り出して音楽を聴く純。

いずみが学校に呼び出され、帰宅すると純がやってくる。

「お母さん、ごめんなさい」

「純、謝らなくていいのよ」

「学校に行ってもいじめられないと思うんだけど、どうしても行く気にならないんだ」

「先生とも話をしてきた。純が行きたいと思うまで待つということになったから気楽にね。今日の夜は純の好きなカレーライスよ」と言うと優しく微笑むいずみ。その笑顔を見て力が抜けて「ありがとう」と言う純。

部屋に戻り、机にある数学の教科書を見ながらつぶやく。「このままではだめだ。何か変えないと。僕だけじゃなく、みんなおかしくなる」

3.

福岡空港から遠くない会場で、今回の全日本フィギュアスケートジュニア選手権が開かれる。アクシオン福岡だ。ここに選手が続々と集まってくる。翼、麗子、純と健太も参加する。健太が石を誇らしそうに3人に見せる。

「どこで手に入れたの？」

「うちにも昔あったんだって。探してもらったんだ」

健太は石を強く持って祈るが何の変化もない。

「みんなに見せたら光ると思ったんだけどな」

「そんなことより演技に集中しよう」と純。

横ではすでに体を動かしている翼。

「翼はすでに集中してる。健太見てないし」

「俺だって」とダッシュを始める健太。

観客席にいる三枝子のところにいずみがやってくる。

「ご無沙汰してます」

「純君のお母さん、その節はごちそうになりました」

「いえいえ、つまらない家庭料理で……」

そこに詩織もやってくる。

「豪華な家庭料理でした。ご馳走様でした」

「健太君のお母さん、ご無沙汰してます」とお辞儀をする詩織。


初日のショートプラグラムが行われる。男女とも30人。フリースケーティングにすすめるのは男女とも24人。男子から始まる。純は25番目、健太は14番目だ。


健太は３つのジャンプをそつなく決め、６５・５４点で5位。

純も３つのジャンプを完璧に跳び、８２・３０、2位に10点差をつけトップに立つ。


女子は翼が18番目、麗子が28番目だ。

翼は少しミスがあって、５５・４５で7位。

麗子は流れるような演技で会場もおおいに沸かせ、７２・３０で2位に8点以上差をつけている。

演技終了後、控室の外で４人が話している。

「明日、私以外は全員最終グループだね」

「翼だってフリーの方が強いじゃん。たくさんジャンプあるから」

「４人全員で表彰台に上がって世界ジュニアへ行こう！」

大きな動作でガッツポーズを作り叫ぶ健太。

「おー」と純が合わせると他の３人は顔を見合わせ爆笑する。

「何笑ってるんだよ」

「だって、純っぽくなかったから笑っちゃった」

「そうそう」


次の日になる。観客席には昨日よりも多い観客がいる。

その中には鈴鹿美沙の姿もある。

少し離れた席に詩織、三枝子、いずみが並んで座っている。


男子第１グループからどんどん選手が滑っていく。そして最終グループがリンクに現れる。歓声が起きる。健太も純もいる。滑走順は健太が23番目、純が最後の24番目となる。

健太の番になるが、ここまでのトップは230・45点、2位が222・38点、3位が216・45点。

健太の演技が始まる。冒頭のジャンプはトリプルアクセル。転んでしまう。

「やっぱり」と頭を抱える詩織。

続いて3回転3回転の連続ジャンプ。これは素晴らしい出来で着氷。スピードも悪くない。スピンにもステップにも場内から拍手が起こる。そして他のジャンプもうまくいき、最後にもう一度トリプルアクセル。今度は完璧に決まり、フィニッシュポーズ。会場から大きな拍手。健太はガッツポーズを連発。

観客席では詩織がやった、やったと三枝子やいずみに抱きつき叫んでいる。得点が出る。フリーで154・32点、トータル219・86点で3位。

「健太が3位。信じられない」


最終滑走の純が出てくる。歓声が沸いた後、静まり返る。純の冒頭は4回転サルコウからだ。安定感のあるジャンプ。場内から拍手とため息。さらに次のジャンプは4回転と3回転の連続ジャンプ。これも綺麗に決まる。スピン、ステップでも会場から手拍子が起こり、7つ目のジャンプはトリプルアクセルと3回転の連続ジャンプ。決まった！　得点はトータル262・84点で圧勝。

「さすが純君。シニアでも3位以内にはいるような点だわ」と三枝子は感心している。

「純君は別格。いずみさんおめでとう！」と詩織。

「ありがとう」

整氷が終わり次は女子。どんどん競技は進む。第4グループまで終わる。第5グループの6人がリンクに出てくる。

「だいぶ大きくなったと思ったけど、他の人と比べると小さいわね」

「まわりは高校生もいるし仕方ないわよ」

翼の演技が始まる。冒頭のジャンプはトリプルアクセル。高くて綺麗だ。着氷も完璧。どよめく会場。その後もジャンプをガンガン決める。出来栄え点も高いジャンプが続く。練習してきた苦手なステップやスピンもかなりうまくなっていてレベル4のものもある。最後にトリプルアクセルと2回転の連続ジャンプ。これも綺麗に決まり、翼も珍しくガッツポーズ！

「やった、翼ちゃん」と喜ぶ詩織の横で涙ぐむ三枝子。

「本当に翼ちゃんのジャンプは素晴らしい！　見ていてスカッとする」

得点が出る。トータル185・40、第5グループ終了時点でトップ。

「翼ちゃんいきなりトップよ」

「最終グループ、麗子ちゃん入れて6人」

得点を見て満足そうに立ち去る美沙。

最終グループが始まる。麗子は23番目で最後から1人前だ。22番目の演技が終わり、この段階でまだ翼がトップで3位以内確定。

「翼ちゃん、やった。表彰台決定。麗子ちゃんとワンツーじゃない」

「三枝子さん、おめでとう」

三枝子は言葉が出てこない。

麗子の演技が始まる。曲に合わせ小悪魔をイメージさせる衣装の麗子の流れるような演技に観客は引き込まれる。まるで劇を見ているように。次々とジャンプを決めステップやスピンをするが、他の選手のような1つ1つの演技をしているように見えず、滑らかでつながった動作に見える。最後のジャンプも成功させ小悪魔的なポーズで決めると割れんばかりの拍手が起こる。

得点が出る。２１１・４０点。翼を抜きトップに立つ。

最終滑走の東みずほが出てくる。昨年2位だけに完成度の高い演技を見せる。得点は１９０・８６点で2位。翼は3位で終了。

「健太がいじけるわ。純君、麗子ちゃん、翼ちゃんが表彰台で自分だけ上がれなかったから」

「健太君もすぐ表彰台に上がれますよ」

「純の演技より情熱的だしね」

「そこだけなので、健太は」

「そこは重要よ。スポーツは。純はそこが逆に感じられない」

「いずみさん、高望みしすぎだわ」

「高望みというか、普段でも……」

男子の表彰台の真ん中には純が、女子の表彰台は麗子が真ん中に、隣では翼が嬉しそうに笑顔を見せている。それを見ている健太。

「次こそ、俺も……」

第四話　世界初挑戦と麗子フィーバー

1.

２週間後に世界ジュニアを控え、コーチのケイトの指導の下、トロントで練習をしている麗子。

「これからは本番と同様に、通しで練習していくからね」

「わかりました」

麗子が本番の曲に合わせて演技を始めると、カメラとマイクを持った人たちがリンクに降りてくる。

「あなたたちは？」

「すいません。カナダテレビ局です。麗子さんの練習の様子やインタビューを撮りたいのですが」

「本番が近いので練習に集中させてください。インタビューは練習後にお願いします」

「わかりました。邪魔にならないように練習風景を撮らせてもらいたいのですが、よろしいですか？」

「どうぞ」

そう言うと麗子の演技に見入るケイト。テレビ局スタッフは撮影のセッティングを始めている。

練習が終わっているキャサリンとスケート仲間のマギー、スージーが麗子の滑りを見ている。

「麗子、表現力もかなりついたわね」とキャサリン。

「世界ジュニアでもキャサリンのライバルの1人になったわ」とマギー。

「麗子、最近取材も多くて気分悪い」と感情を出して言うキャサリン。

「私にいい考えがあるわ」とマギーが言う。


選手控室を出たところにスペースがある。そこで麗子のインタビューをしようとセッティングをしているテレビ局スタッフ。ケイトは用事があり、帰路についている。麗子が控室から荷物を持って出てくる。テレビ局スタッフに促され、麗子は荷物をベンチの上に置く。麗子のインタビューが始まる。10分くらいのインタビューが終わり、麗子が荷物を取って帰ろうとしてベンチを見て叫ぶ。

「シューズがない！」

ベンチに置いたバッグとシューズを入れたシューズケースのうちバッグだけしかベンチにない。麗子はテレビ局スタッフや周りにいる人に訊くが誰も知らない。麗子はショックのあまりしゃがみ込む。


良子が居間でテレビを見ている。ニュースが流れている。

「次のニュースですが、本日、世界ジュニア優勝候補の本城麗子さんのインタビュー中に麗子さんのスケートシューズが盗まれました。スケートシューズの影響で演技を失敗した事例も多く、世界ジュニア選手権へ大きな影響が出ると思われます。すでにこの件で警察も動き出しました」

驚く良子、麗子の部屋へ行く。部屋の前で麗子を呼ぶ。

「麗子、話があるので出てきて」

麗子が出てきて居間で話をする2人。

「ニュースでやってたけどシューズが盗まれたの？」

「うん」

「なんで早く言わないの」

「ケイトと話をしたら、大騒ぎになってるから明日とかに出てくるかもと言うので、明日まで待って出てこなかったらママに言おうと思ったの」

「明日の練習はどうするの？」

「バレエのレッスンや振付の確認をするわ」

「出てこなかったら新しい靴を買うしかないわね」

「新しい靴で世界選手権に出たくない」

「何言ってるの」

「だっていい演技ができるわけない」といきなり泣き出す麗子。呆然と見ている良子。

翼にメッセージを送っている麗子。

「シューズを盗まれちゃった」

「えっ、誰が盗ったの？」

「わからない」

「もうすぐ大会だけど大丈夫？」

「試合に出たくない。あと1週間しかない」

「麗子なら大丈夫。まだ1週間ある」

「1週間もあるか、翼らしい」

「麗子は私と違ってジャンプだけじゃないもの。人に見せる演技があるじゃない。ステップもスピンも私と違って凄くうまいし、人を感動させることができる」

「翼、ありがとう。翼とやりとりしていると、できる気になる」

「やれるよ！　絶対に」

「わかった。ベストを尽くす」

「大連でね！」

「大連で」

自信を回復した顔になる麗子。


ケイトのところに新しいシューズで滑ってやってくる麗子。

「新しいシューズ買ったのね」

「一日も無駄にしたくないから」

「それじゃ、まずシューズに慣れないとね。基本的な動きから始めましょう。易しいジャンプからね」

「はい、よろしくお願いします」

ケイトの指示のとおり滑り出す麗子。

2.

今年の世界フィギュアスケートジュニア選手権は、中国の大連で行われる。大連は、中国の東北地方で最大の港口・工業・観光都市である。

町の至るところに世界フィギュアスケートジュニア選手権のポスターや横断幕がある。

空港から専用バスに乗りホテルに向かう選手とコーチたち。翼と麗子は隣に並んで座っている。

「この街は中国とヨーロッパが混在していて面白い」

「たしかにヨーロッパのようなビルや家が多くて素敵！」

「翼の顔を見ると安心する」

「そう？　私は麗子の顔を見るとやる気が出てくる」とっさに顔を隠す麗子。

「何しているの？」

「だって翼にやる気を出させて負けたくないもの」

「麗子は相変わらずだね」

２人して笑う。

男子の方が先にショートプラグラムが行われた結果、純は無難にまとめ2位となる。トップはロシアのアーロン。

今日は女子のショートプログラムが行われる。滑走順は翼が5番目、麗子が20番目である。

翼はのびのびと楽しそうに演技をする。トリプルアクセルも綺麗に決まり、3位になる。

麗子はシューズを気にしたせいか、ジャンプで転倒などの大きな失敗はないが、いつものように流れるような美しい演技は全くみられず5位になる。

トップはエレーナ・アリンスキー、2位にキャサリン。しかし、トップから麗子までは5点くらいの差しかなくフリーで十分に挽回できる。


翼のホテルの部屋に麗子が来ている。

「翼、今日の私の演技について正直に言ってほしいの」

「コーチは？」

「ここまで来たら気にせず練習のとおりやりなさいって言われた」

「コーチの言うとおりだと思うけど」

「翼が感じたことを言ってくれればいい」

「一言でいうと麗子らしくない演技。シューズを気にするのはわかるけど、演技が1つ1つバラバラで、いつもの流れるような演技になってなかった。まるで私の演技みたい。コーチにジャンプやスピンをやるだけではだめだ、すべて演技はつながってるんだと言われるんだけど、そんな感じの演技だったよ」

「そっか」

「曲を聴くのに集中して演技すれば、いつもの麗子の演技ができるんじゃない」と麗子をまっすぐ見て言う翼。

「確かに曲を聴いてなかったかも。シューズばかりに気がいってた」

「うん」

「やれる気がする。翼、ありがとう」

晴れ晴れした顔になり、勢いよく翼の部屋を出ていく麗子。


今日は男女ともフリースケーティングが行われる。まずは男子から最終滑走の1人前が純。最終滑走はアーロン。

純の演技がスタートする。冒頭の4回転3回転の連続ジャンプ。完璧なスタート。続いて4回転サルコウ、その次の4回転ルッツと成功。練習してきた苦手な情感を出す演技。

「なんか新しい純君」とつぶやく翼。

後半に入っても次々とジャンプを決め、最後も4回転3回転の連続ジャンプ。出来栄え点も最高に加点する演技で締めくくる。会場はスタンディングオベーション。得点はトータル270・54点。この時点でトップに立つ。

最後にロシアのアーロン・アダモフ。こちらも4回転を軸にジャンプを跳ぶ。純の演技もなかなかだったが、さすが貴公子と言われるだけに訴えていく力は純を上回っている。最後までノーミスの演技。スピンもステップもレベル4だ。最後のポーズを取ると、一斉に観客は立ち上がりスタンディングオベーション。得点はトータルで271・86点。僅差で純は敗れる。その結果を見て大きく息を吐く純。


女子が始まる。滑走順は、翼が19番目、キャサリンが22番目、エレーナが23番目で麗子が最終滑走の24番目である。

最終グループ6人の最初の滑走者は翼だ。冒頭のジャンプは3回転の連続ジャンプだ。綺麗に着氷。続いてトリプルアクセル、これも出来栄え点を稼ぐジャンプ。練習してきたステップやスピンも次々と成功させる。冒頭から楽しそうに滑る翼。後半ももう一度トリプルアクセルからの連続ジャンプが決まる。大きな歓声が上がる。そしてフィニッシュ。スタンディングオベーションが起こる。

「これは最高な出来だ」と満足そうな剛。戻ってきた翼を迎える剛。

「よくやった！」

翼は笑いながらうなずく。得点は、トータル218・64点。翼はキスアンドクライで嬉しそうに得点を見ている。笑顔ではあるが少し曇った表情の剛。

キャサリンがリンクに登場。この時点でまだ翼が1位で残り3人だ。キャサリンは体も大きく、それをうまく使った大きな演技で観客を魅了する。3回転、ダブルアクセルなどジャンプには派手さはないが、スピンやステップではレベル4を確実に取る。トータルの得点は220・54点で翼を抜いて首位に躍り出る。

そして連覇を狙うエレーナが登場。連覇のために3回転ジャンプも猛練習してきた。

冒頭から3回転、2回転の連続ジャンプ、完璧だ。そしてダブルアクセル、3回転の連続ジャンプ。ため息が出るほど切ない曲とマッチした踊り、ステップ、会場は拍手が起こったり静まったりと演技によって動かされているようである。そして最後の3回転ルッツを決め、そのままゆっくりとしたスピンにうつり、最後は高速のビールマンスピンで締めくくる。ポーズをとった瞬間、一斉に観客は立ち上がり歓声や拍手が鳴りやまない。キスアンドクライに戻ってきて得点を待つエレーナ。表情は明るい。得点はトータル226・11点。シニアの優勝得点と変わらない得点でトップに立つ。

最終滑走の麗子がまだ余韻が残るリンクに登場する。麗子も冒頭は3回転2回転の連続ジャンプ。続いてダブルアクセル、次も3回転フリップと確実なジャンプで加点していく。ショートプログラムで感じたシューズが気になっているかのような演技はなく、いつもどおりの流れるような麗子の演技に徐々に観客も引き込まれていく。後半も3回転ジャンプも成功させ、華麗なステップ、スピンでも確実にレベル4をとっている。最後の3回転ジャンプも完璧な着氷。スピンからフィニッシュポーズ。エレーナに負けない拍手と歓声が起きる。

「俺では翼は勝てない……」とつぶやく剛。

得点が出る。トータル228・78点。僅差で麗子が優勝！　翼は4位となる。麗子はケイトと抱き合って喜ぶ。

「やった、麗子が勝った！」自分のことのように喜んでいる翼。何度も何度も飛び上がって喜ぶ。

表彰台に上がる前にキャサリンが「靴のこと……」と切り出す。

「マギーがマギーのお母さんとママのところに靴持って謝罪に来た」

「そう……」

「とにかくあなたのおかげで成長できたわ」と手を出す麗子。

驚くキャサリン。ちょっと間があって手を握る。麗子はほほ笑む。

表彰台の3位にキャサリン、2位にエレーナが上がっている。

麗子がコールされ、真ん中の台に上って手を振る。

「麗子、麗子」と一生懸命に手を振る翼。

剛は横で考え込む。

3.

次の日の各スポーツ新聞の一面は麗子。「ニューヒロイン誕生！」「氷の妖精は金メダルを目指す」と華々しい見出しが躍る。テレビ局も各局で世界ジュニアの演技の模様を流したり、記者会見の映像を流しながら、情報番組やスポーツ番組のトップで扱っている。アイドルのような可愛い容姿と感動的な演技をする麗子に、スケート界だけにとどまらず大きく注目が集まる。一日にしてトップアイドルになってしまった麗子。

第五話　剛の決意と純の決断

1.

連盟会議室に小笠原と五十嵐、剛が向き合っている。

「改まって話があるって、どうした？」

「小笠原さんも忙しいのにありがとうございます」

「翼ちゃん、凄かったよ。もう少しだったな」と小笠原。

「その翼の件ですが、連盟からどなたかコーチを送ってもらえませんか？」

「どういうことだ」

驚く小笠原と五十嵐。

「今回、自分のコーチとしての限界を感じてしまいました。翼のポテンシャルは本城など比較にならないほどです。でも、自分では引き出せないと感じました」

「そんなに焦らないでもう少しコーチを続けてみたらいいんじゃないか？」と小笠原。

「時間はないです。このタイミングで誰かに変わってもらうのが一番いいと考えました」

「翼ちゃんはこの話、知っているのか？」と五十嵐。

「知らない」

「それじゃ尚のこと、もう少し結論を先送りしたらどうかな？」

「小笠原さん、私の気持ちは固まってます。来シーズンは他のコーチを手配してください。翼は日本の宝です。責任を持ってアサインしてください。お願いします」

一礼して出ていく剛。

呆然と剛を見送る小笠原と五十嵐。

「剛……」

2.

翼の家に剛が来ている。居間に翼、三枝子と剛がいる。

剛の表情は硬く険しい。その雰囲気を感じ取っている翼と三枝子。

「今日は重要な話があるのでお時間をいただきました」

「四ノ宮さんのおかげで翼が世界ジュニア4位になれました。ありがとうございます」

「違います。私のせいで4位になってしまったのです」

三枝子と翼は意味がわからず戸惑いの表情を浮かべている。

「来シーズンからは別のコーチに翼ちゃんを任せます」

「えっ、嫌です。コーチがいいです」

「どうしてですか？」と三枝子。

「今回はっきりわかったのです。翼ちゃんの才能はこんなもんじゃないんです。ジュニアでは簡単に優勝できる素質を持っているのです。私では引き出せない」

「でも、先生はこんなに短期間で翼を世界へ連れて行ってくれました」

「ここまでは私で良かったと思います。ですが、ここからは私ではだめです」

「まだわかりません。どうしてですか？」

「翼ちゃんはオリンピックで勝てます。それだけの才能があります。私はそこへ導けない」と言うと、剛の頬に涙が流れる。

その様子を見てショックを受ける翼と三枝子。

「コーチ……」

「私だって最後まで見届けたいんです……」

「私は嫌です。コーチを信じてやってきたんです。他のコーチなんて考えられません」

「私も翼と同じです。そもそも次のコーチはいるんですか？」

「連盟と一緒に選びます。任せてください」

「でも……」

「失礼します。また、連絡させていただきます。すいません」

そう言うと、出ていく剛。下を向いて黙り込む翼。三枝子も呆然としている。

そこに里香からメッセージが来る。

「翼、今度、うちのチームの発表会で私がソロをやることが決まった。最高に嬉しい！　やるとき教えるから見に来てね」

返信を返せない翼。


五十嵐と剛が会議室にいる。

「お前のリクエストも考慮して候補を2人まで絞った」

資料を机に置く五十嵐。その資料を手にとり真剣に見る剛。

「この人にしたい」

「そうか。演技力に磨きをかけたいんだよな。一応連盟の決定事項としてすすめるようにする」

「よろしく」


横浜アイスアリーナのリンク。剛が新コーチのソフィア・アサエフという女性を連れて翼の方へやってくる。ソフィアは日本通でも有名である。今までも日本人選手を多数コーチしてきていて実際にオリンピックにも出場させている。40歳近いが、ブロンドヘアが綺麗でスタイルがいい。

「翼、新コーチのソフィア先生だ」

「翼ちゃん、ソフィア・アサエフです。よろしくね」

「日本語うまいですね。よろしくお願いします」

「10年日本に住んでます。早速練習始めましょう」

剛がスケートリンクを出ていく。見送る翼。

「前のシーズンのフリーの曲をかけるから、通しで演技をしてみて。ビデオでは見ているけど、実際の演技を見てみたいわ」

「わかりました」

曲に合わせて演技を始める翼。真剣に演技を見つめるソフィア。

「今度はもっと音楽に合わせて表情も作って」

曲がかかり、また滑り出す翼。

「表情も作って」

困惑する翼、トライしているが、滑りがおろそかになる。

「滑りが変よ」

言われて滑るのをやめる翼。どうしていいかわからない。

翼が帰宅する。

「どう、新しい先生は」

「新しい練習ばかりで、とにかく、ついていくのがやっと」

「そう」

「でも……」

「勝つのってそんなに重要なのかな?」

「でも、どうしたの?」

「どういう意味?」

「あれだけ楽しかった練習がつまらない」

星を見にベランダへ出る翼。

3.

麗子は世界フィギュアジュニア選手権の優勝で有名になっている。

学校にも日本のテレビ局の取材が来るなどしている。

休み時間、麗子のクラスに別のクラスの男子学生がやってくる。

「僕は隣のクラスのマイケル、麗子、優勝祝いのプレゼント」

「えっ?」麗子にうさぎのぬいぐるみを渡す男子学生。

「うさぎのぬいぐるみ好きなんだろ?」

「ありがとう」と困惑しながら、ぬいぐるみをもらう麗子。

それを見ている同級生たち。

「今週、麗子はまるで大スターね」

スケートリンクにも20人ほどのカメラを持った観客が来ている。

麗子の練習が始まると一斉にカメラのシャッター音が聞こえる。日本のテレビ局スタッフがリンクに現れる。

「すいません、少し取材したいのですが、曲を流して通しでやってもらったりはできないですか？」

「今は練習中です。出て行ってください。予約なしの取材はすべて断ってます」とケイト。

麗子が帰宅する。

「麗子にたくさんファンレターが届いているわよ」と良子。

「そう」と関心なさそうに言いながらバルコニーに行く麗子。石を持って星を見ている。翼からメッセージが届く。

「そっちはどう？　日本は毎日麗子ちゃんの番組をやっているよ」

「こっちも……うんざり」

「大変だね」

「今、星を見てるんだ」

「昼だから星は見えないけど、空見てるよ」

「この空で翼とつながってるんだね」

「うん」

部屋で荷物を大きめのバッグに入れている純。バッグの中に父母の遺品を入れる。石も迷いながらつめこみ、家を出ていく純。

4.

剛の家のチャイムが鳴り扉を開ける剛。バッグを持った純がいる。

「話があるって……純君、なんだ、その大きなバッグは?」

「まず話を聞いてください」

「わかった。とにかく中に入れ」

家の中に入る純。荷物を置いて居間のソファに座る。

「それで話というのはなんだ」

「僕が家にいると家族が壊れるんです」

「どういうことだ」

「いじめられるのが嫌になって学校に行かなくなりました。でも、スケートは続けていてそんな自分に対して兄さんも不愉快に思っていて」

「そんなことがあったのか」

「僕のことで家の中で喧嘩になったりして、このまま家にいると家族が壊れそうだし、自分もスケートを続けていく自信がないです」

「学校を変えればいいんじゃないか？」

「そうですね。でも家も出たいです」と思いつめた顔の純。

「まず両親とよく話し合った方がいい」

「実の両親でもないのに、これ以上苦しませたくない」

「そんなこと思ってないだろ。純君が家にいない方が苦しむと思うよ」

「違うんです……」と言うと泣き出す純。純はいつも冷静なので驚く剛。

「井上コーチは知ってるの？」

純は泣きじゃくりながら「コーチより四ノ宮さんの方が話しやすくて」と言う。

「どうして」

「僕の苦しみをわかってくれる気がして」

剛は純を見つめたまま黙っている。

「五十嵐さんや翼から四ノ宮さんのことをよく聞いていたし」

「俺がどん底まで行ったからか……」と苦笑する剛。

「僕を置いてください」

「それは極端だな」

「だめならどこか探します」

「中学生がどこか探すって。おいおい困ったな」としばらく考え込む剛。

「純君、家に電話しろ。僕がしゃべるから」

家に電話をする純。電話がつながりいずみが出る。

「はい、一ノ瀬です」

剛に電話を渡す純。

「スケートのコーチをしてます四ノ宮です」

「えっ、四ノ宮さんですか?」

「はい、今、純君が家に来てまして」

「純が、四ノ宮さんのお宅にですか……」

「家出してきたと言ってですね」

「そんな」

「お母さんだ」と言って電話を渡そうとするが首をふる純。

「お母さん、今日のところは私の家に泊めます。また連絡します」

「申し訳ありません。よろしくお願いします」

電話を切る剛。

「今日はうちに泊まれ」

「ありがとうございます」


別の日に剛が純の家に来ていて、いずみと重文と居間で話をしている。

「四ノ宮さん、この度は本当に申し訳ありません」といずみ。

「明日にでも迎えに行きますので」と重文。

「あれからも話しましたが、純君は相当に心を痛めてます。いつも冷静だと思っていたんですが、泊めてくれと大泣きしました」

「純が泣いたんですね。いつも我慢をしている子なんです」

「やはりスケートをしている時だけでなく普段もそういう感じなんですね」

「学校も変えようと話し合っていたところです。そうすれば」

「本人は学校だけでなく、しばらく家も出たいそうです」

「そんなに」

「本当の子供じゃないのにスケートもやらせてもらった上にと言っていて、とても遠慮があるようですね」

「純は自分たちの子供です」ときっぱり言う重文。

「やっぱり気にしているのね、純は」

「学校を変えていただいて、しばらく私の家で預かるというのはどうですか？」

「そんな、四ノ宮さんに迷惑がかかります」

「純君は日本スケート界の宝ですし、私といたいと強く言ってます。コーチは井上君に引き続きやってもらいますが」

「純と話をさせてくれませんか？」

「それももう少し落ちついてから私の方から連絡させていただきます」

「本当にいいのですか？　四ノ宮さんに預かってもらえるならそれはありがたいです」

「責任を持って預かります」

「よろしくお願いします」と頭を下げるいずみ。


剛が家に戻ってきている。

「両親のＯＫをもらってきたよ」

「ありがとうございます。家事でもなんでもやります」

「とにかく新しい学校に行きなさい。手続きは終わっているそうだよ」

「わかりました」

純は翼にメッセージを送る。

「四ノ宮さんの家に住むことになった」

「どういうこと？　教わるってこと？」

「違うけど、今度会った時に説明するよ」

「違うんだ……不思議な感じ」

第四章「台頭」　13歳から14歳

第一話　里香のソロと翼の葛藤

1.

翼と里香が、虹陽学園の校舎と校舎の間にある中庭でベンチに腰かけて話をしている。

「一年経つのって早いね。もう中学2年生だよね」

「うん、でもこの一年で、翼は、世界デビューして、特待Aになって凄いよ」

「お母さんには喜ばれてる。学費免除は、うちにとっては大きなことだから」

「私ももっと頑張らないと」

「里香だって頑張ってるじゃない。バレエAチームのトップを争ってるんでしょ」

「そうだけど……まず次の発表会でメインの役をやれるようにしないと」

「お互い忙しいから、学校でもなかなか会えないね」

「翼は世界に出て行ってるし、仕方ないよ。世界デビューは私にとって1つの目標なんだ」

「とにかく次の発表会頑張って」

「いつか翼に私の演技見てもらいたいけど」

「ごめん。今まで一度も見れてないよね。動画は何度か見てるけど」

「もし発表会のスケジュールが決まったら連絡するね」

「うん、わかった。そろそろ練習行かないと」

「もうそんな時間か」


今年は、翼、麗子、純、健太の4人は、すべてジュニアフィギュアスケートワールドシリーズで世界を回る。

このシーズンの4人の取り組みは、大きく違っていた。

翼は、コーチとの関係づくりがうまくいってないので、演技を納得してやれていない。結果、シリーズも1戦目が4位、2戦目が2位となり、ファイナルを逃す。

麗子は、世界ジュニア女王のプライドを持ったシーズンであり、2戦ともに優勝してファイナルを迎える。

純は、色々な挑戦をしながらも2位と1位でファイナル進出となる。

健太は、1戦目のフリーのジャンプの失敗が大きく響き4位。2戦目はノーミスで優勝するが、ファイナルは逃す結果となる。


シリーズを終えて、クラスに行く翼。

4人のクラスメートが寄ってくる。

「翼、惜しかったね。ファイナル」

「次頑張らないと。全日本に備えないと」

「全日本の後には、世界ジュニアでしょ」

「全日本の結果次第だけど」

「そういえば翼は補習あるの？」

「へへ、要領がいいので、数学とかもぎりぎりセーフ」

「翼は早弁と居眠りばっかりなのに、補習ないんだ」

「早弁と居眠りばっかりってひどくない」

　4人とも大笑いする。

　クラスメートが席に戻る。里香からメッセージが来る。

「翼にビッグな報告。今度の発表会で私はメインをやることになった。ソロもあるんだ」

「そうなの!?　おめでとう！」

「ありがとう。翼に見に来てもらいたいな」

「いつ？」

「まだ、はっきりしないので、また連絡する」

「待ってる」

2.

　会議室に翼がソフィアを呼び出している。

「コーチ、全日本に向けての練習の前に、少し話をさせてください」

「何？」

「全日本の前に大会で滑りたいです」

「どうして?」

「演技に納得ができてないところがあって大会に出て試したいです」

「関東予選に出たいということ?」当惑気味のソフィア。

「はい」

「納得できてないというところは具体的にどこなの?」

「それがはっきりわからないので大会に出て演技をしてみたいのです」

「わかった」


関東予選は茨城、栃木、群馬、埼玉、千葉、神奈川、山梨、長野の8県から出場した選手で争われる。会場に剛と純も来ている。

「それにしても何で翼は関東予選に出るんだろう」といぶかしげな表情の剛。

「演技に納得できてないけど、それがどこなのかよくわからない。それを見つけたいとメッセージ来てました」

「そうか」

「四ノ宮さん、翼の演技を見るのは久しぶりですか?」

「そうだな。半年以上見てない」

「ドキドキしますか?」

「いや、楽しみだよ」

女子のショートプログラムが始まる。翼の演技はソフィアの指導によって滑らかな手や足の使い方になっている。格段に見せる演技がうまくなっている。ジャンプも3つともに綺麗に決める。

翼は断トツのトップに立つ。

翼が更衣室から出てくるのをエントランスで待っている剛と純。翼が出てくる。

「翼、良かったじゃん」

「純、本当にそう思う？　四ノ宮コーチはどうですか？」と納得できてない表情の翼。

「ソフィアに教わってる良さはしっかり演技に出ていた」

「明日も見てください」

「わかった」

その日の夜、翼はベッドで携帯をいじっている。里香からメッセージが来る。

「11月3日の休日にやることになった」

「練習変更してでも見にいくよ」

「本当？」

「調整する」

「ありがとう。嬉しい」

「やっと里香のバレエ見られるな」

次の日、いよいよフリースケーティングが始まる。翼は最終滑走。冒頭は3回転の連続ジャンプ。綺麗に着氷。続いてトリプルアクセルも決まる。スピンやステップもレベル4を獲得している。

「やっぱりステップは格段にうまくなったな」

「でも四ノ宮さん、翼のダイナミックさが消えた感じがします」

「……」

演技は後半に入ってくる。もともと3回転サルコウ、3回転トウループの連続ジャンプだが、翼が思い切り踏み込み、4回転サルコウを跳ぶ。バランスを崩したため3回転トウループは跳べなかった。

最後も4回転トウループを跳ぶが手をつく。それでも会場から大きな拍手が起こる。断トツトップで優勝。

剛と純のところに翼がやってくる。

「お疲れ、優勝おめでとう」と純。

「納得できる自分の滑りができない」と表情のさえない翼。

「スピンやステップはうまくなってるけど、前半は翼のダイナミックさが消えた感じがした」

「そうだよね、純」と言ってから剛の方を向いて「ソフィアコーチと喧嘩しちゃったのですが、勝手に4回転を2回跳んじゃいました」

「見ててわかったよ」と剛。

「でもソフィアの指導で確実に成果は出てるぞ」

「言いたいことはわかってます」

「それじゃ全日本も頑張れよ。純帰るぞ」と言いながら歩き出す剛、続く純。

翼は剛に言いたいことがあったが、ただ2人をじっと見つめる。

3.

翼が自宅に戻ってくる。

そこへ、三枝子が来る。

「どうだった？」

「納得できてないところはわかった」

「勝ったの？」

「優勝はした。でも前よりスケートやっていても面白くない」と憮然と話す翼。

「そう。レベルが上がってくると、そうなるんじゃない」

「違う気がする」

「どういう風に」

「……」黙り込む翼。

「それで、あなたはどうしたいの？」と言いたいことを言わせようと誘導する三枝子。

「お母さんにお願いがある」

剛の家のチャイムが鳴る。扉を開ける剛。

「あっ、翼。お母さんも」

そこには翼と三枝子がいる。

「突然、おしかけてすいません。ご自宅にいると聞いたもんですから」

「お入りください」居間に通される2人。

「どうしました」

「翼がどうしても四ノ宮コーチに戻ってきてほしいと言うもんですから」

「えっ、ソフィアコーチになって色々成果が出てきたと感じたところですが」

「感情表現とかは、成果が出てきているのは私もわかります」

「そうだろ、自分でも実感できるはずだ」

「でも、ジャンプも演技全体も納得できないんです。コーチはこの間見てどうでしたか?」

「確実に得点を取ってるし、ソフィアコーチの狙いどおりに演技ができていると思うよ」

「元々の構成を無視して4回転を跳んでみて、ワクワクしたんです。ソフィアコーチとやっててもスケートがどんどんつまらなくなってきていて、このままだとまずいです。戻ってもらうことはできませんか?」

「ソフィアコーチともこれからだろ。もっと話し合いなさい」

「このまま続けるのは苦しいし、難しいです」

翼の思いつめた表情を見て「考えさせてくれ」と剛。

豪華なつくりのロシア料理の店。中でキョロキョロして椅子に座っている剛。遅れてソフィアがやってくる。

「四ノ宮さん、遅れてすいません」

「いえ、そんなに遅れてませんよ」ソフィアが座る。

「ここは私が日本に来てからずっと通っている本場のロシア料理を出してくれる店です」

「古そうですね」

「ええ、もう40年はやってます。コース料理を頼んでおきました」

「ありがとうございます。日本でロシア料理の店に来るのは初めてです。ロシア料理は選手時代に本場で食べたことはありますが」

「ところで今日はどういうご用件ですか？」

「話しにくいのですが、翼のことです」

「四ノ宮さんにコーチに戻ってくださいと言ったんじゃないですか？」

「そうです」と驚く剛。

「関東予選の前から演技構成について意見の相違もありましたし、以前の情熱が最近全く感じられません」

「そういう状態なんですね」

　コース料理がどんどん出てくる。

「このまま続けると危険だなと思い、実はそろそろ四ノ宮さんに相談しないといけないと思ってました」

「そうですか」

「翼は来シーズンから変わってほしいと言ってるのですか？」

「それが……」

「このシーズンで、ですか？　それはクレイジーだわ」さすがに怒りの表情を浮かべるソフィア。

「ありえないですよね」

「四ノ宮さんはどうなんですか？　元々四ノ宮さんの意見で私に変わった経緯がありますよね」

「おかげで演技の表現力は凄くうまくなったと思います。スピンやステップも見違えるほどです。ただ、最近、外国勢がどんどん4回転ジャンプを演技に入れてきているのは少し焦りがあります」

「なるほど。私が4回転を演技構成に入れていくのには時間がいります。でも、そういうことではない気がします。やはり四ノ宮さんと一緒にやっていきたいんだと思います。去年までのビデオを見ると羨ましくなるほど生き生きとしています」

「ただシーズンも中盤を越えている中でコーチが変わるのもよくないのではないかとも思ってます」

　ボルシチが出てくる。

「ここのボルシチは本当においしいんですよ」

　食べ始めるソフィア。

　剛もつられて食べる。

「おいしい！」

「時間をください……今日はおいしい料理を食べましょう」ボルシチをまた食べ出すソフィア。

第二話　再び剛と世界へ

1.

それから数日経って、翼の家の居間で剛と翼が対面で座っている。三枝子は台所にいる。

「ソフィアコーチと話をして、来週から私がコーチに復帰することになった」

「やった！」

翼、ガッツポーズをとり表情が明るくなる。

「あの……全日本から去年のプログラムに戻したいです」

「去年のにか」

「今シーズンはやれるだけやれればいいと思ってます。それに去年のプログラムなら体が覚えてますし、3回転を4回転にするというのなら、一からやるのではないので、どうですか？」

「簡単に言うな。どうやるかよく考えて翼に伝えるよ」

「ありがとうございます」

「明日から忙しくなるぞ」

「はい」

三枝子は台所で嬉しそうである。

その夜、部屋にいる翼に里香からメッセージが来る。

「発表会来れそう?」

「里香、ごめん。わがまま言ってコーチを四ノ宮さんに戻してもらったの。だから、練習しないといけなくなって、行けなくなった」

携帯に頭を下げながらメッセージを送信する翼。

「残念。仕方ないけど」

2.

全日本に向けて急ピッチで練習をこなす翼。

「翼、演技に全くつながりがないぞ」

「はい、すいません」

「集中しないと4回転ジャンプは怪我するぞ」

「すいません」

剛の目の前で4回転ルッツを綺麗に成功させている翼。

練習が終わり携帯を見ると里香からメッセージ。

「思いっきり踊った。うまくいかなかったところもあるけど、楽しかった」

「良かったね。次は絶対見にいく」と返す翼。

全日本フィギュアスケートジュニア選手権の今回の会場は長野である。

会場のウォーミングアップの場所でいつもの４人が集まって話をしている。

「麗子、純、ファイナル優勝おめでとう！」

「健太、ありがとう」

「ありがとう。でも純は余裕があるから違うよね。私の場合は、翼は出てないし、ロシア勢が２人も怪我で出場してない中で勝っただけだから」

「でも、世界ジュニア選手権に続いて、世界で勝ったんだから凄いよ」と翼。

「ところで翼、コーチが四ノ宮さんに戻っただけじゃなくて曲も構成も変えたそうね」と麗子。

「うん。でも、去年の構成にかなりの部分戻してもらっただけだから」

「あきれるよ。シーズン途中でなんて僕には考えられない」と健太。

「４回転跳ぶんだろ」と純。

「そう、跳ぶ！」

「４回転か、脅威ね」と困った顔を見せる麗子。

「麗子が恐れるようなレベルじゃないわ。まだまだ完成度が低いんだ」

「それはそうだろ。そこは気合で」

「健太はいつもそれだね。気合で４回転は跳べないよ」

「そうだけどさ」

「翼と麗子はそろそろウォーミングアップした方がいいんじゃない」

「さすがいつも冷静な純」と健太。翼と麗子はそれぞれアップを始める。

ショートプログラムが男子から始まるが、結果は1位純、2位健太で3位に江藤。

女子も始まる。麗子人気でジュニアにしては多くのメディアが来ている。滑走順は翼が29番目、麗子が30番目で最終滑走。

翼の演技が始まる。急造の演技がどのくらいのものか注目が集まる。冒頭から4回転ジャンプだ。高い！ 会場が息をのむ。綺麗に成功。驚きの声が上がる。続いてトリプルアクセルこれも綺麗に成功。ステップは出来が悪くレベル2。スピンもレベル3で最後のジャンプは3回転の連続ジャンプ。これは完璧だ。全体にバラバラ感はいなめないがジャンプの余韻が会場に残っている。得点は８０・３４。

麗子は少し焦るが、リセットして滑り出す。冒頭は3回転の連続ジャンプ。綺麗に着氷、続いてダブルアクセル。これも出来栄え点の最高点が付く。そして得意のスピン、ステップで観客を引き付け最後に3回転の連続ジャンプ。フライングキャメルスピンでフィニッシュ。一番大きい拍手を受ける。得点は８０・１２で高得点ながら翼がトップのまま。

キスアンドクライで翼と麗子が握手している。

「4回転凄かった」

「うまくいった」

「明日は一騎打ちね」

「麗子と一騎打ちなんて、ちょっと信じられないけど、頑張る！」とおどける翼。

「翼、何言ってんのよ。あなたがトップよ」

「明日もガンガン跳ぶだけ」

「お互い頑張ろう！」


観客席の純のところに健太がやってくる。

「翼の４回転見た？」

「見たよ。高くて綺麗だった」

「男子のシニアでもあんなに綺麗になかなか回れないよな」

「演技はまだまだつながってなかったけどね」

「仕方ないよ」

「明日の翼の演技が楽しみだ」

「うん、そして麗子がどう迎え撃つか。見ものだ」


翌日、いよいよフリースケーティングだ。男子の滑走順は純が20番目、健太が24番目の最終滑走。最終グループの練習が始まる。健太と5位の選手がぶつかりそうになる。健太はよけた勢いで壁に激突してしまう。健太は立ち上がるが、その場で痛みを抑えている。練習は終了。演技が始まる。

純の番だ。冒頭は4回転と3回転の連続ジャンプ。見事に成功。続いてトリプルアクセルも綺麗に着氷。そこからスピン、そして見せ所のステップと会場の声援のボルテージも大きくなってくる。後半も4回転を跳び完璧な演技。最後のスピンを決めてポーズ。会場から割れんばかりの拍手が起こり手を振る純。得点は180・45でトータル266・95。

激突してフラフラしている健太が最後にリンクに出てくる。心配になって見ている翼と麗子。翼が横を見ると麗子が手を合わせて祈っている。

演技が始まる。冒頭は4回転と3回転の連続ジャンプ。見事に成功。続いて4回転ルッツだが、これは回転不足。スピンとステップはレベル3をとり後半の演技へ。5つめのジャンプはコンビネーションだったが失敗。最後のジャンプは3回転サルコウだったが、ここで3回転3回転の連続ジャンプを入れてさっきの失敗をとりかえす。そしてフィニッシュ。怪我をおして演技をした健太にも大きな拍手が起きている。

「やったー」麗子は少し涙ぐんでいる。

「麗子……」

「健太っていつも全力だから疲れるよね。でも良かった！」

「そうだね」

得点が出る。172・33でトータルは255・13。純に続いて2位。

「健太やったね。翼、次は私たちの番だよ」

「うん、頑張ろう」

女子の演技も始まる。滑走順は翼が19番目で麗子が23番目だ。

「さあ行ってこい」と剛に言われリンクに滑り出す翼。翼は冒頭から4回転に挑戦。転倒する。続いてトリプルアクセル。これは綺麗に着氷。その次に3回転サルコウだったが、ここで4回転を跳び成功させる。スピン、ステップはレベル3だがつなぎがぎこちない。演技後半に入る。ここで3回転の連続ジャンプ、出来栄え点が最高。そして最後のスピンで締めくくる。翼は嬉しそうな笑顔で観客に手を振っている。剛も納得した表情。得点は150・36でトータル230・70。トップに立つ。

次々と演技が終わり、23番目の麗子の番になる。冒頭は3回転フリップ。綺麗に決まる。続いて3回転と2回転の連続ジャンプ。出来栄え点の最高点を獲得。そして麗子の世界にいざなう華麗なスピンとステップ。

「美しい」と翼。

後半に入ってダブルアクセル、3回転トウループと次々と綺麗に着氷する。そして最後のスピンが決まる。大きな拍手とともに観客が立ち上がる。麗子の顔は晴れ晴れとはしていないが、手を振っている。得点は、153・20、トータル233・32でトップ。

「麗子がやっぱり優勝」と翼は嬉しそうに麗子を祝福するが、麗子は「ありがとう」と言うが顔は曇っている。

表彰式。男子は1位純、2位が健太。女子は1位が麗子、2位が翼。ついに4人が初めて全員表彰台に上がった。

メディアの取材は相変わらず麗子中心だ。

「みんなで表彰台って最高だ」と嬉しそうな健太。

「そうだね」と淡々と言う純。

「健太は浮かれすぎ、純はクールすぎ」と翼。それを聞いて顔が曇っていた麗子も笑う。

「麗子がやっと笑った」と茶化す健太。

「うるさいわね」


次の日、４人と剛は会場からそんなに遠くない野辺山の天文台に行った。ここは世界レベルの国立天文台だ。丸い大きな望遠鏡や電波測定機器がぎっしりと立ち並んでいる。特に45ｍの電波望遠鏡は世界最大の口径である。

麗子の父の知り合いである天文台研究員の土屋が車で案内をしてくれる。

「ここは宇宙人とやりとりするために作った場所なんでしょ」

「健太らしい」と麗子。

「確かに、いつかここで宇宙人とやりとりできるといいね」とにこやかな顔で土屋が言う。

「いろんな形の望遠鏡があるよね」と純。

「そうだね。全部で１００くらいの電子望遠鏡があるんだ」

「見渡す限りあるもんね」

45ｍ望遠鏡のところで、車は停まり、みんな降りる。

「大きいな」

健太に言われ、みんな望遠鏡を見上げる。

「みんな宇宙に興味あるかな？」と土屋。

「とてもあります。ビッグバンとか」と健太。

「そうか。この望遠鏡はビッグバンの研究にも役に立っているんだよ」

「土屋さんは新星とか見つけたことありますか?」と純が訊く。

「私はないけど仲間にはいるよ。そのうち見つけたいな。興味あるならサイトのＵＲＬを教えるよ」

「私たちＳＮＳでグループ作ってますので、そこに送ってください」

麗子と土屋は携帯でアドレスの交換をしている。

「新星か……夢があってロマンティックだ」

「健太とロマンティックって合わないよね」と翼。

「たしかに」と麗子が言うと、みんな笑う。

健太はぶすっとして「なんで」とつぶやく。


野辺山天文台の近くのロッジに5人で泊まる。そこには、広い屋上があり、星空がよく見える。夜になり、みんなで屋上に出て星を見る。周りにはほとんど明かりがなく、星がより一層よく見える。

「満天の星だ……ここを4人の誓いの場所にしよう」と健太。

「どんな?」と麗子が訊く。

「オリンピックに出て今回みたいにみんなで表彰台」と健太。

「いいね」と純が応える。

「わかったわ」

翼が持ってきた石を取り出し祈ると石が輝く。麗子も健太も取り出すと石の光が合わさって空へ少し伸びる。純が、もぞもぞしている。３人が見ると純も石を持って来ている。

「純も……」と健太。

恥ずかしそうにしているが、純が祈ると光が増幅され天まで光が伸びていく。４人は空を見上げている。

「絶対にみんなでオリンピックに行こう」と純が大きな声で言う。

「うん」

「翼に負けないわよ」

「俺も純に勝つ」

強い光が輝きを放ち続けているのを後ろで見ている剛。

第三話　里香の病と二度目の世界挑戦

1.

自宅に帰ってきた翼。三枝子が真っ青な顔で、翼に駆け寄る。

「翼、里香ちゃんが……」

「里香がどうしたの？」

「病気で入院することになったの」

三枝子の沈痛な表情から深刻な病気だと翼も感じて「どういう病気なの？」

「白血病は聞いたことある？」

「えっ、白血病……聞いたことある」

「ここのところ体調悪かったのは、知ってるわよね。精密検査をしたんだって。その結果、白血病なのがわかって、すぐ入院になったそうなの」

「お見舞いに行きたい」泣き顔になっている翼。

「白血病は、お見舞いできないのよ」

「そうなの？ 私は、どうしたらいい。何かできないの」

「里香ちゃんのお母さんと相談してみるね。今は、それどころじゃないので、もう少ししてから」

泣き出す翼。

「辛いのは里香ちゃんなのよ。これから大変な病気と闘っていかないとならないの」

泣きながら、うなずく翼。

2.

カナダに帰って来た麗子。顔には焦りの色が出ている。練習になると、すかさずコーチのケイトに提案する。

「冒頭のジャンプを4回転でいきたい」

「4回転はまだ成功率が低すぎるし、足の負担も心配だわ」

「このままだったら次の世界選手権で翼に絶対負ける。あんな完成度で互角だったわ。このままで負けるくらいなら挑戦して負けたい」

「出来栄えで勝負する方が勝つ確率は高い」

「やらせてください」

「麗子は、言い出したら聞かないからね。それではまず本番で跳べるかどうか練習からきちんとやりましょう。いいわね」

「はい」

4回転トウループから跳ぶ練習。何度も挑戦するが、何度も転倒する。それでも練習する麗子。

「もう今日は終わり。跳びすぎると怪我するわ」

「でも」

「焦らないこと」

「はい」


麗子の家の居間に良子と麗子がいる。

「麗子、ケイト先生が心配しているわよ」

「やるしかない」

「翼ちゃんが脅威なのね」

「今だけの話をしてない。これからずっと翼が私の最大のライバル」

「でも一番好きなんでしょ」

「翼は大好き。でも……だから負けたくない」必死な形相の麗子。

「そうなのね」

3.

剛の居間。練習を終えて帰ってきた純が居間に入ってくる。

「ただいま」

「お帰り。コーヒー飲むか？」

「すいません。いただきます」

剛はコーヒーポットのコーヒーをカップに入れテーブルに置く。純は荷物を置いて居間に来る。

「翼を初めて見た時、どう思いましたか？」

「高くて綺麗なジャンプを跳ぶ子だなと思ったよ」

「一般の人に混じってても目立ったでしょうね」

「楽しそうだった。今でもそれは同じだけどね」

「何故あんなに楽しそうなのか、わかりません」

「純君は逆になんであんなに辛そうなのかな」

「そうですね。競技を始めて楽しいと思ったことはないですね。僕の場合、楽しくなったら試合に勝てなくなるかも」

「そうかな」

4.

翼が、自分の部屋で、考えながら歩き回っている。もうすぐ世界ジュニア選手権だ。その前に思い切って里香に電話をするかどうかで悩んでいるが、結局電話をする翼。呼び鈴が鳴って里香が出る。

「翼、久しぶり。嬉しい。電話くれるなんて」

「里香、どうなの？」

「抗がん剤を飲んでるから気持ちが悪い。それと髪がだいぶ抜けちゃった」

「治ればもとに戻るよ」

「うん……翼、もうすぐ世界ジュニアだね。自信は？」

「練習してきたことをしっかりやってくる」

「応援してるよ」

「ありがとう」

5.

羽田空港。今回も日本の代表選手は、男子が純と健太、女子が麗子と翼だ。両親ともに仕事の関係で東京にいるため麗子も東京にいる。麗子フィーバーは続いていて、優勝を期待するメディアやファンが空港におしかけている。麗子が空港に入ってくるとメディアがマイクを向ける。

韓国のインチョン空港に到着。空港からバスに乗りソウル市内のホテルを目指す。高速道路を走ると目の前にソウルのビル群が見えてくる。翼と純は並んで座っている。

「勝負の場所へやってきたな」

「うん、とても楽しみ」

「いつも翼は、そうだな」

「行ったことがない場所に来るとワクワクする」

「たいしたもんだよ、翼は」

五十嵐と剛が、話している。

「ジュニアシリーズの結果を見ても、ライバルは男女ともロシアだな」

「ああ、男子は一ノ瀬が優勝したが、２位のヒョードルとも僅差だったし、女子は麗子が優勝したが、２人のロシア選手が怪我で出なかったからな」

ホテルの近くの焼肉屋に来ている日本選手団。選手とコーチで総勢12名。

「食べ過ぎはだめだぞ。自分でコントロールしろよ」と五十嵐が言う。須藤コーチも「特に健太」

「わかってます」と肉をほおばる健太。

「どこがわかってるんだ」

「純はあんまり食べてないね」と麗子。

「試合前だから」

「私も終わってから、いっぱい食べたい」とうなずく麗子。

「今回は4人とも勝てるチャンスある。気を引き締めて明日からの試合に臨もう」

「ロシア選手以外気になる選手は？」と五十嵐に訊く剛。

「カナダの「ジャンプ王子」は今年も出てるし、調子が上がってきたという噂がある。女子はロシアとガチンコ対決だろう」

「わかった」


女子のショートプログラムが始まる。滑走順は翼が33番目、麗子が35番目。

翼の演技がスタート。冒頭は4回転ルッツ。完璧だ。そして次にトリプルアクセルも綺麗に決まる。そしてスピンもレベル4獲得。続いてステップシークエンスもいい出来だ。最後のジャンプは3回転サルコウと3回転トウループの連続ジャンプも綺麗に着氷。出来栄え点もしっかり取る。そして最後のスピンを決める。大きな拍手とともにスタンディングオベーション。嬉しそうに手を振る翼。

剛もガッツポーズ。キスアンドクライで得点を待つ剛と翼。得点は86・50でダントツトップに立つ。

麗子の番がくる。

「麗子、冒頭は3回転でいきなさい」とケイト。

「いえ、4回転に挑戦します」と言ってリンクに出ていく。

曲が始まり冒頭のジャンプは4回転フリップだが、軸がずれて転倒する。焦る麗子は次の3回転サルコウと3回転トウループの連続ジャンプのはずが2つ目のジャンプが1回転になってしまう。スピードに乗れないため得意のスピンもレベル3になる。ステップも表情がいつもの情感的な表情が出せていない。最後のジャンプは3回転ルッツでそのままスピンに入りビールマンスピンで終わる。泣きそうな麗子。得点も68・90でまさかの9位。

最終滑走はアリサ・パブロヴァ。冒頭は4回転サルコウ、綺麗に着氷。次々とジャンプも決め、最後のスピンも綺麗に決めて終わる。得点は82・87で2位。3位もロシアのナターシャ・トルスタヤで74・50。試合が終了後、すれ違う翼と麗子。

「麗子……」

下を向いて翼と目を合わせないでそのまま去る麗子。

観客席の純と健太。

「麗子、大変だな」

「フリーはパーフェクトを目指すだろ」

「翼の演技が良かった分、明らかに焦りがある」

「まずは明日、俺たちの番だ」

「そうだな」

次の日、男子のショートプログラムが始まる。滑走順は健太が33番目、純が34番目。32番目にヒョードル・パブロフ。

いよいよ健太の演技が始まる。その前のヒョードルは102・56でトップ。冒頭は4回転ルッツ。高く跳び上がり決まる。続いてトリプルアクセルこれも成功。スピンもレベル4。会場も乗ってくる。ここでステップシークエンス。次々とジャンプも決め、最後の3回転サルコウと3回転トウループの連続ジャンプを決めフィニッシュ。晴れ晴れとした顔の健太。得点は97・54で現状2位。健太と入れ替わって純がリンクに入る。手を上げて純にエールを送る健太。

純の冒頭のジャンプは4回転ルッツ、3回転トウループのコンビネーションジャンプ、完璧な出来だ。続いてトリプルアクセル。これもまずまずだ。スピンもレベル4、ステップシークエンスでは会場と一体化しレベル4。最後のジャンプは4回転サルコウを完璧に決める。スタンディングオベーション。純は相変わらずクールだが、コーチの井上はガッツポーズ。得点は108・92でトップに立つ。健太は3位。このままの順位でショートプログラムは終わる。

観客席にいる剛と翼。

「さすが純君だな。いつも変わらない演技だ。健太君も頑張ったな」

「2人とも良かった！」

「麗子ちゃんいないな」

「今日は見てません」

「さあ明日だな」

「はい」

「おまえらしく楽しんでこい」

「楽しんできます」笑顔を見せる翼。

いよいよ女子のフリースケーティング。滑走順は麗子が18番目、翼が21番目、ナターシャが22番目、最終の24番目がアリサだ。

麗子の演技が始まる。冒頭の4回転フリップ、抜ける感じでシングルになる。続いて3回転、2回転のコンビネーションジャンプはまずまず。スピンはレベル4を取り、ステップシークエンスもレベル4を取る。後半の冒頭のジャンプで再び4回転フリップに挑戦するが、転倒。その後のジャンプはすべて成功するが、最後のスピンを回りポーズを決めると涙が一気に出てきて手で顔を覆ってしまう。キスアンドクライに来た麗子を抱きしめるケイト。得点は115・84でトータル184・74。得点を見て顔を上げられない麗子。そのままケイトに抱きかかえられて出ていく。

最終グループの6人の演技が始まる。この時点で麗子は3位。

翼の番になる。

「楽しんできます」

「行ってこい」

いつものように送り出す剛。リンクに滑り出す翼。冒頭は4回転ルッツ、綺麗に決まった。その後のトリプルアクセルも完璧に決める。足替えスピンもレベル4獲得。続いてステップシークエンス。楽しそうに滑る翼、会場と一体化していく。後半のジャンプの4回転サルコウ、これも完璧。残りのジャンプもすべて決めてビールマンスピンで終わる。大きな拍手が起こりスタンディングオベーション。翼は大きく手を振り笑顔で答える。キスアンドクライで剛と話す翼。

「良かったぞ」

「最高に楽しかったです」

得点は１６５・２３でトータル２５１・７３。得点が出るとどよめく。今期シニアを含めての世界最高点だからだ。

ナターシャが華麗に滑りを見せ、アリサも4回転を跳ぶが得点はそれぞれトータル２１８・５４、２２４・８５となり、翼がダントツの1位、アリサが2位、ナターシャが3位。麗子の取材でつめていた日本のメディアは一斉に翼の方へ取材対象を変える。

「これからが大変だ」

「そうですか」

「お前はわかってないな」

観客席から健太が大きい声で叫ぶ。

「翼、おめでとう！　俺も明日頑張る」

「健太、ありがとう。明日頑張って応援してる」

横で純も手を振っている。

次の日、男子のフリースケーティングが始まる。滑走順はヒョードルが22番目、純が23番目、最終滑走24番目が健太。

ヒョードルの演技が始まる。流れるような演技と3つの4回転ジャンプを決める。得点はトータルで265・84。

純の番になる。冒頭は4回転ルッツから3回転トウループで綺麗に着氷。その後も次々とジャンプを決める。スピンもそつなくレベル4。ステップに入ると会場全体が拍子を取る。後半の4回転も3回転の連続ジャンプも成功。イナバウアーからのフライングキャメルスピンでフィニッシュ。大きな歓声が上がる。得点は170・27、トータル279・19でトップ。

健太が登場。純が手で合図する。健太が手を上げて答える。健太の力強い演技が始まる。冒頭の4回転サルコウ、3回転トウループのコンビネーションジャンプ。高いジャンプで見事な出来栄え。続いて4回転ルッツ、これも成功。調子に乗ってくる健太。スピンもステップも出来がいい。後半も4回転が成功。そのままノーミスでポーズをとって終了。ガッツポーズする健太。それと同時にコーチの須藤もガッツポーズ。得点は160・34、トータル257・88で3位。キスアンドクライで須藤と抱き合う健太。横にいる純も健太のところにやって来て握手をする。

表彰式。まず女子。表彰台の真ん中に満面の笑みの翼。健太と純もそれを見ていて拍手をしている。麗子の姿はない。

男子にうつる。晴れやかな健太の隣に優勝の純。クールにしてるが健太にからかわれて笑顔になる純。会場中に大きな拍手が起こる。今度はそれを見て手を振る翼。

6.

羽田空港にも多くの報道陣とファンがつめている。翼をさける麗子。

「翼、しばらくそっとしてあげな」

「わかってる」

「出口に出ると大変だぞ」と純。

「翼、一緒に出るぞ」と剛が翼に声をかける。

出口に出ていくと多くの人が一斉にフラッシュをたく。自分が去年の麗子のようになっているのに驚く翼。

「早く車に乗れ」

翼もさすがに動揺してバンの車に乗り込む。純、健太と麗子も一緒だ。

里香からメッセージが翼に届いている。

「翼おめでとう。もう世界チャンピオンなんて。遠い人になっちゃったな」

「里香ありがとう。ジュニアだけどね」


東京の記者会見場。雑誌やＷＥＢメディアだけでなくテレビも複数局来ている。記者会見場にはメダルを取った３人だけでなく麗子の席もある。麗子は試合が終わってから誰ともしゃべっていない。麗子が控室から最後に出る。麗子は会見場に行きたくなくて空いている部屋に隠れる。麗子はいないが記者会見は始まる。

フラッシュがたかれ、翼の晴れやかな笑顔が広がっていく。会見が終わると連盟のスタッフは慌てる。麗子が行方不明だからだ。

　麗子を探す純。控室に戻りその周辺のところを探していると微かな光が見える。その光のところに行き扉を開けるとダンボール箱が並べられている奥が光っている。そこに小さくなって隠れている麗子がいる。

「麗子」

「光が消せなくて見つかると思った」

　石を握っている麗子。もう光は消えている。

「行こう」

「イヤ。ここにいる」かたくなな麗子。

「一緒にどこか行こう」携帯を見て何か思いついたようにメッセージを打つ純。

「どこへ」

「ちょっと待って」

　返信が来る。すかさずメッセージを返す純。何度かやりとりをしている。しばらくして純は様子を見ながら麗子と裏口から外へ出る。

7.

　記者会見場。

「剛、本城と一ノ瀬がいなくなった」

「いなくなったというのはどういうことだ」

「本城は会見の時も欠席だったが、会見終了後、一ノ瀬もいなくなった。おそらくあいつら一緒だ。どこか心当たりあるか？」

「翼と伊藤君はいるか？」

「2人はいる。でも連絡もつかないし、どこにいるかわからないようだ」

「しっかりしているが所詮まだ中学生だぞ」

「手分けして探そう。お前は翼ちゃんたちといてくれ」

「わかった」

剛は翼のところへ行く。健太も一緒にいる。

「翼、どこ行ったかわからないのか？」

「はい、純もいつのまにかいなくなってしまって」

「ここでちょっと待っててくれ」と言って剛は連盟の役員のところへ歩いていく。

翼が石を強く握ると頭の中に天文台が浮かぶ。

「天文台？　もしかして。そう言えば土屋さんから会見を見に来ているってメッセージが……」

すぐに純にメッセージを打つ。応答がなかった純からメッセージが返ってくる。

「よくわかったね。今、野辺山へ向かってる」

「麗子もでしょ」

「うん。マスコミやこの騒ぎから麗子も僕も離れたくなった」

「でも連盟の人は大騒ぎしてるよ」

「四ノ宮さんだけに伝えてほしい」

「わかった」

「純だね」と健太が翼に言う。

「うん、私たちも野辺山へ行こう」

「野辺山……わかった。行こう」

翼と健太は剛を探しにいく。剛をみつける。剛は電話しているが、翼を見てすぐ切る。

「見つかったか？」

「はい」

「どこにいる」

「今、野辺山に向かっているそうです」

「えっ、どうやって」

「わかりませんが、土屋さんかなと」

「みんなに言わないとな」

「四ノ宮さんだけに伝えてくれと言われてます。私たちも向かおうと思ってます」

剛は純に電話する。純が出る。

「どうやって野辺山に向かってる？」

「天文台の土屋さんが会場近くにいらっしゃっていて、無理にお願いしました」

「わかった。俺たちも向かう」と答える。

剛はあちこちに電話をする。

「それじゃ行くぞ」

剛は連盟関係者の車を借りる。それに乗り込む翼と健太。

中央高速道路を天文台のバンに乗っている純と麗子。

「翼も健太も来るって」

「そう」

純は運転席の土屋に向かって「ご迷惑をおかけしましたが、四ノ宮コーチと話しました」

「良かった。まさか、会場近くにいるとメッセージを打ったら連れ出してくれと頼まれるとは思わなかった。私が四ノ宮さんの連絡先を持ってなかったので。下手すると誘拐になっちゃうからね」

「すいません。あの場からとにかく離れたかったので」

「2人の様子がただ事じゃなかったからね」

「ありがとうございます」

中央高速道路のはるか後ろで剛の車が、後部座席に翼と健太を乗せ走っている。

野辺山天文台のロッジの居間には4人と剛がいる。

「みんな、私のわがままにつきあってくれてありがとう」

「水臭いな」と健太。

「今さら」と純が続く。

「そうだよ。でもまたみんなで野辺山に来れて嬉しい」と翼。

「おまえらまだ中学生だぞ。もうちょっと中学生らしい行動をしろ」

剛の話を無視して「せっかく野辺山に来たんだから星を見ようよ」と翼。

「そうだよな、天気いいし」

全員、ロッジの屋上へ行き、星空を見る。

「来シーズンからいよいよシニアデビューだ」と星を見て話す純。

「よっしゃ、気合入るな」

「いつもでしょ、健太は」と翼が言うと麗子の顔にも笑顔が戻る。

「そしてすぐにオリンピックだ」

5人が見上げている夜空に無数の流れ星が駆けていく。

「あっ、流れ星」

「凄い数」

「綺麗」

みんな何かを祈っている。4人の石も一瞬強く光って消える。空には無数の流れ星がまだまだ降り続いている。

第五章「転機」 14歳から15歳

第一話 シニアデビュー前夜

1.

翼と剛が会議テーブルで向かいあっている。

「いよいよ新シーズンだ」

「まず曲を決めたいです」

「そうだな。候補の曲は挙げただろ」

「見ました。ショートは『眠れる森の美女』にしたいです。でもフリーは候補の曲の中にはないのですが『ロミオとジュリエット』でやりたいです」

「ロミオとジュリエットか。わかった。今年の重点課題だが、4回転のそれぞれのジャンプ精度を上げることとコンビネーションの出来栄えを多くとれるような演技ができるようにすることだ」

「はい、頑張ります！」


会議室を出て帰宅する前に、里香に電話する翼。翼の電話に出たのは、里美だった。

「翼ちゃん、電話ありがとう。里香はここのところ体調悪くて、電話も私が代わりに受けているの」

「おばさん、里香……」と言葉に詰まる翼。

「翼ちゃんのこといつも話してるわ。世界で頑張っている翼ちゃんから力をもらってるって」

「これから、しょっちゅう動画を撮って送るので、具合がいい時に見せてください」

「里香、喜ぶわ。ありがとう」

　電話を切ると、涙が出てくる翼。涙をぬぐって動画を撮影するモードにし、録画ボタンを押す。

「里香、翼だよ。しばらく顔見てないから忘れちゃったかな。今年はいよいよシニアデビュー。どうなるか少し不安だけど、楽しみ」

　生き生きとした表情で話をしている翼。録画ボタンを停止すると、とたんに泣きそうになる。気持ちを抑えて、もう一度、録画ボタンを押す。

「里香の方が大変な病気と闘ってるから私も世界に負けないように頑張る。また動画を撮って送るね」


　ケイトと麗子がカナダのリンクの上で話し合っている。

　麗子は黒と赤の新しいドレスを着ている。

「今年は衣装コンペさせたのね？」

「はい」

「そう、でもいい衣装だわ。さすがね」

「気に入ってます」

「振付師もあなたの希望がかなってロジャーになったしね」

「嬉しいです」

「フリーのカルメンは今のあなたにとって挑戦的な曲よ」

「この曲で自分のイメージを変えたいです」

「それと4回転ね」

「重点的にお願いします」

「基礎体力をつけるトレーニングも並行してやるわ」

「はい、お願いします」

「それでは、まず軽く通してやってみて」

「はい」と言うとセンターに行って演技を始める麗子。


健太の家の居間で健太と詩織が話をしている。

「いよいよシニアデビューね」

「みんなのおかげでここまで来られた」

「強化選手になってから家計の負担が少なくなったから気にしなくていいのよ」

「でも、今までの分を返していかないと」

「そんなこと考えなくていいのよ。健太は演技だけに集中して」

「わかった。来年はオリンピックだから今年は重要だ」

「まず怪我をしないで一年間やれるようにね」

「うん」


外苑前のスケートリンク。井上の前で純が新しいフリーの曲の『ウエストサイドストーリー』で演技をしている。

純が4回転ルッツ、4回転トウループのコンビネーションジャンプを練習している。

難度の高い連続ジャンプも安定している。今年、オリンピックだったらいいのにと思ってしまうほどだ。

純が演技を終えて井上のところに来る。


「どうですか？」

「覚えが早いな」

「この曲ならもっと躍動感を出していきたいです」

「それはこれからじっくりやっていこう」

「はい」

2.

会議室で小笠原と五十嵐が話をしている。


「いよいよ黄金の世代がシニアデビューだな」

「そうですね」

「ワールドシリーズは？」

「第2戦が伊藤と一条、第3戦が本城と一ノ瀬、第4戦が一条、第5戦が伊藤と本城、第6戦が一ノ瀬です」

「今からワクワクするな」

「はい」


東京テレビのスポーツ番組。才色兼備で人気のあるキャスター杉田彩と元日本代表フィギュアスケーターで解説者の井田信成が、フィギュアスケートの今年の展望について話している。

「井田さん、今年のフィギュアスケートはとても楽しみだそうですが」

「黄金の世代と言われている日本の４人がシニアデビューします」

「男子２人に女子２人で４人とも同い年なんですよね」

「そうなんです」

「ジュニアではすでに４人とも活躍してるんですよね」

「はい、男子では一ノ瀬純君、伊藤健太君。女子では一条翼さん、本城麗子さん。ジュニアでは優勝もあり表彰台に何度も上がっています」

「４人ともワールドシリーズにデビューするわけですが、どうなんでしょう」

「男子ではロシア選手とアメリカのジョン選手と日本の２人が優勝を争うと思います。女子はロシア選手たちとカナダのキャサリン選手がライバルでしょう」

「いきなりデビューで優勝を争うのは本当に楽しみです」

「そうですね」

第二話　世界のシニアスケーターと初めて戦うフィギュアスケートワールドリシリーズ

1.

フィギュアスケートワールドシリーズが始まる。第2戦フランス大会。

グルノーブル市内を走るバス。グルノーブルはフランスの南東部にある都市で、1968年に冬季オリンピックが開催されている。アルプス山脈のふもとで、イゼール川沿いである。

健太と翼が並んで座っている。

「ついにワールドシリーズに来たね」とキョロキョロしながら話す健太。

「本当にね」

「ここで勝ってファイナルに王手をかけたい」と意気込む健太。

「自分の演技をするだけよ」

「もちろんそうだけど」

「十分練習してきたでしょ」

「ああ、毎日」

「練習は裏切らない。それを信じて頑張りましょう」

そう言う翼に決意に満ちた健太の表情。

翼は里香から来た動画メッセージに気づき、バスを降りた場所で再生する。

「翼、もうフランスかな。髪がなくなっちゃったので、恥ずかしいから帽子かぶってる。でも翼が世界を相手に戦っている姿は、私にいつも勇気をくれてる。私も負けちゃだめだって、病気に勝ってバレエで世界を目指したいってね。心はいつも翼と一緒のつもり。翼のジャンプで世界を驚かせてね。じゃーまたね」と悲壮感が漂う痩せた顔が頭から離れない翼。泣きそうになるが、こらえて「よし！」と気持ちを奮い立たせる。


男子のショートプログラムが始まるが、優勝候補はロシアの「滑るアーティスト」のシモン・ロバノフと健太。健太の滑走順は7番目、シモンは10番目。

健太の演技が始まる。冒頭は4回転サルコウ。高いジャンプ、綺麗に着氷。勢いに乗って次々とジャンプを決め、フィニッシュ。得点は90・55でトップに立つ。

シモンも4回転サルコウから入り無難に演技をまとめる。得点は85・37で2位。このままの順位で終わる。


観客席で翼と剛が並んで見ている。

「健太トップ！」

「明日が勝負だな。ロシアのシモンと一騎打ちだ」

「健太のチャップリンの演技早くみたいな」と楽しそうに話す。

「今までのイメージと違うな」

「熱血イメージからコミカルな演技もできるところを見せたいらしいです。次は私の番」

「そうだ。シーズンの初戦でもあるから気負わず行け」

「はい」


選手控室。翼のところに大柄なブロンドの選手がやってくる。キャサリンだ。

「翼さんでしょ」

「はい」

「私はキャサリン、よろしく！」

手を出すキャサリン。その手を握って「はじめまして一条翼です」と答える。

「麗子が恐れている翼ね」

「……」意味がわからない翼。

「カナダの同じリンクで練習してるのよ」

「あっ、麗子の友達ですか？」

「友達……というよりライバル」

「そうですか」

「それでは後で」

控室を出ていくキャサリン。

7番目にキャサリンがリンクに登場する。

まずは3回転ルッツと2回転ループの連続ジャンプ。綺麗に決まる。そつのない演技が続き、フィニッシュ。ノーミスだ。得点は82・50でトップに立つ。

最終滑走は翼。

冒頭は4回転ルッツ。高く綺麗に決まり、出来栄え点も大きく付く。続いてトリプルアクセル。これも綺麗に決まる。スピンもレベル4を取るがステップシークエンスはレベル3。最後のジャンプは4回転フリップ、3回転トウループのコンビネーションジャンプだが、2つ目のジャンプは失敗。最後のスピンを回りフィニッシュ。笑顔の翼。剛のところに戻ってくる翼。

「スタートとしては及第点だ」

「明日はノーミスで演技します」晴れ晴れとした顔の翼。得点は78・90で2位となる。

女子のショートプログラムが終わると男子のフリースケーティングだ。ラスト前で健太が登場。チャップリンの小気味いい音楽で演技が始まる。少し硬い健太。まず4回転サルコウからの3回転トウループ見事成功。続いてトリプルアクセル、その次の4回転ルッツと次々と決める。スピンからチャップリンの見せ場のステップシークエンス。笑いをとりたいところだが、会場から笑いは起こらない。最後の4回転ループを決めスピンで終わる。不完全燃焼の表情の健太。得点は185・34、トータル275・89でトップに立つ。

最終滑走は「滑るアーティスト」のシモン・ロバノフ。4回転、3回転の連続ジャンプを綺麗に決める。そのあとはトリプルアクセル。中盤から後半にかけてのステップシークエンスは芸術的な足運びで会場を一体化しフィニッシュすると大きな拍手とともにスタンディングオベーション。得点は191・38、トータル276・75で健太を抜いて優勝。

うなだれる健太。

健太が出口に向かって歩いていくと剛と翼がいる。

「健太、惜しかった」と翼が声をかける。

「明日、翼、勝てよ」

「ノーミスでいきたい」

「気負い過ぎないようにな」

健太の気負った顔を見て吹き出す翼。

「なんだよ」

「ごめん、ごめん」

「それだけリラックスしてれば大丈夫だな」とあきれ顔の健太。

次の日になる。本番前の6分間練習が始まる。

「いよいよロミジュリのお披露目だぞ。イメージトレーニングしろ」

「もう頭の中では、曲が流れてます」

「よし行ってこい」

勢いよく滑り出す翼。4回転ジャンプをどんどん跳ぶ。キャサリンもロシアのターニャもその横でジャンプやスピンをしている。

競技は始まっている。6番滑走の翼の登場だ。『ロミオとジュリエット』の曲が始まる。冒頭のジャンプは4回転ルッツ、3回転トウループのコンビネーションジャンプで見事に成功。続いてトリプルアクセル。完璧だ。足換えシットスピンも綺麗に回りステップシークエンスへ入る。会場の手拍子に答え伸びやかに滑る翼。最後のジャンプは4回転サルコウ、3回転トウループのコンビネーションジャンプで後半にもかかわらず高く綺麗に決まる。最後はビールマンスピンで締めくくり、大きな歓声とともにスタンディングオベーション。得点は、170・54、トータル249・44でダントツのトップに立つ。

続いてロシアのターニャ。昨日に続いて冒頭の4回転ジャンプで転倒。見せ場がなく演技終了。トータル213・45で4位。最終滑走はキャサリン。まず3回転ルッツから3回転トウループを綺麗に決める。続いてトリプルアクセルも成功。次々とジャンプを決めていく。スピンもステップもレベル4をとって最後の3回転サルコウも着氷。フィニッシュ。大きな拍手が起こる。キスアンドクライでコーチと得点を待つキャサリン。手を合わせている。得点は160・43、トータル242・93で2位。翼が優勝。剛が翼の顔を見てにっこりガッツポーズを出す。満面の笑みになる翼。

男子の2位で健太。照れくさそうに表彰台に上がる。

女子は真ん中に翼。満面の笑みの翼。キャサリンが「翼、おめでとう」

「ありがとう」

「ファイナルで会いましょう。次は負けないわ」

「うん、ファイナルで」


表彰台から離れるとメディアが翼を取り囲む。

「優勝おめでとうございます。シニアでもいきなり優勝と結果を出しましたね」

「ありがとうございます」

「今の心境はどうですか？」

「嬉しいです」と屈託のない笑顔で言う。

「来年はオリンピックですが、どうですか？」

「まだ来年のことは考えられません」

「次も頑張ってください」

「ありがとうございます」

メディアから離れ、控室に戻るとメッセージが来ていることに気づく翼。里香だ。

「優勝おめでとう。やったね」

「里香と一緒に戦ってるから」と返す翼。

2.

シリーズ第3戦中国。中国の大連空港に降りる麗子と純。

「純と大連に来るの久しぶりだよね」

「ああ。そうだな。麗子が世界ジュニアで勝った時だよな」

「うん、それ以来だね」

「次は俺たちの番だな」

「優勝する」


東京テレビ。スポーツニュースでキャスターの杉田が話をしている。

「速報ですが、フィギュアスケートワールドシリーズ第3戦でショートプログラムを終わって男子は一ノ瀬純が、女子は本城麗子がトップです」

ニュース番組の中で純と麗子の演技の様子が放送されている。

「今晩男子のフリースケーティング、明日女子のフリースケーティングが行われます」


男子のフリースケーティングが始まる。男子は4回転ジャンプを5種類跳ぶカナダの「ジャンプ王」のジェフ・トーマスと純の優勝争いだ。

純が9番目の滑走でリンクに現れる。冒頭の4回転ルッツと3回転ループのコンビネーションジャンプから入り、

『ウエストサイドストーリー』の曲に合わせて躍動感のあふれる演技を見せる純。観客と一体化した演技が最後まで続き拍手喝采。トータル３０１・５４でジェフを残してトップ。

ジェフが登場。冒頭からガンガン４回転ジャンプを跳ぶが、３つのジャンプで回転不足。いま一つ乗れない演技でトータル２８６・８７、２位となる。

純のシリーズ初優勝。井上が純の肩をたたく。


麗子が観客席で男子の演技を見ている。

「純も優勝した。今度は私の番」

そこへ五十嵐がやってくる。

「本城、表情が硬いな」

「純も勝ったので、あとは私がやらないと」

「お前はお前だろ」

「でもみんなと一緒にファイナルに出たいのです」

「わかるが、焦るなよ」


女子のフリースケーティングが始まる。

ロシアの「氷上のプリマドンナ」のエレーナがショートを終わって2位。最終滑走の麗子の前で滑る。エレーナの演技。ジャンプも次々と決まりスピンもステップもレベル４を取る。流れるような華麗な演技で最後まで観客を魅了してフィニッシュ。トータルは２４０・１０でトップ。最後の麗子を待ち受ける。

麗子の演技はまず4回転ルッツだが回転不足。焦る麗子は次のコンビネーションでも２つ目のジャンプがシングルになってしまう。後半の４回転は成功するが、納得がいかない表情でフィニッシュ。キスアンドクライで得点を待っている麗子。トータル２２７・８９で2位となる。得点が表示されると顔を覆ったまま退場する麗子。

スポーツ番組でキャスターの杉田と解説の井田が話している。

「フィギュアスケートのワールドシリーズの第3戦ですが、まずは映像をご覧下さい」

言い終わるのと同時に純が優勝した演技と麗子の2位の演技の映像が流される。

「今、ご覧頂いたように男子は一ノ瀬純がシリーズ初優勝で、本城麗子も2位と素晴らしい結果ですね」

「第2戦の一条翼、伊藤健太も1位と2位でした」

「以前の番組でもこの4人の活躍を予想されていましたが、まさにそうなりましたね」

「ジュニアから成果を出していましたから驚くような結果ではありません」

「これで4人ともにシリーズファイナルに行ける可能性が高くなりました」

「そうですね。あと1試合ずつ４人とも試合がありますが、優勝すれば確実ですし、2位でも参加できる可能性がありますす」

「４人とも頑張ってほしいです」

「そうですね」

3.

翼がベランダに出て、星を見ている。

里香に動画メッセージを送るため夜空に向けて撮っている。

「私の好きな場所から星を撮ってる。辛いときも苦しいときもここで、星を見て頑張ってきた。あっ、流れ星……ちゃんと撮れたから、里香、これに祈るのよ。私も祈ったわ、里香が治りますようにって。病気に負けないで。もう一度、もう一度、一緒に遊びたい。里香のバレエも見たい。夢の話がしたい……」

必死な形相、涙声になっている翼。録画を停めてその場にしゃがみ込む。

翼はポケットから石を取り出して胸のところで石を持ったまま手を合わせて念じる。石から強い光が出る。

「里香、負けないで！」と叫ぶ翼。

シリーズ第4戦日本。

横浜アイスアリーナ前。多くのメディアと一般客がアリーナ前にたむろしている。1つのテレビ局が中継している。

「ここ横浜アイスアリーナで本日、フィギュアスケートワールドシリーズの第4戦が行われます。人気の一条翼さんが優勝候補とあって会場前が凄く混雑しています」

当日券を求める人で長蛇の列ができている。開場すると続々と人が入っていく。

観客席に三枝子と勝もいる。そこに剛がやってくる。

「翼さんのお父さん、お母さん、ご無沙汰してます」

剛に気づいて立ち上がりおじぎをする三枝子と勝。

「こちらこそ翼がいつもお世話になっています。今回も招待席まで用意していただきましてありがとうございます」

と恐縮している勝。

「いえ、長い間、ご挨拶もせず、すいません」

「翼から話をいつも聞いていますので、しばらく会っていない感じはしていません」と笑顔の三枝子。

「第4戦がこの横浜で開かれるのは良かったです」

「いつもテレビで見ていますので、直接見るのは正直言って怖いです」と勝。

「翼さんの成長を見てやってください」

観客席の下から五十嵐が呼びかける。

「剛、そろそろミーティングだ。降りてきてくれ」

「わかった、今行く。それではゆっくり見ていってください。失礼します」と一礼して去っていく剛。

「緊張するわ」

観客席に上がってくる純と健太。

「純君、健太君」

三枝子に気づき近づいてくる純と健太。

「おばさん、おじさんご無沙汰してます」

「やっぱり男の子は大きくなるわね。翼を応援しに来てくれたの？」

「はい、健太と応援に来ました」

「翼も喜ぶわ」


翼が控室で携帯を見ている。

麗子からメッセージが来る。

「日本でも優勝してファイナルを決めて待っていて。私が負けたエレーナだから必ず勝って」

麗子からファイトマークのスタンプ。


ショートプログラムが始まる。翼は8番目、エレーナは10番目。

翼は伸び伸びと滑る。スピンもステップもレベル4をとり、最後の4回転、3回転のコンビネーションジャンプも決める。最後にビールマンスピンでフィニッシュすると割れんばかりの歓声とスタンディングオベーション。

翼は満面の笑みで会場に手を振っている。

三枝子と勝も立ち上がって拍手している。勝は泣いている。

「あなた、まだ、ショートプログラムよ」と少し呆れ気味の三枝子。

「わかってるけど、涙腺が弱くなって。歳だな」

「この出来ならショートは1位だな」

「点数計算したんだろ。純は早いからな」

「エレーナは４回転跳べないからこの出来なら抜けない」

得点は８６・５０で10点以上の差をつけてトップにでる。

最終滑走はエレーナ。冒頭は３回転ルッツ、３回転トウループの連続ジャンプ。綺麗に決まる。勢いに乗って華麗な演技を披露するエレーナ。得点は７８・５０で翼に次いで２位。

「純の計算どおりだな」と健太。


次の日、フリーが始まる。観客席には三枝子、勝、純と健太もいる。

続々と選手が演技をする。残りは、エレーナと翼。

得点は現在１位がロシアのアリサでトータル２２８・０５。

エレーナの演技が始まる。冒頭の３回転の連続ジャンプにミスが出る。残りの演技は華麗なエレーナらしい演技。特に後半は観客席の手拍子に乗って流れるようないつもの演技で終わる。得点はトータル２３１・４０。

滑走前の翼に話す剛。

「翼、後半の４回転と３回転の連続ジャンプは３回転と３回転で十分勝てるぞ」

「４回転でやらせてください。お願いします」

「そう言うと思ったよ。思いっきりやってこい」

大きな歓声、拍手が起こる。冒頭の４回転ルッツからの３回転トウループは綺麗に成功。前半のジャンプはすべて成功。『ロミオとジュリエット』の曲に合わせてステップシークエンスも第２戦より華麗に舞う。剛に言われた

４回転サルコウ、３回転トウループの連続ジャンプ。４回転の軸が珍しくずれる。

「あっ」と剛。着地を失敗し、転倒する。観客席からため息がもれる。翼は体制を立て直し、残りの演技を続ける。

最後のフィニッシュポーズを取ると苦笑いをする翼。会場は大きな拍手に包まれる。

「厳しいな」と純。

「勝ってほしい」と健太、石を握りしめる。

得点が出る。１４３・５０でトータル２３０・００。

「負けた」と三枝子が言うと、それまで立って拳を握っていた勝は脱力して、しゃがみ込む。

キスアンドクライの翼は苦笑でテレビに向かって手を振っているが、さわやかである。

「あなた、翼は思い切ってやったし2位なんだから」

「そうだな、よくやったよ」

「翼の好きなものを作って待っていてあげましょう」と優しい顔になる三枝子。

「そうだな」

自宅に帰る翼。居間に入ってくると三枝子が泣いている。勝も沈痛な表情をしている。

「ただいま。どうしたの？」

涙をこらえて翼を見る三枝子。

「里香ちゃんが重体だそうよ。今晩が山だって」

「えっ……」

動けなくなる翼。

「二日前、容態が急に悪くなって」

「二日前？」

「試合が終わってから翼に知らせようと思ったらしいの」

「病院に行きたい」

「行っても会えないのよ」

泣き出す翼。その姿に三枝子も勝も涙が止まらない。

1時間後、三枝子から電話をもらった剛が家にやってくる。

部屋にこもっている翼のところに行く剛。

「翼、俺だ。入れてくれないかな」

しばらく間があって、扉が開く。泣きはらした顔の翼。剛が部屋の中に入る。

「コーチ」

「話は、お母さんから聞いた。そんなに大切な友達がいたんだな」

「私、最低なんです」泣きじゃくりながら話す翼。

「何が最低なんだ」優しく訊く剛。

「里香は、いつも私のことを応援してくれて、虹陽学園に入れたのも里香が教えてくれたからです。バレエをやっている里香の影響でバレエの練習も好きになってきたし、でも、私は、里香のバレエの発表会に行くって約束したのに行かなかったり……」

言葉に詰まる翼。

「そうか……自分を責めたくなる気持ちはわかる。里香ちゃんは、今、戦ってるんだぞ。しっかりしろ」と強い口調で言う剛。

剛に言われてハッとして「そうですね。今、里香は戦ってるのに、泣いてる場合じゃないですね」

「明日の練習はなしにしよう。ゆっくり休め」と優しい口調で言う剛。

剛が帰った後、ベランダに出て、星を見ようとする翼。空は曇っていて星がよく見えない。

それでも翼は、石を持って強く念じて、「里香を守ってください」と一心不乱に目をつぶって祈る。石から強い光が一直線に伸びて、雲を突き抜けて星とつながっているように見える。光の輝きに気づいて目を開ける翼。星を見て「里香に力を……」と念じる。

次の日の朝、いつのまにか自分の部屋に戻りベッドに寝ていた翼のところに三枝子がやってくる。

「翼、翼、起きなさい。里香ちゃん、頑張ったのよ」

日頃は寝起きがよくない翼だが、ぱっと起きて「本当？　里香、大丈夫なの？」

「そうよ、もう大丈夫だって！」

「やったー」と三枝子に抱きつく翼。お星さまが守ってくれた。

4.

モントリオールスケートセンター。シリーズ第５戦が行われる。純が出場する。応援のためモントリオールに住んでいる麗子と良子が来ている。

「フリースケーティングに来られて良かったわね」

「お母さん、純は別格。昨日のショートプログラムで102・10。2位のスペインのサンドロ・ベラスケスに10点も差をつけてる」

「今日勝ってファイナルを決めるのね」

「翼もたぶん大丈夫だから、後は最終戦の私と健太」

「4人揃ってファイナルに出られるといいわね」


純は最終滑走で、サンドロはその1つ前だ。

サンドロの演技が始まる。フラメンコ調の曲に乗って得意のステップを見せる。会場は大いに盛り上がり、最後の4回転サルコウも綺麗に着氷。ノーミスでガッツポーズ。得点はトータル278・45でここまでトップ。

純の演技になる。冒頭の4回転ルッツと3回転ループのコンビネーションジャンプは完璧なでき。続いてトリプルアクセルから3回転トウループの連続ジャンプ。これも綺麗だ。

「これで勝った」と麗子。

中盤から『ウエストサイドストーリー』の曲に合わせて躍動感あふれる演技を見せる純。観客と一体化した演技が最後まで続き拍手喝采。

「やっぱり異次元だわ」と感心する麗子。

そしてフィニッシュポーズを取る純。観客が一斉に立ち上がり割れんばかりの拍手。

「麗子、泣いてるの？」

「だって、だって感動したもん」と上ずった声で言う。

トータル308・74で優勝し、ファイナル出場を決める。

プログラムがすべて終了し、純が観客席にやって来て良子と麗子に言う。

「今日はわざわざ応援に来ていただきましてありがとうございました」

「おめでとう。私もファイナルを勝ち取るから待ってて」

「うん、待ってるよ。アメリカで決戦だね」

「そう!」

5.

バンクーバーのスケートリンク。麗子が必死に4回転ジャンプを練習している。

「麗子、もうやめなさい」

ケイトの忠告を聞かず跳び続ける麗子。不安そうに見ているケイト。麗子は鬼気迫る形相だ。

翼は、1人で里香の家に行く。里香の母親の里美と向かい合っている。

「里香の体調は、どうですか?」

「以前よりかなりよくなってるのよ」

「早く会いたいです」

「里香も会いたがってるわ。病気になってから、翼ちゃんのことばかり話すのよ。試合も翼ちゃんが勝つととても喜んでね」

「何か里香の力になりたいです」と里美を真っすぐ見て言う翼。

「十分力になってるのよ。翼ちゃんの頑張りが里香の気持ちを奮い立たせてるわ」

「里香、バレエを踊れるようになりますよね」

「本人は必ず踊ると言ってるわ」

何かを思いついた翼の顔。少し遠慮気味に「里香の発表会のビデオありませんか？」

「あるわよ」

「そのビデオをお借りしたいです。すぐお返ししますので」

「ちょっと待って、探してくるわ」

しばらくすると里美が戻ってくる。

「このブルーレイディスクの中に入ってるみたい」

「お借りします」

そのディスクをもらい、頭を下げて里香の家を出る翼。

翼の部屋のデッキで里香の踊っているバレエのシーンを見ている翼。

発表会の時のビデオを見つける。他にもビデオは色々ある。翼の動きが止まったのは、学校の練習場所で誰もいないときに1人で踊っているボレロの動画を見つけた時だ。

ボレロは同一のリズムが保たれている中で、2種類のメロディーが繰り返されるという曲で、そこをどう演じるかは同じリズムが繰り返されるだけに逆に難しい。

翼は、何度も何度もボレロの踊りを見る。里香がどれだけボレロが好きだったかはっきりわかるからだ。ある決意をする翼。

6.

アメリカのペインフィールド空港ＶＩＰ待合室。五十嵐や第６戦に出場する健太などの日本選手団が控室にいる。

「そろそろ本城も到着する頃だ」と五十嵐。

空港スタッフに連れられてケイトと麗子がやってくる。健太が立ち上がって麗子のところに行く。

「よ！　待ってたぞ」

「少し飛行機が遅れて」と申し訳なさそうな麗子。

「いよいよ決戦だ」と健太。

「そうね」

「すでに顔が怖いぞ」

「もう集中してるんだから邪魔しないで」と健太から離れる麗子。

「こわっ」

２日目で、すでに男子のショートプログラムは前日終わっている。健太は２つのジャンプで失敗しアーロン、アダモフについで3位。演技終了後に舌を出す健太。

女子のショートプログラムが始まる。麗子は最終滑走だ。観客席で応援する健太。

「頑張れ」

麗子の演技が始まる。冒頭は4回転ルッツだが、高さが足りず回転不足。続いてトリプルアクセルからの連続ジャンプ。これは完璧だ。曲に合わせた華麗なステップやスピンで観客を魅了する麗子。最後の4回転サルコウも着氷が乱れる。

「体にきれがないな……」

フィニッシュするが悔しそうな麗子。得点は76・50でカナダのライバル、キャサリンに2・10の差で第2位。


女子のショートプログラムに続いて男子のフリースケーティングが始まる。健太は最終滑走。アーロンは280・51で首位、アダモフは278・54で2位。

健太の演技が始まる。冒頭はまず4回転サルコウからの3回転トウループ、見事成功。続いてトリプルアクセル、その次の4回転ルッツと次々と決める。スピンからチャップリンの見せ場のステップシークエンス。第1戦に比べ演技が格段とうまくなっている。コミカルな仕草で笑いを取る健太。最後の4回転ループで着氷失敗、手をつく。最後にスピンで終わる。無念の表情の健太。得点は277・54で自己ベストは更新したが、僅差の3位にうなだれる健太。

「純、翼、ファイナルに行けなかった」

　ケイトと麗子が話をしている。

「4回転の練習のしすぎで足も体全体も疲れているわ」

「明日のためにやってきたんです」

「明日、2位でもファイナルに行けるのよ」

「2位を狙って2位を取るなんて」と吐き捨てるように言う麗子。

「2位を狙いにいきなさいって言っているわけじゃないのよ。4回転ではなく3回転で出来栄えをとりにいけばいいと言ってるのよ」

「キャサリンに勝って優勝すれば問題ないでしょ」

「……」


　観客席には石を握り締めて応援する健太がいる。

「麗子、頑張れ！」

　麗子の演技が始まる。まず4回転ルッツ、これは綺麗に決まる。健太が「よし！」と声を上げる。次のコンビネーションでもまずまずの出来。カルメンの曲に合わせて鬼気迫る演技をする麗子。

「迫力がある……」

　後半の4回転ループで失敗。手をつく。焦る麗子。ジャンプの高さが足りない。もっと強く跳ばないと、と麗子は思う。そして最後の4回転サルコウ。強く踏み切ると高くあがり4回転して着氷するが、倒れる麗子。

「痛い！」そのまま足をおさえて動かなくなる。ケイトも近寄るが、担架が呼ばれ乗せられて退場する麗子。騒然となる会場。走り出す健太。出口近くで五十嵐を見つける。

「五十嵐さん、麗子は」

「よくわからないが疲労骨折のようだ」

「疲労骨折!?」

「かなり4回転の練習をしてたみたいだからな」

会場の外に出ていく麗子の様子をみて一緒に出る健太。医者やスタッフに囲まれていて近づけない。ため息をついて天を見上げる。試合はキャサリンがそのまま優勝。ファイナルを決める。

7.

シリーズファイナル。

すでに男女ともにショートプログラムは終えている。

スケートリンク脇に東京テレビ局の撮影クルーがいる。杉田と井田である。

「いよいよシリーズファイナルのフリーですが、今年は特にロシア勢が強いですね」

「そうですね、男女ともに3人ずつ出場しています」

「その中で男女とも日本勢がショートプログラムを終えてトップです」

「2人ともシニアシーズン1年目です」

「フリーの期待が高まります」

健太の家の居間のテレビを見ている健太と詩織。

「純君と翼ちゃん、さすがね」

「絶対に勝つよ」

カナダの麗子の部屋。ベッドに横になってテレビを見ている麗子。まだ足にはギブスがついている。

男子のフリースケーティングが始まる。サンドロ、ジェフと終わりロシア勢3人が続く。ロシアのアーロンがトータル298・50で純を残してトップ。最後は純。冒頭の4回転ルッツと3回転ループのコンビネーションジャンプは完璧な出来。続いてトリプルアクセルから3回転トウループの連続ジャンプ。これも完璧。中盤から『ウエストサイドストーリー』の曲に合わせて観客と一体化した演技が最後まで続く。そしてフィニッシュポーズを取る純。観客が一斉に立ち上がり割れんばかりの拍手。得点は312・34で圧勝。

得点が出ると健太は「やったーやったー」と喜ぶ。

「純君、やったね」と麗子は拳を強く握る。

女子の選手の演技が始まる。トップはロシアのナターシャがトータル234・54、2番目もロシアのアリサで229・50、3番目はフランスのセシールで218・50。4番目にキャサリンが登場。力強い演技で4回転も

2回決める。得点は236・10でトップ。そして翼だ。

「普段どおりにやれば絶対に勝てる」

石を握りしめる純。

「翼、跳んで来い！」

「はい」

スケートリンクに滑り出す。冒頭の4回転ルッツからの3回転トウループは綺麗に成功。前半のジャンプはすべて成功。曲に合わせてステップシークエンスも華麗に舞う。第4戦で失敗した4回転、3回転の連続ジャンプ、完璧に成功。最後のフィニッシュポーズを取ると観客は総立ち。大きな拍手。得点は178・32でトータル263・19。場内はどよめく。

最終滑走はエレーナ。冒頭の3回転ルッツからの連続ジャンプは完璧。次々と6種類の3回転ジャンプを成功させる。華麗なエレーナらしいステップとスピンでレベル4を獲得。フィニッシュポーズを取るとスタンディングオベーション。キスアンドクライで得点を待つエレーナ。見守る純、剛、翼。得点はトータル235・81で3位。

「勝った！」

翼は剛と抱き合う。

「里香、勝ったよ」とつぶやく翼。

「やった！」と健太が叫ぶ！

「ダブル優勝だ！」と健太ははしゃぎまくる。

麗子は石を握りしめ泣いている。

表彰台。男子は純が女子は翼が真ん中で金メダルをつけ日の丸が上がる。２人とも嬉しそうに手を振っている。

第三話　麗子を復活させる翼

1.

麗子は部屋のベッドの上に寝転んで、携帯でゲームをしている。部屋の外まで良子が来ている。

「麗子、全日本選手権だけど昨日の純君優勝、２位健太君に続いて、今日の女子も翼ちゃんが優勝したわよ」

「実力違うからそうなるのはわかってる」

「あなたもケイト先生からもそろそろリハビリを始めましょうと言われてるでしょ」

「わかってる」と言うがやる気がない感じだ。

2.

家に学校から帰ってくる翼。

「翼、おかえり」

「ただいま」

「麗子ちゃんと連絡とってる?」

「怪我をしてからメールも返信してくれないの」と小さい声で言う。

「ふさぎこんでいて部屋から出てこないようなの」

「どうしてお母さんが知ってるの?」

「今日麗子ちゃんのお母さんと電話で話したのよ」

「そうなんだ、それで?」

「リハビリももう始めないといけないらしいけど麗子ちゃんやる気が出ないそうよ」

「お母さん、わがまま言ってもいい?」

「なによ……」

「もうすぐ冬休みなので行きたいところがあるの」とおねだり顔で言う。

「行きたいところ?」


トロント・ピアソン国際空港。空港出口でキョロキョロしている翼と三枝子。良子がやってくる。

「待った? ごめんなさい」

「今着いたところ」

「翼ちゃん、ありがとう。こんな遠くまで」

「いえ、麗子はどうですか?」

「気力がわかないらしいの。ギブスも取れて歩き始めてはいるんだけどね。本格的なリハビリをする気がないのよ」

「そうなんですね」

「来季はオリンピックの年だから、早めにリハビリをしてトレーニングに入らないといけないのだけど。とにかく出発しましょう」

駐車場へ２人を誘導する良子。

駐車場には、運転手のジョンが待っていて、雪の街の中を家に向かう。

「素敵な街ね」と雪景色を見ながら話す三枝子。

「たまに来るにはいいけど、住むのはなかなか大変よ」

「私が来るのは麗子知らないですよね」

「翼ちゃんが話さないでくれと言ったので話してないわ」

「言っても会いたくないと言われると思うので」

「気を使わせてしまってごめんなさい」

家に到着する。リビングに通される翼と三枝子。

「今、温かいお茶でも出すから座って待っててね」

お茶を出してしばらくして、「麗子を呼んでくるわ」と立ち上がり2階の麗子の部屋に行く良子。麗子の部屋の前で声をかける。

「翼ちゃんが日本から来てるのよ。居間に来て」

「えっ、なんで翼が家に来ているのよ」

「あなたを心配に思って来てくれているの。決まってるでしょ」

「余計なことを」

「麗子、せっかくいらしているのに失礼でしょ」

「頼んでないし、会いたくない」

「麗子！」と大声を上げる良子。

いつのまにか良子の後ろにいる翼。

「おばさん、少し2人で話させてもらっていいですか？」

良子はうなずき離れる。

「麗子、部屋に入れてくれない？」

「なんで来たのよ」

「麗子に会いたかったから」

少し間が空いて、扉が開く。麗子が顔を出し「入って」と招き入れ翼が部屋に入る。

ソファで腕組をして座っている麗子。

「座れば」

「ありがとう」

「シリーズファイナル、全日本の優勝自慢でもしに来たんでしょ」卑屈になっている麗子。

「何言ってるの。足はまだ痛むの？」と心配している翼。

「普通に歩く分には、あまり痛くないけど走ったり跳んだりすると痛い」

「リハビリ始めないとでしょ」

「大きなお世話よ」

「オリンピック一緒に出たいの」とはっきり言う翼。

「オリンピック出ても勝てる気がしないの」

「そんなことないよ」

「翼を見ているとイライラするし、自信もなくなるの」

「私だって麗子を見ているとうんざりする。昔から私より表現力があるし、可愛いし」

「最近はファッション誌の表紙にもなったりしているじゃん」

「麗子が勝ったらすぐ麗子に代わるよ。そういうものでしょ」

「翼のジャンプを見ると高いし、綺麗だし、勝てる自信がなくなる。それで失敗しろとか思ったりする自分が嫌になるし」

「ジャンプは好き。跳んでいる時が一番楽しい」

「ジャンプだけじゃない。今まで翼にずっとコンプレックスを持ってた。だって、いつも楽しそうだから。それなのに私のできないこと簡単にやってしまう。翼は私と違って誰からも好かれるし。一緒にいると辛い。でも、その翼に私も惹かれてしまう。馬鹿みたいでしょ」

「私にとって麗子は小さい時から憧れの選手なの。麗子と一緒に世界の舞台で滑っていることも夢の中にいるような感じなの」

そう言うと翼の服のポケットに入れた石が光り出し、昔の麗子のスケートシーンとそれをうっとり見ている翼、一緒に見た野辺山の流星、ミラノ遠征で一緒に脱出した光景などが走馬灯のようによみがえる。麗子は泣き出している。

「翼、ごめん」と言って抱きつく麗子。

「一緒にオリンピック出よう」と優しく言う。

「うん」

リハビリセンターでリハビリを本格的に始める麗子。トレーナーの指示に従って軽く走ったり、ストレッチをしたりしている。

第六章「勝敗」　15歳から16歳

第一話　オリンピックシーズン突入

1.

連盟会議室で小笠原と五十嵐が打ち合わせをしている。小笠原も五十嵐も緊張した面持ちだ。

「いよいよオリンピックシーズンに入った」

「はい」

「昨年最後の世界選手権で男子は一ノ瀬が優勝、伊藤が2位、女子はエレーナに僅差で負けて一条が2位」

「一条はシリーズファイナルではエレーナに勝っています。4回転ジャンプの精度が上がってきているので、それさえ安定すれば勝てると思います」

「本城はどうだ」

「リハビリに手間取ってシリーズは参加しないため、オリンピックに出られるかは全日本選手権の一発勝負になります」

「そうか」

「全面的なサポート体制を作ります」

「今回のオリンピックは男女とも金メダルを取ろう」

「はい」

翼は、虹陽学園で高校生になった。授業が終わって、歩いていると動画のメッセージが届く。里香だ。近くのベンチに座り、すぐに動画メッセージを見る翼。

「翼、久しぶり。まだ髪は地毛じゃないけど、体はかなりよくなったよ。また、翼とこうやってメッセージもやりとりできるようになった。お互い高校生だね。そして今年はオリンピック！」

嬉しくて立ち上がる翼。そして動画を録画する。

「里香、嬉しい。元気になってまた一緒に遊ぼう。おいしいパンケーキの店いっぱい知ってるよ。連れていくからね。それからまだ里香にだけの秘密。今年のフリーの曲は、ボレロにするつもり」

動画メッセージを送る翼。すぐに里香からテキストメッセージで返信がある。

「えっ、本当にボレロに!?」

「そう！」と返す翼。

「やったー嬉しい、楽しみ」

都内の高級レストランの個室。純と健太の家族が勢ぞろいしている。

「ご無沙汰してます。純君も健太も全寮制の高校で一緒にオリンピックを目指せるのは本当に嬉しいです」と良助。

「今年から新しい環境でスケートをするので、不安だったのですが、健太君が一緒なら安心です」と重文。

「こちらこそ純君が一緒なら安心ですわ」と詩織は安堵の表情。

「しゃべってばかりいないで食事しようよ」

そう言って健太は食事を始めると、みんなも食事を始める。しばらくして健太が純に言う。

「今年のフリーは『オペラ座の怪人』でいくそうだね」

「健太こそ『マスクオブゾロ』だろ。去年のチャップリンとは１８０度違うね」

「そう、イメチェンでいくさ」

「楽しみだ」


純が剛の家を出て高校の寮に移る日になる。

「お世話になりました。剛さんがいなかったら、スケートを辞めてたかもしれません」

「純、頑張れよ」と肩をたたく。

「いつか剛さんにコーチしてもらいたいです」

「よし」

「約束ですよ」

「わかった」


横浜アイスアリーナのスケートリンク。翼と剛が振付を確認している。

「翼、新しい靴や衣装はどうだ」

「やっと慣れてきました」

「フリーの曲をボレロでやるんだな」

「はい。メールしましたが」

まっすぐ剛を見る目に力がある。

「里香ちゃんだな」

「はい、そうです。里香と一緒にオリンピックに出たい」

「わかった」

「それから振付ですが、ボレロは有名なバレエの曲でもあるので、美沙先生にお願いしたいです」

「えっ、美沙！　バレエと振付は違うぞ」

明らかに動揺する剛。

「だめですか？　コーチと一緒にやればできるんじゃないですか？」

「うーん、わかった。いいよ」

「私から連絡していいですか？」

「いいよ」


次の日、代々木公園の美沙のバレエスタジオに行く翼。

少し髪が伸びたが全く体型が変わらない美沙。

「翼ちゃん、久しぶりね。やっぱり大きくなったわね」と背が伸びた翼を見て懐かしそうに話す美沙。

「ご無沙汰してます。先生は相変わらず美しいです」

「何、お世辞言ってるのよ。剛からだいたいの話は聞いたわ」と笑って言う。

「振付は初めてだから私にとっても挑戦だわ」

「美沙先生に振付をお願いしたいです」

「ボレロは、今までもいろんなスケーターたちがやってきたわ」

「里香と一緒に踊るつもりです。そういう内容にしたいです」

「その熱い思いを伝えられるようなプログラムを剛と一緒に作るわ」

「お願いします」

頭を深々と下げる翼。


トロントのスケートリンク。麗子が3回転ルッツを跳んでいる。ケイトが麗子に指示している。

「麗子、基礎練習をまだやるわよ」

「早く演技種目の練習をやりたいのですが？」

「焦らないで、慌てて練習するとまた怪我するわ」

「わかりました」うなだれる麗子。


居間にいずみと重文がいる。そこに大きなバッグを持った純が現れる。

「純、忘れ物無い？」

「大丈夫だと思う」

「体に気をつけるんだぞ」

「はい……お父さん」

「どうしたの？」

立っていた純がバッグを置いて正座をする。それを見て驚く2人。

「僕は生まれてすぐお父さん、お母さんに引き取られ、実際の子供として育ててもらいました。でも物心ついた時から僕はお父さん、お母さん、お兄さんにどこか遠慮がありました。お父さんとお母さんは、兄さんと全く変わらず育ててくれたこともわかっているのに僕はそれに勝手に負い目を感じて、心が開けずにきました」

涙目で言葉が詰まる純。

「わかってるわ。でも私もお父さんもあなたは私たちの自慢の息子だと思ってるわ」

「純、もっとわがまま言っていいんだぞ。思ったことを今みたいに話してくれ」

「健太、翼、麗子と四ノ宮さんが本音でぶつかるということを教えてくれた気がします。これからはもっと素直に話せると思います」

そこに宏が入ってくる。

「兄さん」

「聞こえたよ。僕も純に1つ言っておかないといけない」と神妙な顔をしている宏。

「何？」

「純のことを愚痴っていたのは、うらやましかったからだ。スケートも勉強も純はできるし。でも純は自慢の弟だよ。それだけはよく覚えていてくれ」

「ありがとう兄さん……」

泣いている純を抱きしめるいずみ。

第二話　オリンピックを見据えた駆け引き戦

1.

フィギュアスケートワールドシリーズ第1戦フランスのマルセイユ。マルセイユは、フランス南東部のパリに次ぐ人口の多い港湾都市で、南仏特有の綺麗な街並みだ。

ショートプログラムが終わって、結果が掲示板に出ている。男子は、1位：一ノ瀬純　2位：ヒョードル・パブロフ　3位：キム・スヨン。

女子は、1位：一条翼　2位：ナターシャ・トルスタヤ　3位：セシール・ベジャール。

次の日、男子のフリースケーティングの最終グループが始まる。滑走順は2位のヒョードルが最終滑走、3位のキムがその前で5番目、純は4番目だ。

純の番になる。黒を基調にして白が混ざった衣装で、迫力を感じる。『オペラ座の怪人』の曲が始まる。滑り出す純。

冒頭のジャンプは4回転サルコウから3回転トウループの連続ジャンプ。綺麗に決まる。続いてトリプルアクセル、これも完璧。中盤以降はまだ初戦にもかかわらず曲に合った完全な演技。圧倒的な存在感で最後の4回転ルッツも決めスピンでフィニッシュ。会場は最高に盛り上がる。

得点はトータル322・45。場内はどよめく。

続いて、ヒョードルもキムも純の演技に圧倒され萎縮してジャンプで転倒。純は2位のヒョードルに40点もの大差をつけて優勝。

「純はやっぱり強いな」

翼が純のところにやってくる。

「おめでとう」

「次は翼の番だ。ボレロ楽しみだ」

「見ていてね」


女子も始まる。翼は最終滑走だ。3位のセシールが演技を終える。得点はトータル224・54。続いて2位のナターシャ。冒頭から4回転ルッツ綺麗に決める。その後もジャンプもスピンもステップも完璧だ。得点はトータル227・89。

井上と純が観客席で見ている。

「プレッシャーかかるな」

「翼は大丈夫ですよ。マイペースですから」

翼の衣装は少し紫がかったパステルカラーだ。

「さあ、里香、本番よ！」と翼は声を出して、滑り出す。

『ボレロ』の曲に合わせてまずは4回転ルッツ。成功。その後はトリプルアクセルから3回転トウループの連続ジャンプ。これも素晴らしい出来だ。ドーナツスピンもレベル4獲得。ステップシークエンスは場内と一体化して勢いがついていく。まだ、演技の完成度は高くないが、気持ちは伝わってくる。そして最後の4回転フリップも成功。最後はビールマンスピンでフィニッシュ。拍手喝采。得点は２４０・５４で優勝。

「言ったとおりでしょ」と純。

「たしかに」

健太はテレビの前でガッツポーズ。

「次は俺の番だ」

麗子もテレビを見て「翼、純おめでとう。私も必ず復帰する」

里香も病室でテレビを見て、涙ぐんでいる。ベッドの横には里美がいて「翼ちゃん、やったわね」と里香をのぞき込む。

「翼、ボレロ踊ってくれた……体の中から力が湧いてくる感じがする」と里香の表情がしまる。

2.

シリーズ第3戦カナダのレジャイナ。カナダの中南部で、アメリカとの国境まで近い。夏と冬の寒暖の差が激しい街である。

レジャイナ空港に着く日本選手団一行。純と井上、健太と須藤が並んで出口に出てくる。五十嵐もいる。

「五十嵐さん、試合が終わったら寄ってもらいたいところがあります」と健太。

「私も一緒に行きます」と純も間髪入れずに言う。

「どこだ？」

純と健太は顔を見合わせる。

翼の家。男子ショートプログラムを見ている。純の得点は96・80。健太が最終滑走で終了。キスアンドクライで得点を待っている。得点は98・54。得点が出て健太がガッツポーズ。テレビで大きく取り上げられている。

「純君も健太君もやったわね」

「健太、頑張った。純をおさえて1位」

男子フリーの最終グループ6人がリンクで本番前の練習をしている。純が軽やかに演技の確認をしているのに対して、健太は力強く4回転ジャンプを跳んでいる。純は最終グループの第1滑走、健太が6番目の最終滑走となる。

純が『オペラ座の怪人』の曲に合わせ滑り出す。冒頭は4回転サルコウと3回転トウループの連続ジャンプだが、

3回転の着氷失敗で手をつく。その後のトリプルアクセルも回転不足。その後のスピン、4回転フリップは完璧。ステップシークエンスになると会場から手拍子が起こり盛り上がってくる。次々と演技をこなし最後のジャンプも成功させスピンでフィニッシュ。得点は199・20でトータルは296・00。トップに立ち笑顔でテレビモニターに向かって手を振る。他の選手が次々に演技をするが、健太を残して純がトップのまま。

健太がスケートリンクに現れる。健太にとってはシリーズでの初演技となる。緊張感が漂う。『マスクオブゾロ』がかかると力強く演技スタート。冒頭は4回転ルッツから3回転トウループ、見事に成功。この後のジャンプ、スピンも次々と成功。ステップシークエンスでは会場が盛り上がる。その後もジャンプ、スピンを決めフィニッシュ。ノーミスだ。会場は今日一番の拍手でスタンディングオベーション。キスアンドクライで純も笑顔で拍手している。キスアンドクライで得点を待つ健太。得点が出る、200・90、トータル299・44で純に勝った。健太はシリーズ初優勝。純は国内外でシニアに転向してから初めて負ける。純が健太におめでとうと言ってハグする。健太は大喜びだ。純も笑顔だ。メディアに囲まれる健太。キャスターにマイクを向けられる。

「伊藤さん、初優勝おめでとうございます」

「ありがとうございます」

「今の気持ちはいかがですか?」

「本当に嬉しいです」と満面の笑みだ。

「負け無しの一ノ瀬さんを破ってというのは特に嬉しいのではないですか?」

「純は小さい時からの目標でしたし親友です。純に勝てたのは自信になりますが、今回、純が失敗して勝てたのでまだまだ追いついたとは思ってません」

「もう1戦ワールドシリーズがありますし、その後オリンピックと続いていくシーズンですが、いかがですか?」

「次も勝ってファイナルに出てオリンピックにも純と一緒に出たいと思ってます」

「期待しています。おめでとうございました」

「ありがとうございます」


麗子が練習を終えて家に帰ってくる。

「ただいま」

にこやかな良子が麗子を迎える。

「おかえり、麗子、サプライズがあるわよ」

「えっ、何?」

純と健太が居間から玄関に出てくる。

「ジャジャジャジャジャーン」

「久しぶり、元気そうだな」

「どうして?」

「わがまま言って寄らせてもらった」

「嬉しい」

「調子はどうだ?」

「足はもう何でもない。ただ、演技の練習が遅れたので、完成度がまだまだ」

「焦らなくても麗子なら大丈夫だよ」と純が優しく言う。

「健太、優勝おめでとう」

「ありがとう」

「純を負かすなんてね」

「驚いたかな」と自慢げな表情の健太。

「負け無しのプレッシャーから解放してくれてありがとう」と純が言うと、「負け惜しみ？」と麗子が返す。

「いや、本当に楽になったし、負けた相手が別なら悔しかったと思うけど」

健太が自撮りで３人の写真を撮り翼に送信している。

「あっ、翼からメッセージが返ってきた」

メッセージは「健太、優勝おめでとう。ずるい、私だけ仲間はずれ。麗子、復帰待ってるぞ。一緒にオリンピック行くよ」

「待ってて、絶対に追いつくから」とすぐ返信する麗子。

「うちのテラスから見る星空、最高だから見ていかない？　天気がいいから綺麗だと思う」

３人がテラスに行くと満天の星である。

「ここは私が大好きな場所なんだ」

「広いな。眺めも最高だよ」と健太が手を広げて言う。

星が流れる。

「あっ、流れ星！」

麗子が叫ぶと、その方向を見る純と健太。暗闇の森が流れ星で一瞬明るくなった。見つめ合う3人。

3.

シリーズ第5戦日本の名古屋。

東京テレビ・スポーツ番組スタジオ。キャスターの杉田と解説の井田が並んで放送している。

「井田さん、いよいよ名古屋でシリーズ第5戦が行われます」

「日本からは伊藤健太選手、一条翼選手が出場します」

「伊藤選手、一条選手ともにこのシリーズ戦で優勝すればファイナル進出が決定します」

「そうですね。2人とも決めてくれると思います」

「一条選手の人気も凄いですね」

「伊藤選手も前回一ノ瀬選手を破って優勝して一躍注目を浴びています」

「オリンピックも迫ってきて、ますます盛り上がってきていますね」


名古屋の日本ガイシアリーナ。男子のショートプログラムが始まる。

健太は第1滑走。冒頭の4回転ルッツからコンビネーションだったが、最初の4回転でバランスを崩し連続ジャンプを断念。その後もミスが出て、がっかりした表情の健太。得点は84・50。

健太もがっちりした体形で、背も175cmほどあって大きいが、一回り大きな選手が出てくる。中国の新星の陳龍だ。得意のジャンプを成功させ92・40でトップに立つ。結局、健太は4位と出遅れる。

女子のショートプログラムが始まる。

翼の番になる。

『ノクターン』に合わせて冒頭の４回転サルコウ。綺麗に決まる。３つ目のジャンプに回転不足はあったが、まずまずの出来。得点は９２・３４。

ロシアのアリサ・パブロヴァが登場。冒頭は３回転のコンビネーションジャンプ。綺麗に着氷。出来栄えを多く取る。その後もノーミスの演技で場内から大きな拍手が起こる。得点は９０・４５で翼に次いで2位。３位には韓国のイ・ユリンで８３・５４。


次の日になる。男子のフリーが始まる。

陳龍が登場。ジャンプの得意な陳龍が5種類の４回転ジャンプを立て続けに成功させる。スピンとステップはレベル３だ。得点はトータル２８５・４０で３人を残してトップ。

ショート2位のフランスのクロードが２７８・５４、ショート3位のアメリカのジョンが２８１・３０。

最終滑走は健太だ。

冒頭は４回転ルッツから３回転トウループのコンビネーション。綺麗に成功。続いてトリプルアクセルから３回転トウループだが、失敗。乗りきれない健太。最後の４回転サルコウは回転不足でそのままスピンでフィニッシュ。

得点はトータル２８３・５６で2位。キスアンドクライでうつむく健太。ただし、ファイナルは決まった。


続いて女子のフリー。翼の登場。

『ボレロ』の曲に合わせてまずは4回転ルッツ。成功。その後はトリプルアクセルから3回転トウループの連続ジャンプ。これは2つ目のジャンプが回転不足。スピンはレベル4獲得。ボレロで魅せるステップシークエンスは場内と一体化していく。そして最後の4回転フリップも成功。最後はビールマンスピンでフィニッシュ。スタンディングオベーション。得点は254・54でトップに立つ。

「強い。第1戦と比べるとボレロの完成度が上がったな」と健太。

続いてショート3位のイ。まずまずの出来だったが得点は235・30。

最終滑走はアリサ。華麗な滑りで観客を魅了する。4回転は跳べないが、3回転の出来栄えはしっかり取る。翼に負けないくらいの拍手をもらう。得点は242・34で2位。翼の優勝とファイナル進出が決まる。

翼が着替えて出てくると健太が待っている。

「翼、優勝おめでとう。一緒にファイナル出られるな」

「ありがとう。純も決まったようだから3人で出られるね」

「麗子がいればな」

「それはオリンピックでね」

「そうだな」

4.

シリーズファイナル、ロシア。

観客席に井田と杉田がいてテレビ中継をしている。

「いよいよシリーズファイナルが始まります。今回の見どころはどこですか？」

「なんといっても男子は一ノ瀬選手、女子は一条選手ですね」

「楽しみですよね」

「また伊藤選手は一ノ瀬選手の連勝を止めました。ダークホース的な存在です」

「外国選手の注目選手は誰でしょうか？」

「男子ではロシアのヒョードル選手、スペインのサンドロ選手でしょうか。女子はカナダのキャサリン選手とロシアのエレーナ選手ですね」

「昨年と同じ感じですね」

「そうですね。実力は拮抗していると思います」

「ドキドキしてきました」


テレビを見ている麗子。

男子のショートプログラムが始まる。純が5番目、健太が6番目で最終滑走。

ヒョードル、ジョン、陳、サンドロと演技が終わり、現在のトップはヒョードルで91・45。純の演技が始まる。

冒頭の4回転ルッツ、3回転トウループの連続ジャンプが決まる。ため息が出る会場。その後もノーミスで華麗に滑り得点は98・56。

そして健太登場。健太も次々とジャンプを決めガッツポーズ。得点は９７・４５で純に続いて2位。

「純も健太もやったね」麗子はつぶやく。


女子のショートプログラムが始まる。

「翼、頑張れ！」麗子がエールを送る。滑走順は翼がトップ。

翼の演技が始まる。

冒頭は４回転サルコウ。綺麗に決まる。勢いに乗って次々とジャンプを決め得点は９３・７５。

「翼は万全ね」

圧巻の演技に観客がどよめく。フランスのアナが８６・６０で2位、ロシアのエレーナが８５・４５で3位となる。


リンクのＴＶ局ブース。杉田と井田がいる。

「井田さん、さあ勝負のフリースケーティングが始まります」

「一ノ瀬選手と伊藤選手の一騎打ちですね」

「伊藤選手が一ノ瀬選手の連勝を今年止めたのでファイナルはどうなるかとても楽しみです」

「そうですね。ショートは僅差で実際フリーの出来で優勝が決まります」

「滑走順は一ノ瀬選手が1番手、伊藤選手が6番手で最後です」

「一ノ瀬選手がノーミスで伊藤選手にプレッシャーをかけられるかでしょう」

『オペラ座の怪人』の曲が始まる。滑り出す純。冒頭のジャンプは4回転サルコウから3回転トウループの連続ジャンプ。綺麗に決まる。続いてトリプルアクセル、これも完璧。華麗なステップで場内の拍手が大きくなっていく。完璧な演技で最後の4回転ルッツも決めスピンでフィニッシュ。会場は最高に盛り上がる。得点はトータル320・11。

ジョン、サンドロ、ヒョードルに続いて陳。陳も迫力のある4回転ジャンプをすべて決めるが得点は311・54で2位。

そして最終滑走の健太登場。『マスクオブゾロ』がかかる。冒頭は4回転ルッツから3回転トウループのコンビネーション。綺麗に成功。続いてトリプルアクセルから3回転トウループ、これも成功。場内の手拍子に合わせてステップシークエンスもレベル4を取る。最後の4回転サルコウも成功。そのままスピンでフィニッシュ。得意のガッツポーズが出る。大きな拍手が起こる。キスアンドクライで待つ健太。得点が出る。トータル319・45で2位。うなだれるが苦笑いの健太。そこに純がやってきてハグをする2人。


「一ノ瀬選手、前回の雪辱を果たして優勝です。伊藤選手も僅差で2位」

「2人ともどちらが勝ってもおかしくない演技でした」

「いよいよオリンピックが楽しみになってきました」

「その前に全日本選手権があります。これも楽しみです」

「明日は女子で一条選手が出場します」

「一条選手もショートトップです」

次の日、女子のフリースケーティングが始まる。翼は最終滑走。

ナターシャ、イ、アナ、キャサリンそしてエレーナが滑り終わる。トータル252・34でエレーナがトップ。

「翼、行ってこい」と送り出す剛。

「はい」

翼が登場。『ボレロ』の曲に合わせてまずは4回転ルッツ。成功。その後はトリプルアクセルから3回転トウループの連続ジャンプ。これは2つ目のジャンプが回転不足。ステップシークエンスは場内と一体化していく。そして最後の4回転フリップも回転不足になる。最後はビールマンスピンでフィニッシュ。キスアンドクライで待つ翼。得点が出るトータル249・64でエレーナに負け2位となる。負けても笑顔の翼。

ホテルのレストランの個室。お祝い会が行われている。小笠原、五十嵐、剛などのコーチ陣と純、健太と翼がいる。

「一ノ瀬君、伊藤君、一条さん、おめでとう。乾杯」

「乾杯！」

「翼、おしかったな」と純。

「エレーナ相手に2つもミスったら負けるわ」

「本番はオリンピックだからな」と健太も励ます。

4人のグループメッセージに麗子からもメッセージが来る。

「純、健太、翼おめでとう。私は全日本のため毎日練習してるよ。日本で会いましょう」

「麗子、待ってる」と即座に返す翼。

第三話　オリンピック代表へ麗子の挑戦

1.

東京テレビ局のスタジオ。スポーツ番組を杉田と井田で放送している。

「いよいよ明日から長野で全日本フィギュアスケート選手権ですね」

「男子は一ノ瀬選手と伊藤選手ですね」

「今年は一度伊藤選手が勝ってますし、一ノ瀬選手が前回はリベンジしました」

「1勝1敗ですから、とても楽しみです」

「女子の見どころは？」

「なんて言っても本城選手の復帰でしょう。オリンピック最終選考会を兼ねていますから、本城選手にとっては最初で最後のチャンスということになります」

「ずっと試合に出ていないので試合勘が戻るかですね」

「カナダでハードなトレーニングをしてきたと聞いています。期待しましょう」

2.

女子のショートプログラムが始まる。注目の麗子は第3グループ。

「自分を信じて思いっきり」とケイト。

「わかってます」と少し緊張気味だ。

静まり返る会場。麗子の演技が始まる。冒頭は3回転の連続ジャンプ。綺麗に着氷。続いてトリプルアクセルも完璧。場内が沸く。得意のスピンとステップもレベル4。最後の3回転サルコウも綺麗に決まりスピンでフィニッシュ。満面の笑みで手を振る麗子。素晴らしい出来に観客も大きな拍手を送る。得点は、80・54と高得点をたたき出す。

最終グループの前までで、トップは麗子。

翼の対抗と言われている吉田京子が登場。冒頭の3回転で転倒、波に乗れず演技が終わり顔を覆う吉田。得点は70・34でこの時点で2位。

そして翼が登場。冒頭から4回転を跳び完璧な演技を見せる。得点は85・43でトップ。キスアンドクライで麗子と抱き合う翼。

「おかえり、麗子」

「ただいま、翼。フリーが終わって、本当に戻って来たと言えるけど」

「勝負ね」

「負けないわよ。私はこれしかチャンスないもの」

「やっぱりこうじゃなくっちゃ。負けず嫌いの麗子が戻って来た」と笑う2人。

観客席で健太と純が見ている。

「麗子は強いね」

「ああ、試合勘がない中で、よくここまで滑った」と感心する純。

「フリーもいい勝負になるね」

「それより明日は僕たちだ」

「純、今回は負けないぞ」

次の日、男子ショートが始まる。健太は最終グループの3番目、純が5番目。健太の滑りに切れがある。ジャンプも次々と成功し、フィニッシュ。ガッツポーズも飛び出し95・54でトップ。

純は反対にいつもと比べて体が重そうだ。ジャンプ、スピン、ステップもそつなくこなすが、今一つ迫力不足な感じだ。得点は92・76で2位。ショートが終わってトップが健太、純が2位となる。

観客席には、勝負のフリースケーティングを見に麗子の両親もカナダから来ている。少し離れた席に翼の両親もいる。

女子のフリースケーティングが始まる。次々と滑る選手たち。いよいよ最終グループだ。

翼の番になる。観客席では手を合わせて祈っている三枝子。まずは4回転ルッツ。成功。その後はトリプルアクセルから3回転トウループの連続ジャンプ。これは2つ目のジャンプが回転不足。スピンはレベル4獲得。ステップシークエンスと場内も乗ってきている。そして最後の4回転フリップは回転不足だ。最後はビールマンスピンでフィニッシュ。会場の拍手に笑顔で手を振る翼。観客席で喜ぶ三枝子と勝。キスアンドクライで待つ翼。得点が出る。トータル226・22でトップに立つ翼。

最終滑走は麗子。場内のどよめきは続いていて異様な雰囲気である。

「苦しいリハビリもこのためにやってきた」

「全部出します」

麗子がリンクに登場。観客席の光一も良子も食い入るように見ている。冒頭は4回転ルッツ。4回転に挑戦してきた麗子。綺麗に成功。大きな拍手。続いてトリプルアクセルから3回転トウループも綺麗に成功。得意なスピン、ステップもレベル4を獲得。次々とジャンプを決める麗子。キスアンドクライで見ている翼の目にも涙。会場も盛り上がってきて麗子の独壇場となる。最後のジャンプも4回転サルコウだ。完璧に決める。そしてビールマンスピンでフィニッシュ。割れんばかりの歓声が起こる。麗子は笑顔から泣き顔に。翼も飛び上がって喜ぶ。キスアンドクライに来た麗子。ケイトと抱き合う。得点は232・45。優勝は麗子。観客席で抱き合う光一と良子。麗子のところに来て抱きしめる翼。

「麗子、本当にお帰り」

「負けた翼が何で泣いて喜んでるの……」

そう言うと嗚咽で声が出なくなる麗子。しばらく抱き合っている2人。

男子のフリーが始まる。滑走順は最終グループのトップが健太、4番目が純。

健太の番になる。冒頭は4回転ルッツから3回転トウループのコンビネーション。綺麗に成功。続いてトリプルアクセルから3回転トウループ、これも出来栄え点も取る。場内の手拍子に合わせてステップシークエンスもレベル4を取る。最後の4回転サルコウも成功。そのままスピンでフィニッシュ。得意のガッツポーズが出る。得点は、313・45。場内はどよめく。

純が登場。冒頭のジャンプは4回転サルコウから3回転トウループの連続ジャンプ。着氷が乱れる。続いてトリプルアクセルこれは完璧。華麗なステップで場内の拍手が大きくなっていく。最後の4回転ルッツは少し回転不足。最後にスピンでフィニッシュ。得点が出る。311・45で純は再び健太に負ける。健太は飛び上がって喜ぶ。

全日本が終わり、オリンピック選考に選ばれた4人の選手の翼、麗子、純、健太と小笠原が記者会見の壇上にいる。

「みなさん、この4人でオリンピックを戦っていきます。4人ともに金メダルを狙える選手たちです」

「4人ともに仲がいいと言われていますが、一ノ瀬選手どうですか？」

「本城さんも一緒にオリンピックに行けて嬉しいです。私たち4人は小さい頃から一緒に世界を相手に戦ってきました」

「本城さん、一条さんに勝ってのオリンピック行きですがどうですか？」

「復帰して自己ベストを出したことが一番うれしかったです。翼がいなかったら今の私はいないです」

「どういう意味ですか？」

「怪我をして自暴自棄になっていた時に翼はカナダまで励ましにきてくれました……」

少し涙ぐむ麗子。

「そのおかげでリハビリをしてもう一度滑りたいと思うようになりました。ありがとう、翼」

「麗子と一緒に行けて……」と翼も涙があふれ出し、声が出ない。

「伊藤選手は一ノ瀬選手を破って優勝しました」

「自分でも信じられません」

会見が終わり、４人は話しながら会場を出る。

「ここ長野だし、行かないか？」

「純から言うなんて変わったな」と健太。

「行こう」と翼。

「約束の場所」と麗子も呼応する。

４人と剛で野辺山の天文台に来ている。天文台ロッジの屋上で星を見ている４人。麗子が石を取り出し、念じると青い光が星空に向かう。続いて健太が石を取り出すと赤い光が空へのびる。純の石は緑の光が空へのびる。最後に翼の石の光はオレンジで空へ伸びていく。４つの光が交わり、新星のような強く光る点になる。ただ言葉もなく見つめる４人。

第四話　オリンピックへ向けて

1.

東京テレビ局のスポーツ番組。オリンピックの金メダル候補の話をアナウンサーの杉田と解説の井田でしている。

「さてフィギュアスケートも金メダルが狙える競技ですよね」

「はい、出場する4人ともに狙えます」

「男子は一ノ瀬選手と伊藤選手ですね」

「一ノ瀬選手はシリーズファイナル、世界選手権など主要な国際大会で優勝しています。伊藤選手は今年度2度一ノ瀬選手に勝って優勝しています」

「どちらが金メダルをとってもおかしくないということですね」

「そうです、金銀独占できると思っています」

「女子は一条選手と本城選手ですが、どうでしょうか?」

「一条選手は国際大会で非常に安定しています。シリーズファイナルも2連覇しています。ただ、本城選手は怪我から復帰して4回転も跳んで一条選手を破ってオリンピック出場を勝ち取りました。そういう意味では勢いがあると思います」

「女子も金銀独占夢じゃないですね」

「女子もやってくれると思います」

「今から楽しみです」

2.

翼の家。家族４人で食卓を囲んでいる。三枝子の手作り料理に加えて寿司などの出前の料理もテーブルに載っている。

「翼、おめでとう。乾杯」と勝が言うと、三枝子も弟の涼介も一緒に乾杯する。

「オリンピックで結果を出してからでいいのに」

「お父さんも嬉しいのよ。だからと言って飲みすぎないでね」

「わかってるよ」

「さすがオリンピックだよね。テレビや雑誌でおねえちゃんがよく出てるのでびっくりするよ」

「まあね」

「ノルウェーでオリンピックやるんでしょ。あまりフィギュアスケートで行かない国よね」

「フィギュアスケートは強くないし、行ったことないので少し不安だけど」

「でも麗子ちゃんも純君も健太君もいるから安心じゃない」

しばらくしてチャイムが鳴る。

「四ノ宮コーチが来たわ」

嬉しそうに玄関に行く三枝子。

「三枝子は四ノ宮コーチのファンだからな」

「私が四ノ宮コーチに頼んだのよ」と三枝子。

「どこに行くんですか？」と少し驚きながら訊く翼。

「すいません。車で来てますし、もう一か所、翼を連れていかないといけないところがありまして」と四ノ宮。

「そんなことないぞ。さあ四ノ宮さんも一杯いきましょう」とシャンパンをつごうとする勝。

「四ノ宮さん、すいません。すでに酔っぱらっていて高い酒か安いかわからないと思います」と三枝子。

「おお、嬉しいな」

「おそくなりました。お父さんに買ってきました」

剛がシャンパンを持って入ってくる。

「仕方ないよ」


しばらくしてから、剛と翼は車に乗って出かける。

「コーチ、どこに行くんですか？」と全く思いつかないなという顔の翼。

「すぐ着くよ」と剛が言う。10分も走ると見覚えのある家が見えてくる。

「えっ、ここは、まさか、里香……」と車の中で興奮気味の翼。

「今日、退院したんだよ」

車が着くと、音でわかったのか車椅子に乗った里香が里美に連れられて出てくる。

「里香！」と叫んで車のドアを開けて飛び出す翼。

「翼……」泣き顔になる里香。

そのまま抱き合う2人。しばらく言葉が出てこない。

「オリンピックおめでとう」と泣き顔から笑顔になって言う里香。

「ありがとう」

「もうすぐだね。翼のボレロ楽しみ」と里香の顔は、嬉しそうだ。

「オリンピックでは思いっきり滑るよ。気持ちは里香といつも一緒だから」

「今年のフリーの曲をボレロにするって聞いたとき、里香は本当に喜んでました」と里美。

「私の一番好きなボレロを翼が選んでくれたんだもん」

「でも本当に良かった。いつか一緒にボレロ踊ろうね」と強く言う翼。

「うん」と少し自信なさそうに言う里香を見て「約束だからね」と念を押す翼。

翼が夜空を見上げると、雲ひとつない空にたくさんの星が輝いている。

3.

カナダのスケートリンク。練習が終わった麗子のところにキャサリンがやってくる。

「麗子、オリンピック出場おめでとう」

「ありがとう。キャサリンも出場おめでとう」

「オリンピックでは負けないわよ」

「望むところだわ」

「翼も出場するでしょ」

「もちろん」

「2人と勝負できるのは楽しみだわ」

「お互いベストを尽くしましょう」と手を出す麗子。その手を握るキャサリン。2人とも笑顔である。


健太の家に純がいる。健太と純のほかに詩織と良助。席はあと2つある。

「あれ？　今晩は隆にいさんも忠にいさんもいないと聞いたけど？」

「お客さんが2人見えるのよ」

「お客さん？」

チャイムが鳴る。

「いらしたぞ」と詩織が玄関へ行く。現れたのは、一ノ瀬重文といずみだった。

「とうさんとかあさん？」

「純君、せっかくお祝いなので私がお呼びしたのよ」

「ありがとうございます」

「挨拶はこのへんにして乾杯しましょう」

ジュースと酒で乾杯する6人。

「本当に嬉しいです。純が伸び伸びスケートが出来ているのも、健太君と四ノ宮さんのおかげだと思っています」

「健太こそ純君が近くにいたからオリンピックに出られたと思っています」と良助。

「ガッツだけの健太がここまでうまくなったのはいい手本があったからです」と詩織も続く。

「そんなことないです。健太には私にないジャンプの高さ、演技の力強さ、ほとばしる情熱があります」

「純に褒められると恥ずかしいな」

「純、良かったな。私が一番嬉しいのは表情が明るくなったことだ」と重文がうれしそうに話す。

「翼も麗子も純はサイボーグから人間になったと言ってます」と健太。

「ひどいことをみんなで言ってるな……」

会話の様子を見て嬉しそうないずみ。

第五話　初めてのオリンピック！

1.

今回のオリンピックが開かれるノルウェーは、氷河による浸食作用で形成された地形のフィヨルドで有名な北欧の国である。

オスロ市内。会場に向かう日本選手団のバスに翼、麗子、純と健太も乗っている。純と健太、翼と麗子と並んで座っていて前後の席である。

「昔、このオスロでオリンピックやったんだろ」と健太。

「１９５２年ね」

「純は何でもよく知ってるね。ここノルウェーの首都でしょ」

「そうだよ。ほら王宮が見えてきた」

王宮を見る4人。

選手村に到着する日本選手団。セキュリティは厳重だ。

「これが有名な選手村か」テンションが高い健太。

「観光に来たんじゃないのよ、健太」

「わかってるよ、麗子」

「健太はどこ行っても変わらないから逆に安心するわ」

「どういう意味だよ、翼」

「緊張が解けていいってことだよ」と純が茶化す。

「純までのるなよ」

宿泊棟に入っていく4人。

2.

国立スタジアムで開会式が行われる。

日本ではオリンピック期間中、純の家に集まって一緒にテレビを見ることになった。まずは開会式。勝、三枝子、良助、詩織、重文といずみがオーディオルームにある大型プロジェクターで見ている。

「緊張する」と勝が言うと「なんであなたが緊張するのよ」と三枝子が言う。

「わかります」と詩織。

「日本選手団入ってきたぞ」と良助。

選手団の入場が始まる。続々と各国の選手団が入場してくる。赤と白のユニフォームの日本選手団もスタジアムに入ってくる。日本の国旗が振られる。日本選手団の中に４人がいる。揃って歩いている。翼と麗子は楽しそうに、純は無表情で、健太は緊張している顔でそれぞれ行進している。


麗子が健太に気づいて「健太、緊張しすぎよ」

「別に」

「顔が怖いわよ」

「生まれつきだ」

「怖いというか変な顔」と言って笑い出す翼。

「翼までひどいな」

４人とも笑い出す。４人のポケットに入っている石も少し輝く。

行進は続いている。


「みんな楽しそう」といずみ。

「本当にオリンピックに出ているんだ。なんかまだ信じられない」と良助。

「日本代表の赤と白のユニフォーム格好いいですね」と三枝子は見とれている。

「競技が始まるのが、楽しみです」と重文。

3.

公式練習が始まる。４人がそれぞれのコーチと一緒にリンクに下りる。

「翼、リラックスして体をほぐしてこい」

「はい」と言うと滑り出す翼。笑顔でリラックスしている翼に対して、緊張している健太の滑りが硬い。麗子と純は淡々と氷を確かめるように滑っている。麗子がケイトのところに戻ってくる。

「この氷は結構硬いです」

「そうね、硬いわね」


その夜、選手の食堂で、翼と麗子が夕食をとっている。

「それにしても翼って、よく知らない国の料理を食べるよね。私なんか試合前だから日本料理ばかりだけど」

「だって、試したくならない？　これだけいろんな国の食事を食べられるチャンスはないよ」

「そうだけど、翼の好奇心はたいしたもんだよ」

「意味ないけどね」

「食べ終わったよね。あそこからバルコニーに出られるよ」と指をさす方に扉がある。

「うん、行こう」とトレーなどを戻して、扉に向かっていると純と健太が食事をしている。

「食事終わったんだ」

「うん、翼とバルコニーに行こうって話してたの」

「俺たちも、もうすぐ食事終わるので、行くよ」

「わかった」

　２人を後に残して、バルコニーに出る翼と麗子。

「さすがに寒いね」

「風がないからまだいいけど」

「周りに森しかないから真っ暗だね」

「でも暗いからより星が近くに感じる」

「うん、本当に綺麗」

「麗子と一緒にオリンピックに来られるなんて嬉しい」

「私だって怪我した時は、絶望的だった」

「見事に復活したじゃん」

「翼のおかげだよ……話変わるけど、翼のボレロ好きだよ」

「ありがとう」

「いつもの翼と全然違うよ」

「そう？」

「やっぱり里香ちゃんという友達が関係してるんだよね」

「他の曲とは気持ちが違う。ボレロは、里香と一緒に演技している気持ちになる」

「いつも楽しそうに演技している翼がボレロだけは、悲壮感というか哀愁というのが出ていてそれが、なんかグッとくるんだ」

「麗子にそんなこと言ってもらうと嬉しい」

「僕もそれは感じるよ。心の中から表現してるって感じ。健太もそう感じないか？」と純が話に入ってくる。いつのまにか純も健太もいる。

「たしかにボレロは、今までの翼の印象と違う。それにしても寒いな。風邪ひくから戻ろうぜ」

部屋に戻る４人。

4.

オスロに作ったオリンピック用のテレビ特設スタジオ。杉田と井田がテレビカメラの前で話をしている。

「いよいよ男子のショートプログラムが始まります」

「いやー緊張しますね」

「一ノ瀬選手と伊藤選手を軸に金メダル争いになると思いますが、いかがでしょうか？」

「そうですね。金銀独占を期待しています」

「練習を見てどうでしたか？」

「一ノ瀬選手はマイペースでした。伊藤選手は緊張している感じが伝わってきました」

「さあ、いよいよ第1グループの選手がリンクに登場してきました」

「両選手ともに最終グループの第5グループです。伊藤選手が27番目で一ノ瀬選手が29番目となってます」

今日も純の家で、女子の試合はないが、勝も三枝子も応援に来ている。

「もうすぐ純君と健太が出てくるな」

「出てきた」

5.

最終グループの練習のため6人の選手が登場。純も健太もいる。他にはロシアのヒョードル、アメリカのジョン、スペインのサンドロ、中国の陳だ。

氷を確認するようにジャンプを繰り返す健太。

純は淡々と練習ルーチンをこなしている。

演技が始まる。まずはアメリカのジョン。4回転ジャンプは2つでまずまずの出来で84・98。続いて陳。健太張りの力強い演技で4回転ジャンプは出来栄えも付く。得点は101・54で会場はどよめく。高得点が飛び出しざわついている。健太の番になる。翼と麗子はそれぞれの石を握りしめている。

「いよいよ伊藤選手の登場です」

「現在、陳選手がトップです。どこまで点が伸びるか」

演技が始まる。冒頭は4回転、3回転の連続ジャンプ。明らかに硬い感じで、スピードも出ていない。力強く踏み切るが、体が傾く。

「あっ、転倒です」起きて焦って2つ目のジャンプのトリプルアクセルを跳ぶ。

「これも回転不足ですね」さすがに落ち込んでいる感じが伝わってくる。

「最後まで頑張ってほしい」

最後の4回転ループ。

「これは素晴らしい！　出来栄え点も付いたと思います」

最後はスピンでフィニッシュ。がっかりした表情の健太。

「最初、緊張していたせいか硬かったですよね」

「やはりオリンピックには魔物が住んでますね」

リンクサイドに来る健太を須藤が待っている。健太の肩をポンとたたく。キスアンドクライで得点を待つ健太。

終始下を向いている。

「得点が出ました。８０・１３で現在6位です」

「不本意な得点ですね。フリーで挽回してくれるのを期待しています」

「出だしがね」と麗子。

「フリー頑張ってほしい」と翼も言う。

続いてはヒョードル。華麗な滑りで９６・３７。

「一ノ瀬選手の登場です」

純は井上と談笑している。

「伊藤選手とは違いリラックスしている感じですね」

演技が始まる。冒頭は4回転ルッツ、3回転トウループの連続ジャンプ。

「これは助走も短いし綺麗に回っています。出来栄えもかなり付きます」

続いてトリプルアクセルからの3回転のコンビジャンプ。

「これも完璧だ」

場内も拍手が大きくなってくる。

「場内も盛り上がっていますね」

「一ノ瀬ワールド全開です」

ステップシークエンスからスピンに入る。

「レベル4で取りこぼしないですね」

最後のジャンプは4回転サルコウ。

「綺麗です」

最後のスピンを回りフィニッシュ。珍しく笑みが出る純。

「完璧です。減点する箇所が見当たらない」

井上が、リンクサイドにやってくる。

「やったな」

「ありがとうございます。出し切りました」

キスアンドクライに行く純と井上。得点が出る。103・23。

「やった」と叫び抱き合う翼と麗子。

純の家でも、重文といずみが握手してる。

「素晴らしかったです」と三枝子。

「純君は健太とは違うな」と良助。

「まだフリーがありますから」


「一ノ瀬選手、中国の陳選手を抜いて現時点でトップです」

場内が異様な空気に包まれる。最終滑走の「ステップの神様」、サンドロが登場。

会場の雰囲気に飲まれたのか、最初のジャンプを失敗して得点は90・23で第4位。

「ショートプログラムの結果は、一ノ瀬選手がトップで伊藤選手が10位となっています」

「一ノ瀬選手は普段どおりの力を発揮しました。伊藤選手にはフリーで巻き返してもらいたいと思います」

「明日は男子のフリースケーティングです。ご期待ください」


会場とホテルを結ぶシャトルバス。翼と麗子は隣に座っている。そこに井上、須藤らと一緒に純と健太もバスに乗り込んでくる。麗子と翼の前を通り後ろの席に座る。

「お疲れ様」と2人に声をかける
「やっちまった」

「フリー頑張って」と翼。

バスはホテルに向かって進み出す。


「さあ男子のフリースケーティングです」

「滑走順は伊藤選手が第4グループで最終滑走、一ノ瀬選手は最終グループの最終滑走となります」

「金メダルの行方はどうでしょうか？」

「一ノ瀬、陳そしてヒョードルの3人の争いだと思います」次々と選手が演技を披露する。

健太の番がくる。『マスクオブゾロ』の曲がかかって、演技が始まる。前日と違ってリラックスしている。冒頭の4回転、3回転の連続ジャンプ成功。これで振り切れたか次々とジャンプも決めステップもスピンも完璧にこなす。そしてフィニッシュ。

「フリーはいい出来でした」

「ショートが悔やまれます」

「健太、良かった」と麗子。

「良かったわ」と翼。

得点が出る。フリー217・43でトータル297・56。

「トップに躍り出ました」

「これはとても高い点数です。銅メダルもあるかもしれません」


「よくやった」と良助。

「健太君、素晴らしかったです」と三枝子。


最終グループに入る。ヒョードルは2つのジャンプで失敗する。得点が出る。トータル298・18で健太を抜いてトップ。

「ああ、おしい。伊藤選手は2位に後退」

陳が登場。冒頭の4回転から次々と4回転ジャンプを決める。力強い演技に会場も乗ってくる。

最後のジャンプも決めてフィニッシュ。スタンディングオベーション。

「これはかなり高得点が出ますね」

得点が出る。トータル320・58。

「おお、これは高い点だ」

「次は最終滑走の一ノ瀬選手です。陳選手の得点を超えられるのか？」

純がリンクに登場。翼と麗子は石をしっかり握っている。『オペラ座の怪人』が流れ、演技が始まる。冒頭は4回転サルコウから3回転トウループの連続ジャンプ。

「これは完璧だ。次はトリプルアクセル」

純が思いっきり踏み切る。

「いつもより高い！」4回転アクセルだ。

「4回転アクセル!?」

「4回転アクセル！」

「ここで信じられない技を成功させました」

「凄い……」

華麗なステップで場内の拍手が大きくなっていく。フリップ、ループ、トウループと次々と4回転ジャンプを成功させる。純が作り上げた『オペラ座の怪人』の世界をステップシークエンスで存分に見せる。迫力もあるが、怪人の持つ哀愁もただよわせ、観客も虜になっている。

「純、いつからこんなに情感が出せるようになったの」と驚く麗子。

「本当に」

会場のボルテージが最高のまま最後の４回転ルッツジャンプも決め、スピンでフィニッシュ。

「決まった！」

その瞬間、観客は総立ちだ。得点が出る。３４４・４５。

「やった、純」

「凄い、凄い」

「純やったー」と日頃冷静な重文もいずみと立ち上がって喜ぶ。

「一ノ瀬選手優勝です。金メダルです」

「本当に素晴らしい優勝だ」

「伊藤選手は惜しくも４位でメダルを逃しました」


選手控室から純と健太が出てくる。翼と麗子が寄ってきて純とハイタッチ。その後、健太ともハイタッチ。

「純、おめでとう、やったね」と翼が興奮気味に言う。

麗子も「純、おめでとう。健太あと少しだったね」

「ありがとう」嬉しそうだが照れ気味の純。

「俺らしいよな。４位って」

「フリーは凄かったよ」

「しかし純、フリーで４回転アクセルをやるとは思わなかった」

「練習してたから90％くらいは成功するかなと思った」

「翼も麗子も頑張れよ」

翼、麗子ともにうなずく。

6.

東京テレビの特設会場。

「いよいよ女子も始まります」

「男子は一ノ瀬選手が金メダルで女子も期待が高まります」

「日本からは一条選手と本城選手が出場しますが、他に金メダル候補の選手はいますか？」

「やはりロシアのエレーナ選手ですね。続いてロシアのナターシャとカナダのキャサリンでしょうか？」

「一条選手は調子がいいと聞いてますが」

「そうですね。公式練習でも体が軽そうでした」

「本城選手はいかがですか？」

「復帰して練習も詰め込んできたと思いますので、体が重い感じはします」

「まもなく始まりますが、２人とも最終グループで一条選手が26番目、本城選手が29番目となっています」

観客席には純と健太が並んで座っている。女子のショートプログラムが始まる。次々と演技をする選手たち。最終グループになる。滑走前の練習開始。翼と麗子は目で合図をして滑り出す。

まずはキャサリン。そつなくジャンプ、スピン、ステップをこなし得点は81・34。

「キャサリン選手、まずまずの得点です」

翼の番になる。

「いよいよ一条選手の登場です」

「いつもどおりに楽しんで来い」

「はい、行ってきます」

そう言うと滑り出す。冒頭は4回転サルコウ。

「決まった」

「綺麗な着氷です」

続いてトリプルアクセルから3回転の連続ジャンプ。

「これも完璧ですね。出来栄えもかなり取ったでしょう」

スピンからステップシークエンス。

「美しいですね」

最後のジャンプは4回転フリップ。

「男子並みの高さがありました」

そして看板のビールマンスピンでフィニッシュ。観客席は総立ちで拍手を送る。純も健太も立って拍手をしている。

「翼、完璧だ」

「うん、いい演技だった」

「完璧です。ノーミスでしょう」

得点は95・43でトップ。

「高得点です」

「素晴らしい」

麗子が登場。冒頭は3回転の連続ジャンプ。

「これは綺麗ですね」

続いてトリプルアクセル。

「これもいい出来ですね」

持ち前の表現力で観客を魅了する。華麗なステップ、スピードのある綺麗なスピン。

「レベル4を確実に取ってます」

最後の3回転サルコウを決めスピンに移りフィニッシュ。満面の笑みの麗子。

「素晴らしい演技でした」

「一条選手とは違う華麗で繊細な演技でした」

得点が出る。88・45で2位になる。

「一条選手に次いで2位です。あとはロシアのエレーナ選手」

エレーナが出てくる。冒頭は3回転の連続ジャンプ。

「完璧な連続ジャンプで入りました」

続いてトリプルアクセル。スピンやステップも華麗だ。

「さすが「氷上のプリマドンナ」と言われるだけありますね」

「そうですね。本城選手と同じように魅せられますね」

最後の３回転フリップも決めフィニッシュ。得点は８３・３８。

「エレーナ選手、３位です。ショート終わって１位一条選手、２位本城選手となりました。フリーが本当に楽しみです」

「そうですね。金銀独占が夢じゃなくなってきました」

「エレーナもさすがだな」と純。

「滑走順も重要かな」と健太。

「翼は関係ないと思うけど麗子は気になるだろうな」

ホテルの翼の部屋。部屋のチャイムが鳴り、翼がドアを開けると麗子がいる。

「麗子、どうしたの?」

「寝られそうもないので翼と話したくなった」

「入って」

部屋に入ってくる麗子。

「いよいよ明日だね」

「うん、楽しみ」

「翼はいつもたいしたもんだ、楽しんでるもんね」

「緊張はするし、不安なところもあるけど思い切り跳びたいと思うからかな」

「翼に会うと心が静まるんだ」

「本当？」

「うん。それと……」

石を取り出す麗子。握りしめて祈る。

「こうやるとパワーがたまってくる感じがする」

翼も石をつかんで祈る。

「私も同じ感覚ある」

2人とも、もう一度石を握って祈る。


特設スタジオに杉田と井田がいる。

「女子のフリースケーティングが始まります」

「滑走順ですが、一条選手が最終グループのトップ、4位のキャサリン選手が2番目、3位のエレーナ選手が5番目で本城選手が最終滑走となります」

「この順番はどうですか？」

「そうですね、一条選手はトップなのでマイペースで滑れると思いますが、本城選手はラストなので他の選手の結果次第で心情的にもタフさが求められます」

最終グループの練習が始まる。翼はリラックスしているが麗子は硬い。練習時間が終わり翼から始まる。

「集大成だ。全部出してこい」

「はい、全部出してきます」

里香、私たちのボレロを踊るときが来たよ！　行くよ。

最初は4回転ルッツ。

「綺麗に着氷しました。出来栄え点もしっかり取っています」

その後はトリプルアクセルから3回転トウループの連続ジャンプ。

「これもいいですね」

スピンはレベル4獲得。『ボレロ』の独特なリズムに合わせて華麗に踊る。見せ場のステップシークエンスで場内も乗ってきている。

「会場は一条選手のボレロの世界に魅了されています」

演技は後半に入る。4回転サルコウからの3回転の連続ジャンプ。

「これも高得点のコンビネーションジャンプです」

そして最後の4回転フリップ。

「やった、パーフェクトだ」

最後はビールマンスピンでフィニッシュ。会場には割れんばかりの歓声が響き、観客は総立ちだ。会場の拍手に笑顔で手を振る翼。


「決まったな」

「純、まだ4人いるよ」

「この演技を超えるプログラムはない」


「翼！　素晴らしかったよ」と飛び上がる三枝子。

「やったー」

勝は、ガッツポーズを何度もしている。

「おめでとうございます」とそこにいる純と健太の両親も拍手をして祝福している。


キスアンドクライに剛と向かう翼。

「出し切りました」

「よくやった」と言いながら声がつまっている。

「コーチ泣いてます?」

「泣いてない」と言いながら涙が出ている。

得点が出る。トータル２６６・３２。

「おお、男子でも表彰台を目指せる得点だ」

　会場も大騒ぎだ。


「翼、圧巻だった」

「完璧だった。ボレロ、思いが伝わった」

「健太、泣いているのか」

「だって、翼の思いを聞いてたからな」


　続いてキャサリン。得点はトータル239・45。ナターシャは223・45。韓国のイは218・78。

　エレーナが出てくる。ジャンプも次々と成功させ、得意なステップシークエンスとスピンで魅了する。最後のジャンプも決まりフィニッシュ。得点は244・21で2位となる。


「麗子にとってはプレッシャーになる演技だ」とつぶやく純。


　最後に麗子が登場。リンクサイドにケイトと麗子がいる。

「ベストを出してきて」

「ここにいるだけで嬉しい。頑張ってきます」

　滑り出す麗子。

「ここまで一条選手がトップです。銀メダル以上が確定しています」

「本城選手にも期待しましょう」

冒頭は4回転ルッツ。少し傾いている。着氷が綺麗に決まらずよろける。

「少し着氷が乱れた」

続いてトリプルアクセルから3回転トウループ。

「これは綺麗に決まった」

得意なスピン、ステップもレベル4。

「ステップやスピンはエレーナ選手に負けていません。レベル4を確実にとっています」

次々とジャンプを決める麗子。最後のジャンプは4回転サルコウだ。

「あっ」

麗子は転倒する。

「スピードが足りなかったですかね」

そしてビールマンスピンでフィニッシュ。大きな拍手がくる。麗子は苦笑いだが、すがすがしい顔をしている。

キスアンドクライにケイトと麗子がいる。談笑している。得点が出る。トータル236・69。笑いながら下を向く麗子。

「本城選手は惜しくも4位、一条選手の金メダルが確定しました」

翼がやってくる。翼が麗子にハグをする。

「翼、金メダルおめでとう！」

「ありがとう。私は麗子が4位で悔しい」

「ここまで来たので満足だよ。翼のおかげ」

「麗子……」


「麗子、惜しかった」と健太。

「うん、最後の転倒がなければな」と純。

「翼は金メダルだ」

「圧勝だったな」

「純も人のことは言えないけどね」


「まず男子の表彰式です」

2位の陳、3位のヒョードル、そして純が呼ばれ金メダルがかけられる。少し照れているが嬉しそうな純。そして国歌が流れ、日の丸が上がる。

「女子の表彰式です」

2位のエレーナ、3位のキャサリン、そして真ん中に翼が上がり金メダルを掛けられる。日の丸が上がり国歌がかかる。満面の笑みの翼。

里香と一緒に取った金メダルだよと金メダルを見る翼。

表彰台を降りた時にエレーナとキャサリンがやってくる。

「翼、凄かった。おめでとう」

「おめでとう。翼は別次元だよ」

3人でハグをする。

7.

この日は、メダリストが披露するエキシビジョン。純と翼が金メダリストとして出場している。純は、侍をイメージさせる衣装と刀を持ってラストサムライの曲に合わせて踊る。ひたすら楽しそうな純。最初から最後まで笑顔だ。

そして翼は、世界でも有名な日本の漫画のキャラクターの衣装でコケティッシュに踊る。まるで秋葉原のメイドのような格好だ。翼も楽しそうに踊り、4回転を2回も跳び綺麗に成功させる。

金メダリストの2人の演技に世界中が魅了された時間だった。


オリンピックメダリストが集まるパーティーがホテルで行われる。

翼と純もいる。そこに五十嵐がやってくる。

「翼、このオリンピックで日本の金メダルは少なかったから、すでに日本では2人の金メダルが大きな話題になっている」

「他に話題がないからでしょ」

「そうだけど、すでにプリンスとプリンセス的な報道がされてるよ」

そこに剛もやってくる。

「翼、楽しんでるか？」

「有名な選手ばかりで場違いな感じです」

周りを見渡す剛。純がエレーナに頼まれて一緒に写真を撮っている。そこに列ができて純と写真を撮りたい女子が並んでいる。

「それにしても純は女の子に人気あるな……」

「コーチも金メダル撮った時はもてたんじゃないんですか？」

「大人をからかうな。とにかく、今日は楽しんで行け」

メインステージに司会が上がりパーティーは始まった。ノルウェーの伝統的なダンスを披露するため華やかな衣装をまとったダンサーたちがステージに上がり踊り始める。

第六話　翼&純フィーバーの勃発

1.

成田空港に到着すると空港内から10名ほどのカメラマンが純と翼を撮っている。歩きながら出口に向かう2人。その近くに五十嵐と剛。そこに健太からグループメッセージがある。

「日本で毎日2人のニュースばかりだ。気をつけて」

翼は純を見る。純はうなずく。

荷物を取って出口を出ると、そこには50名を超えるマスコミと2人を一目見ようと来たファンや野次馬で300名は超えている。警備員が規制線を設けている。

「金メダルおめでとう！」「翼ちゃん」「純君」という言葉とともに一斉にフラッシュがたかれる。あまりの数の多さと雰囲気に戸惑う2人。

「想像以上だな」

「うん」

剛と五十嵐に誘導されて駐車場に向かう2人。マスコミはそれに連れて一緒に動く。色々な質問がマスコミから出るが、「ありがとうございます」だけ言って車に乗り込む2人。

「長い一日が始まるぞ。覚悟しておけ」

「まずは記者会見場に移動する。それからテレビ局回りをして、ホテルに今日は泊まる」

帝都ホテルの宴会場を記者会見場にしているため豪華である。記者会見に慣れている翼も純も会場の大きさと豪華さに圧倒されている。

「大きい会場だな」

「本当に」

会見場に入ってくるとフラッシュの嵐。壇上に金メダルをかけた翼、純、そして五十嵐があがり、座席に座る。

司会がしゃべり出す。

「それでは記者会見を始めます。まず、一ノ瀬選手、一条選手の現在の気持ちを聞かせてください」

「金メダルが取れて嬉しかったです。みなさんのおかげだと思っています」

「まだ金メダルを取ったという実感がありません」

「一条選手、金メダルが取れた一番大きい要因は何だと思いますか？」

「小さい頃から一ノ瀬選手、伊藤選手、本城選手と一緒に頑張ってきたからだと思っています。そしてボレロを私に初めて教えてくれた親友です」

「伊藤選手、本城選手は残念な結果だったと思いますが、どうですか？　一ノ瀬選手」

「本城選手は怪我あがりで万全ではなかったと思いますし、伊藤選手は私の最大のライバルであり、親友でもありますが、本来の実力を出せなかったと思っています」

「次のオリンピックですが、お２人とも連覇を目指しますか？」

「連覇を目指すというかまず課題がたくさんあるので、それを克服していきたいと思います」と純がまず答える。

「私も連覇とか考えられないし、まずはもっとたくさんの種類のジャンプを跳べるようになりたいです」と翼。

「それでは質疑応答の時間にしたいと思います。質問がある方、挙手をお願いします」

一斉に手が挙がる。記者会見は２時間近く続いた。

記者会見が終わるとテレビ局を順番に回っていく。まずはＮＴＫ。続いて東京テレビ局。お馴染みの井田解説者と杉田アナウンサーのコンビ。何度も取材を受けている２人なので、リラックスしている翼と純。終始笑顔である。

続いて民放のテレビ夕日へ行き、インターネットの質問に答えていく番組に出演。司会と翼と純がテレビカメラの前に座っている。

「お2人に視聴者の質問に答えていく番組です。よろしくお願いします。たくさん質問がきています。まず一番多い質問です。一ノ瀬選手と一条選手は小さい頃から仲が良かったと聞いてますが、美男美女だし、付き合っているという噂は本当ですか？　いかがですか？」

顔を見合わせる翼と純。

「親友ですが、付き合ってません」

翼は少しむきになって「本当です。付き合ってません」

「理想のカップルだと評判になっていますが、そう言われていることに一条選手はどう思いますか？」

「純は小さい頃から憧れのスケーターでしたし、いつも私に次の目標というものを見させてくれる大切な仲間ですが、恋愛対象として噂をされるのは嫌です」

「ずいぶんはっきり言われるんですね。日頃は一ノ瀬選手のことを純と呼んでいるんですね」

少し動揺する翼。それを見て純がしゃべり出す。

「小学生からのつきあいなので、一条選手だけでなくみんな名前で呼びあっています」

「一ノ瀬選手も翼と呼んでるんですね」

「そうです」

ネットでは、やはり2人は付き合っているんじゃないかというコメントがたくさん上がっている。さらにスケートの試合会場で2人で見つめ合っている写真やハグをしている写真がアップされている。ますます噂の2人になっていく。

テレビ局の番組出演が終わり、やっとホテルに戻ってきた2人と五十嵐。2人を迎えたのは健太と剛だった。

「純、翼お疲れさま」

「健太、来てくれたの？　疲れてるのにありがとう」

「フィーバーになってるぞ。毎日ゴールデンカップル誕生とか愛を育んできた2人が金メダルを取った作り話とかが流れてる」

「なにそれ」

「なんか恐ろしいよ。テレビだけ見てると自分の知っている純と翼じゃないんじゃないかと思ってしまうよ」

「金メダルを取ったことで大きな話題になると思ってはいたが、まさか翼とのことでこんなに噂になるのは予想ができなかった」と純。

「とにかく休め。明日もまだまだ雑誌やラジオの取材があるぞ」と剛。

「それでは今日はここで解散」と純。

自分の部屋に向かう全員。

次の日は日本最大のネット放送局。

「今日は今一番ホットなお2人が来てくれました！　氷上の王子様の一ノ瀬純選手と氷上のお姫様の一条翼選手です。金メダルおめでとうございます」

「ありがとうございます」と2人とも言う。

「毎日取材などで大変だと思いますが、ゴールデンカップル誕生など言われていますが、どうですか？」

うんざりした顔の翼を見て純は「兄弟姉妹のような関係ですので、そういう風に言われるのは好きではありません」

「2人とも同い年で美男美女、理想のカップルに見えてしまうのですよ」

「大切な親友なのは本当ですし、一ノ瀬選手がいなかったら今の私はないと思います」

「ところでネットでもう1つ噂になっていることがあります。お2人ともに生まれた年に落ちてきた光る隕石を持っているという話ですが、本当ですか？」

それを聞いて動揺する2人。

「お2人の感じから持っていらっしゃるんですね。それでますます運命の2人と言われてしまうんですね」

当惑しながら純は「隕石を持っているのは本当です。お守りにしています」

「私も持っていますが、私たち以外にも……」と言いかけてやめる翼。

「この隕石はその当時、普段は光らないが、あるとき突然光ると言われてパワーストーンだとか奇跡の石だとか話題になっていました。この優勝にも関係しているんでしょうか？」

「関係というか普段からお守りとして持っています」

「見せてもらえませんか？」

「見せたくないです。すいません」

「私も見せたくないです」

ネットは石の話題でもちきりになる。

2.

翼の家の居間。翼の帰宅を待っていた三枝子と勝。

翼が家に入っていく。

「ただいま」

「お帰り！」

「やっと家に帰れた」

「荷物を部屋に置いてきなさい」

「わかった。それじゃ、これだけ渡しておく」とメダルが入った箱を渡す翼。

「さすがに重い。あなたも持ってみなさいよ」と勝に渡す三枝子。翼は自分の部屋に行く。

「本当だ。重いね。これだけの価値があることを成し遂げたということだな」

「翼はオリンピック金メダリストよ。でもまだ高校1年生。マスメディアとかから守ってあげないと」

「この後、燃え尽きないといいんだが……」

翼が戻ってくる。

「今日何食べたい？」

「お母さんのオムライス」

「いいの？　オムライスで」

ニコッと笑う翼。

数日経って、自宅の居間にいる翼。これから練習に出かけようとしている。

「純君と噂になっているわね」

「その話はしないでよ」

「純君、素敵じゃない。本当はどうなの？」

「お母さんまでそんなこと言うの」

「ごめんね……ところで今日の練習にも石を持っていくの？」

「お守りだもん。持っていくけど」

「オークションとかでその当時の石が高額で売買されているわ。あなたの石ならもっと高く売れるはずだから気をつけなさい」

「わかった」

横浜アイスアリーナスケートリンクロッカールーム。翼が入ってきて、荷物を置き、着替えを始める前にレストルームに行く。それを見つめている女の子がいる。翼は戻ってきて着替えてロッカールームに暗証番号をいれ施錠してから練習に行く。

スケートリンクで剛が待っている。

「オリンピック後、初の練習だからゆっくりやろう」

「はい」と応えていつものウォーミングアップ用のスケーティングをする翼。

練習を終えてロッカールームに戻ってくる翼。入ってきた瞬間、翼のロッカーではないロッカーから強い光が漏れ出す。翼は慌ててロッカーを開けて石を見るが、入れてある袋だけで、中身がない。しばらく待っているとそのロッカーの前に小学生の女の子が来る。

翼は近寄り「私の石を持ってるでしょ」と優しく声をかける。泣きそうな顔をしてうなずく女の子。ロッカーから石を取り出し翼に渡す。石の光は消える。

「私もスケートうまくなりたかったの」

「そうなんだね。今度私のスケート教室があるので、あなたを招待するわ」

「本当？」

「うん、あなたのお名前は？」

「風谷舞」

「舞ちゃんね。わかった。何年生？」

「小学校3年生」

「そう」

舞の頭をなでる翼。

笑顔になる舞。

健太の部屋に純がやってくる。

「純、どうした？」

「翼が石を盗まれたって？」

「えっ、それで」

「見つかって返してもらったようだ」

「犯人は？」

「小学生の女の子だって。スケートをうまくなりたくて盗んだらしい」

「そうか、見つかって良かったな。でも純も気をつけろよ」

「わかってる。売ってくれないかと家まで来た人もいるようだ」

「家まで来たんだ」

「健太だって持ってるんだから気をつけろよ」

「そうだな……」

自宅で三枝子と勝が食事をしている。

「オリンピックフィーバーも少し落ちついてきて良かったな」

「だいぶよくなった。特に翼は純君との噂が消えたので安心したみたい」

「代わりに純君とエレーナが噂になってるね」

「エレーナが純君を慕って一緒に撮った写真をネットにあげたりしたからね」

「翼が落ちついたのが何よりだ。ところで、もうすぐ子供に教えるスケート教室があるね」

「翼は子供に教えるのが好きらしいのよ」

「そうなんだ」

3.

横浜アイスアリーナ。翼の周りに小学生の子供が10名ほどいる。その中には舞もいる。

「今日のクラスでは、簡単なスピンとジャンプの練習をしたいと思います。まず、1人ずつ好きなジャンプとスピンをやってみて」

誰も始めないのを見て翼が手本をやってみせる。ダブルアクセルを跳びスピンで回る。拍手をする生徒たち。

「それじゃ、右の女の子から始めてみて」

指名された生徒が、次々と跳んでスピンをする。舞も大きく跳ぶ。

「みんなの実力がわかったわ。思った以上にみんな滑れるし、跳べるのね。まずは基本の練習をするわね」

まずはスピンを始める翼。今回は、イベントであり、アイスリンクは一般のスケートをしに来ている人もちらほらいる。3人で来ている男の子たちがふざけながら滑っている。1人が後ろから押したりしている。翼のクラスの練習の最後に生徒たちに4回転を見たいとせがまれる翼。

「わかったわ」

と言ってスピードを加速して滑り出す。そして思いっきり跳ぶとふざけていた男の子の1人が勢いよく滑ってきて別の男の子にぶつかると、ぶつかられた男の子は勢いよく横滑りをして不運にも翼が跳んで着氷するあたりに滑ってくる。翼の生徒たちは「危ない！」と大声を出す。

「あっ」と小さく叫び、体の軸をずらして横滑りをしてきた男の子を避けようとする。完全に体のバランスを崩した形で右足から落下するが、男の子への直撃はさけた。翼が氷の上に落ちると衝撃音が出る。

「痛い！」動かなくなる翼。痛みで体が震えている。

係員が翼のところにやってきて叫ぶ。

「救急車を呼べ。担架を持って来い」

転倒した男の子が心配そうに翼のところに来る。

「おねえさん、大丈夫？」

苦痛で答えられない翼。舞たち生徒もやって来て翼を囲む。

「翼姉ちゃん、大丈夫？」

しばらくすると担架が来て、翼は救急車に運び込まれる。

4.

横浜病院。剛と三枝子が手術室の前で待っている。三枝子は座って祈っている。剛は立ったまま腕を組んでいる。

そこに純と健太がやってくる。

「翼は？」

「手術中だ」

「どういう状況なんですか？」

「複雑骨折でかなりひどい状況のようなの」

重い空気が流れる。

「今シーズンはあと少しだが、来シーズンの復帰も難しいだろう」

「そんなに……」

「リハビリすれば麗子のように戻って来れますよね」

「麗子より重傷だ。リハビリももっと辛いものになる」

「翼は大丈夫。誰よりも頑張り屋だし、スケート好きだから」

「とにかく今は手術が成功するように祈るだけだ」

手術中のランプが消える。扉が開いて担架に乗っている翼が見える。駆け寄る三枝子と純と健太。

「翼」

翼はみんなの顔を見てうなずく。手術をした先生が出てくる。剛と三枝子が先生のところへ行く。

「とりあえず手術は成功しました。ただ、かなりひどい骨折の仕方をしているので、競技に戻るには厳しいリハビリを長く続けないと難しいし、ずっと痛みが残る可能性もあります」

泣き出す三枝子。その後ろで呆然としている純と健太。剛は腕を組んだまま難しい顔をしている。

トロントの麗子の家、麗子の部屋に良子があわてて入ってくる。

「翼ちゃん、大変よ」

「怪我のことでしょ」

「知ってたの?」

「さっき健太からメッセージが来た」

「日本のニュースでは大騒ぎよ」

「最近、翼のニュースはどれもこれも大騒ぎよね」

「翼ちゃん、心配ね」

「うん」

「早く治るといいわね」

「うん」

5.

翼は病室でテレビを見ている。

「一ノ瀬選手、圧巻の演技でオリンピックに続き、世界選手権も金メダルです。伊藤選手も銅メダル獲得です」

表彰台の中央に上がる純を見ている翼。三枝子が入ってくる。

「純君、強いわね」

「純はミスターパーフェクトだからね。健太も頑張った」

「麗子ちゃんは調子悪かったみたいね」

「いつもと何か違った。悩んでいるかも」

「そんなことわかるの?」

「何年一緒に闘ってきたと思うの」

「そう、早くあなたも復帰しないとね」

「もちろん、でもまず歩くようにならないと」

「今シーズンは終わりね」

「うん」

第七章「挫折」 16歳から17歳

第一話 翼のリハビリをサポートする麗子

1.

新シーズンが始まる。

純は井上に会議室で提案する。

「今シーズンは4回転アクセルをショート1回、フリー2回入れたいです」

「そうくると思ったよ」


神宮スケートリンク。健太が練習している。横で須藤が健太に声を出している。健太が須藤のところに来る。

「今年は1つ1つの演技を確実にしあげることを心がけるんだな」

「はい、完成度をあげて純に勝ちます」

そう言うとジャンプを跳びに滑り出す健太。


麗子はカナダのスケートリンクにケイトといる。

「体が重い……ジャンプもスピンもステップもうまくできない。翼もいないのに7位なんてありえない」

「麗子、顔色が悪いわよ」

「大丈夫です。でも太ったせいか体が重くてうまくスケートができない」

「身長が伸びて、体が変わってくる年頃なのよ。思っているより太ってないわよ。無理してダイエットしているでしょ。体を壊すわよ」

「でもこのままじゃ納得いくスケートができない」イライラしている麗子。

「無理したダイエットして体調崩しても納得するスケートなんてできるはずない」

「今日は終わりにさせてください」

　スケートリンクから出て行こうとする麗子。そこにキャサリンが現れる。

「キャサリン」

「麗子、私は引退したの」すっきりした表情で話すキャサリン。

「えっ、そうなの」

「麗子には直接伝えたくて」

「今後はどうするの？」

「プロスケーターとしてアイスショーをやっていくわ」

「キャサリンは華やかだから、アイスショー素敵だと思う」

「麗子は、次のオリンピック頑張って！」

「うん、次は勝ちたい」

「麗子ならやれるよ」

「翼ってライバルいるけど」

「翼はいいライバルだよね」

「ロシアのエレーナも引退発表したからさみしいな」と麗子がエレーナを思い浮かべてしゃべる。

「頑張って、応援してる」

「ありがとう」

ハグをする2人。


松葉杖をついて病室の前の廊下を歩く翼。病室に戻ってきて携帯を見ると麗子からメッセージが届いている。

「翼、どう?」

「松葉杖を使ってだけど歩けるようになった」

「頑張ってるね。私は体が大きくなってきて大スランプになった」

「身長伸びてるよね。この間、テレビで世界選手権見てそう思った」

「身長が伸びたせいかわからないけど体が重いの」

「成長期だからしばらくすれば慣れるんじゃない」

「ごめん、私が慰めないといけないのに慰められている」

「私は大丈夫。早くリハビリをして復帰したい。スケート滑りたい」

「早く回復するように祈ってる!」

「ありがとう」

麗子の部屋、ネットで体の変化に関する記事や他のアスリートで体の変化に対応した選手の記事などを読んでいる。

「ダイエットしても意味がない。この体に順応していかないと」

翼を思い出して「練習するのみか。翼のことを考えれば滑れることをよしとしないとね」

2.

主治医が翼のところに来る。そこには剛と三枝子もいる。

「今日で退院です。それからリハビリについてはすでに四ノ宮さんと打ち合わせしましたので、病院主導から四ノ宮さんにバトンタッチします」

「長い間、お世話になりました」と車椅子の翼は頭を下げる。

「今日は家に帰ってゆっくり休んで、明日からリハビリを開始するぞ」と剛。

「わかりました」

「それから。翼……」と三枝子が言いかけた時に背後から里香が現れた。里香はリハビリの成果が出て普通に歩けるようになっている。花束を翼に渡す里香。

「翼、元気そうだね」

「里香、来てくれて嬉しい。落ちついたら約束のパンケーキを食べに行こうと思ってたのに、ごめんね」

「楽しみはとっておこう。それよりリハビリでしょ。翼ならへこたれないと思うけど、いつでも連絡ちょうだいね」

「ありがとう」

「バレエを踊りたいの。これからそれに向けて練習する」と決意に満ちた里香の表情。

「私もリハビリ頑張るし、里香も頑張って」と里香の顔を見て翼の表情も引き締まる。

車椅子の翼と立っている里香が握手する。


タクシーから降りて、松葉杖で歩き出す翼。家を見る。

「やっと帰ってきた。ホッとするな」

「そうでしょ。家が一番。さあ家に入りなさい」と三枝子。

玄関から居間に行くと勝と涼介が待っている。

「おかえり」

「ただいま」

「お疲れさん」

「思ったより元気そうで何より」

「涼介、一度も見舞いに来なかったくせに」

「病院嫌いなんだ」

「好きな人なんて、いるわけないでしょ」

「まあまあ、とにかく座りなさい」

「はい」というとソファに座る。

「早速、明日からリハビリなんだって」

「まず歩くところからしないと」

「早く復帰できるといいんだが」

「歩くこともできないから走るとか、跳ぶとか、まだ考えられない」

「焦りは禁物よ。足をもっと悪化させるかもしれないんだから」

「わかってます」

「リハビリはどこでやるんだ」

「横浜のアスリートが使っているスポーツクラブに併設されたリハビリ施設でやるの」

「家からそんなに遠くないんだな」

「そこは嬉しい」


様々なトレーニング機器があるリハビリセンター。リハビリをしている人たちがたくさんいる。剛とリハビリを担当する今中悟コーチが話をしている。今中は剛のように背は高くないが、筋肉のバランスがとれた体形をしている。年も若く30歳だ。


「今日からお願いします」

「国民的なアイドルスケーターで金メダリストのリハビリ担当というのはかなりのプレッシャーです」

「まっすぐな性格なので、指導しやすいとは思いますが、無理するので、そこはきちんとセーブするようお願いします」

「本人が早く競技に復帰したいと思うのは自然です。無理ない範囲でリハビリを進めて行ってできる限り早く復帰させてあげたいと思います」

そこに松葉杖をついた翼と三枝子がやってくる。

「翼、指導してくれる今中悟先生だ」

「一条翼です。よろしくお願いします」と頭を下げる。

「今中です。一緒に頑張っていきましょう」

「よろしくお願いします」

「それでは早速、始めてもらうぞ」

剛と三枝子がその場を去ろうとすると「コーチも帰ってしまうんですね」と不安そうな翼。

「今、教えられることないだろ。しっかり今中さんに指導してもらえ」

「はい、わかりました」

剛と三枝子は今中に会釈をして帰っていく。

「それでは、まず松葉杖をとってこの2つの棒につかまってゆっくり歩く練習をします」

松葉杖を置き、平行棒の棒につかまる。右足に体重をかけるのは久しぶりなため、ゆっくりゆっくりゆっくり歩くが翼の顔は険しい。

「どうですか?」

「痛みがあります」

「そうですか、耐えられないほど痛かったらすぐ言ってください」

「はい」

「歩行を続けてください」

「はい、続けます」

5，6歩歩いただけで汗がどっと出てくる翼。

「ゆっくりやればいいけど右足に体重をかけながら歩かないとリハビリにならないよ」

「そうですね、わかりました」

少しずつ歩くのを続ける翼。翼の顔には汗が噴き出している。


自宅のベランダで車椅子に座って星を見ている翼。

そこに三枝子がやってくる。

「リハビリはどう?」

「思ったようには進まない」と不安な顔の翼。

「焦らないことよ」

「うん、わかってる。でも、早く走りたい、滑りたい、跳びたい……けど、少し不安」

「不安?」

「足が治っても前のように滑れるのかな、跳べるのかなって」

「あんまり先のことは考えないことよ」

「でも周りは金メダリストの滑りを期待するし、それにもちろん応えたいし」

三枝子は翼の肩をたたき部屋に入る。

3.

トロントのスケートリンク。ケイトが麗子の滑りを見ている。麗子は確認するようにジャンプを跳んでいる。ケイトのもとに来る麗子。

「ジャンプの感じは以前よりいいわ」

「はい、少しよくなっている気がします」

「何か提案があるそうね」

「今シーズンは調整の年にしたいです。まず成長してきた体に慣れて、どういうスケートを滑っていくのがいいのか見極めたいです」

「わかったわ」

「それからしばらく日本に帰国させてください」

「何故？」

「翼のリハビリに付き合って自分も基礎体力をつけるトレーニングをしてきたいと思っています」

「いつまで」

「ひと月ください」

「そんなに……期間は考えさせて。でも日本でもできるカリキュラムを作るので、きちんとやるのよ」

「わかりました。ありがとうございます」

4.

剛の家に純と健太がいる。

「ところで今日はなんだ?」と剛。

「実は、麗子が日本に来て翼のリハビリに付き合いながら自分もトレーニングをしたいそうです」

「もうすぐシーズンが始まるのにこのタイミングで来るのか?」

「そうなんです。体が大きくなってから麗子は調子が悪く、基礎トレーニングをして臨まないと調子は上がらないと考えているみたいです」

「そういうことか」

「麗子が怪我して自暴自棄になった時に翼がトロントまで行って麗子を励ましたことがあっただろ。今度は自分の番だと思っているんだ」

「いつ戻ってくるんだ」

「2週間後だったよな、健太」

「ああ、俺たちも何かしようということで四ノ宮さんにお願いがあります」と健太、純も姿勢を直して剛の顔を見る。


リハビリセンター。今中と翼がリハビリトレーニングのスクワットをしている。そこに剛と麗子がやってくる。麗子は剛の影に隠れている。

「翼、今日はサプライズがあるぞ」

翼は不思議そうに顔を上げる。剛の後ろから麗子が飛び出してくる。

「麗子？　なんで」と言いながらも顔は嬉しそうな翼。

「久しぶり！」

「シーズン入って、新しい振付とかで一番忙しい時でしょ？」

「しばらく翼と一緒にトレーニングすることに決めたの」

「何言ってるのよ。私のトレーニングはリハビリだし、スケートはまだできないし」

「そんなことはわかってるわよ。でもね、前も相談したけど身長が急に伸びて体重も増えて、もっと基礎体力や筋力をつけないと納得した滑りはできないと思ったの」

「トロントでも滑りながら基礎トレーニングもできるじゃない」

「今度は私の番よ。翼に借りを返す時だわ」

「麗子」

そこへ純と健太もやってくる。

「感動的な再会を邪魔して悪いけど、車の用意ができてるよ」

純と健太を見る翼。

「車？　どこへ行くの」

剛がバンを運転して後部座席には純と健太、その前の座席に麗子と翼が座っている。

「みんなでどこへ行くの？」

「来る前に翼の家に寄ってお泊まりセットをおばさんにもらってきたよ。ほら」

バッグを翼に渡す健太。

「お泊まりセット？」

「どこに行くかわかった？」

翼は笑顔になって「約束の地」

「正解！」

「みんなありがとう！」


電波望遠鏡がたくさん並んでいる野辺山天文台を抜けてロッジの前に車が到着する。ロッジの前で土屋が待っている。

「いらっしゃい」

剛に続いてみんな降りてくる。

「こんにちは」

足をかばった歩き方を見て「まだ痛いのかな」と心配そうな顔で土屋が言う。

「大丈夫です」

「さあロッジの中に入って」

ロッジの中に入るメンバー。

「4人ともオリンピック出場おめでとう。純君、翼ちゃん、金メダル本当に良かった。最高に嬉しかった」

「ありがとうございます」

「さあ、お風呂に入って、それから食事にしよう」


風呂に入って食事も終わる頃、外も真っ暗になる。

「屋上に上がって星が見たい」

「そうだね、翼」

「行こうぜ！」

「おう」

麗子が、翼のために車椅子を持ってくる。

「麗子、車椅子って」

「この方が楽よ。経験者だからわかるんだから」と優しい顔で言う麗子。

「ありがとう……」

４人は屋上に出て満天の星空を見上げる。流れ星が４つ立て続けに流れる。

「流れ星」

「うん」

「また空まで伸びるかな」

そう言うと石を取り出す健太。光が空の方へ伸びる。３人も石を取り出すと光出し健太の光と一緒になって空まで光の直線が伸びていく。

「今回も空まで届いたな」

「うん」

「みんなでもう一度オリンピック出るよ」

「4人で表彰台だ」

「そうだね」

「足を早く治そう」

「わかってる」

話をしていると光がより強くなる。みんな無言で空を見ている。

5.

麗子に連れられて翼がフィットネスジムのマシンが並んでいるスペースに来る。麗子は本格的なトレーニングウエアを着ている。翼はTシャツに短パン姿である。

「今日から私がトレーナーだから。一緒に頑張ろう」

「麗子、よろしく」

「カリキュラムは持ってきたでしょ。今中さんと私のアメリカのトレーナーで作ったメニューだからね」

「ありがとう」

「それではストレッチから始めるよ」

ストレッチを入念にやる2人、ウエイトリフティングや腹筋、腕立て伏せ、スクワットなどのカリキュラムをこなしていく2人。

一週間後のジム。


「翼、カリキュラムのペースを上げるようにお願いしたんだって？」

「早く跳びたいの」

「焦ったらだめだよ」

「でも……」

「無理して怪我をしたら何にもならないのよ」

「もう新しいシーズン。悔しい……」焦りが見えている翼の顔を見て、麗子は翼を抱きしめる。


それから数日後。麗子と翼が20ｍダッシュ走をしている。同時にゴール。２人倒れ込む。

「だいぶ足、よくなってきてるわね」

「麗子は筋力ついたよ。脚力もね」

「先週言ったけど今日で最後。トロントに帰るわ」

「寂しくなるけど本当にありがとうね」

「次はスケートリンクでね」

「ワールドシリーズ頑張って、応援してるよ」

「うん、ありがとう。やることをきちんとやる年にする」

ハグをする2人。

「じゃあね」

「じゃ」と言って手を軽く上げる翼。

第二話　純の独り舞台

1.

東京テレビ局。井田と杉田がスタジオでフィギュアスケート番組を放送している。

「まもなくシリーズ第3戦ですが、第2戦まで終わりました。日本選手はいかがですか?」

「男子ですが、やはり一ノ瀬選手は強いですね。第1戦を圧勝しました。伊藤選手も第2戦でトップをとっています」

「女子はいかがでしょうか?」

「女子は一条選手が怪我で出場していません。代わりに吉田選手が第1戦に出場しましたが、6位です。また本城選手も第2戦で4位と出遅れたため第6戦でトップをとってもファイナル進出は絶望的です」

シリーズ第3戦は、ロシアのサンクトペテルブルクで行われる。ここにはスポーツアリーナとコンサート総合施設のユビレイニーがある。

ショートプログラムを終えて純が1位、陳龍が2位。この2人に優勝争いはしぼられている。

フリーの前夜、翼から純にメッセージが届く。

「さすが、純。オリンピック終わっても淡々と演技をして、トップを取ってるね」

「そんなことないよ。何のために演技しているのか、わからなくなってる」

「そうなの？」

「金メダリストとしての責任を果たさないといけないからやってる感じ」

「そうか、私もリハビリやってても知らない人に翼ちゃん、次のオリンピックも金メダル頼むよとか、ずっと家族全員で応援しているからとか声がかかってプレッシャーになってる。競技を続けている純はもっといろんなことがあるよね」

「まあ仕方ないけどね」

「それでまた、元の純に戻った感じなんだ」

「元に戻った？」

「うん、演技の表情がないというか、楽しそうじゃないというか」

「表情に出ちゃってるよね。いけないと思ってるんだけどね」

「明日も頑張って！」

「やることはやるよ」

「おやすみ」

フリースケーティングの滑走順は、純が最終滑走前で、陳が最終滑走だ。

純のフリースケーティングが始まる。『トゥーランドット』の曲に乗って冒頭の4回転アクセルを皮切りに次々と完璧に演技をこなす純。そしてスピン、ステップと純ワールド全開だ。観客もどんどんその世界に引き込まれていく。そしてフィニッシュ。ポーズをとった瞬間、一斉に観客が立ち上がり拍手や歓声を上げている。

純は、手を上げて観客に応えている。にこやかだ。得点は360・54。

陳の演技は、冒頭の5回転は成功したが、途中のコンビネーションジャンプのミスもあり、321・87となり2位。純の優勝とシリーズファイナルが決まる。


シリーズ第6戦。韓国のインチョンで行われる。

男女ともにショートプログラムは終わっている。健太は2位、麗子も2位となっている。

フリースケーティングが始まる。

まずは女子。麗子は最終滑走。麗子までのトップはロシアのナターシャで合計238・54。

麗子のフリーが始まる。

冒頭は3回転、2回転の連続ジャンプ。綺麗に着氷。そして次は4回転サルコウだが、これは転倒。リカバーして最後に4回転フリップ、かろうじて着氷。スピンでフィニッシュ。やりきった顔を見せる麗子、会場の観客に笑顔で手を振る。

キスアンドクライで待つ麗子。結果は、トータル222・67で3位となる。

続いて男子。健太は最後から3番目の滑走順。健太の番がくる。

冒頭は4回転サルコウ、綺麗に着氷。続いて4回転フリップからの3回転トウループのコンビネーションジャンプ。これも成功。スピンとステップで観客も乗ってくる。トリプルアクセルも成功し、最後の4回転ルッツも成功。ノーミスで演技を終える。観客は熱狂してスタンディングオベーション。得点は321・58で現在トップ。

最終滑走は、ショートでトップの中国の陳が2つのジャンプでまさかの転倒でトータル2位となり、健太の優勝が決まる。


健太と麗子は控室で会う。

「健太、優勝おめでとう」

「ありがとう。麗子はもう一息だったね」

「今年は3位で満足だわ。来年につながった。ファイナル頑張ってね。純に負けないで」とやりきった表情の麗子。

「勝ってみせると言いたいところだけど、今の純に勝つのは……」

「応援してるよ」

「ベストは尽くすよ！」

2人は握手する。

2.

東京テレビ局の杉田と井田のフィギュアスケート番組が放送されている。

「来週から世界選手権です、展望はどうでしょうか？」

「男子は一ノ瀬選手の独壇場ではないでしょうか？　シリーズファイナルも圧勝しました。伊藤選手も全日本は優勝しましたが、一ノ瀬選手が出ていませんでした」

「一ノ瀬選手は、体調不良で全日本選手権出場しなかったですが大丈夫でしょうか？」

「体調は回復して万全だと聞いています。大丈夫でしょう」

「女子はどうでしょうか？」

「本城選手が全日本も勝ちましたが、尻上がりによくなっているので期待は持てると思います」

「復活なるか楽しみですね」


カナダモントリオール会場。

ショートプログラムは終わっている。女子は、ロシアのナターシャがトップ、麗子は2位。

男子のショートプログラムは、純も健太もノーミスで1位と2位。


女子のフリーが始まる。滑走順はトップのナターシャが最終グループの4番目、そして麗子が最終滑走。最終グループの選手がどんどん演技をしていく。

ナターシャもフィニッシュ。得点はトータル234・56でトップに立つ。

最終滑走の麗子。現在相変わらずナターシャがトップ。

麗子が滑り出す。冒頭は3回転ルッツ、3回転トウループの連続ジャンプからだ。綺麗に成功。続いて4回転サルコウ、これも成功。得意なスピン、ステップもレベル4。次々とジャンプを決める麗子。会場も盛り上がってくる。最後のジャンプは4回転フリップ。少し着氷が乱れ回転不足だ。そしてビールマンスピンでフィニッシュ。割れんばかりの歓声が起こる。麗子は観客に笑顔で手を振る。得点は232・56で惜しくも2位。

試合後に純と健太も麗子がいるキスアンドクライに来る。

「おめでとう」

「おかえり！」

「ありがとう」

「惜しかったな」

「今年はここまで来れたから悔いなし」と満足そうな麗子がきっぱり言う。

次の日は男子のフリー。最終滑走前が純、最終滑走が健太。シリーズファイナルと同じ滑走順。

「最悪だ。ファイナルと同じじゃないか」とぼやく健太。

「さあ行くぞ」と声をかけ、最終グループの練習に2人ともリンクに出ていく。練習が終わり、次々と4人の選手が跳んでいく。

そして純の番だ。冒頭から4回転アクセル、完璧だ。続いて4回転、3回転の連続ジャンプも素晴らしい出来だ。そして後半、注目の2度目の4回転アクセル。高くて速いジャンプ、成功だ。観客から大きな声援、拍手が止まらない。フィニッシュすると観客が全員総立ちだ。異例の長さの拍手が続く。得点はトータル366・40。場内はどよめき次に大きな歓声が上がり、再び長い拍手が続く。

「悪夢再び」と言って、健太がリンクに登場。まだざわつきが止まらないが、健太は演技を始める。力強い４回転サルコウで始まる。そしてトリプルアクセルを決めスピン、ステップと４回転と３回転のコンビネーションを決める。ノーミスだ。得点は３２２・９８で２位となる。

キスアンドクライで抱き合う純と健太。

「ノーミスで40点以上の差っておかしいだろ。ベストは尽くすけど引き立て役になってる感じで嫌だな」

純は少し笑う。

「何笑ってるんだよ」

「健太の表情がおかしくてさ」

「ああ、とにかく滑走は純のあとは嫌だ」

「僕はこれからひと仕事だ」

「ひと仕事？」

記者会見場の壇上には純、健太、麗子と五十嵐がいる。記者会見は淡々と進み、記者からの質疑に入る前に五十嵐が純に向かって言う。

「本当に話すんだな」

「はい、お願いします」

「記者のみなさま、一ノ瀬選手から重要な発表があります」

純が、記者会見の席から立ちあがり、一礼する。

「オリンピックからシリーズファイナルそして世界選手権と勝ってきました。今年の大きな目標であった4回転アクセルも跳べました。小学生の頃からずっと走ってきました。ここで少し休養したいと思います。少なくとも来シーズンは出場しません。まだ自分は17歳でもう少し自分を見つめる時間がほしいです。わがままかもしれませんが、コーチや連盟の方たちともよく話し合って決めました」

改めて、深々頭を下げる純。場内の記者も健太も麗子も驚いて声が出ない。

ホテルの純の部屋に健太と麗子がいる。

「なんで俺たちに一言も相談してくれなかったんだ」

「ごめん」

「どう話したらいいかわかんなかったんじゃない」

「そうなんだ」

「なんで麗子はそんなにわかるんだよ、俺は、わからない」

「4人で一緒に走ってきたし、他の人には休むと言えても私たちには一番言いにくかったんだよね」

「うん」

「翼は復帰に向けて戦っている最中だしね」

「やめるんじゃないよな?」

「とにかく休みたい」

「疲れたということなのか?」

「スケートをやっている意味がわからなくなった」

「燃え尽きたってことなの？」と純の顔を覗き込むように麗子。

「燃え尽きたって感じじゃないんだけど、スケートをしたくないんだ」

「何かしたいことがあるのか？」

「尋問されてるみたいだな」

「知りたいだけだよ」

「やりたいことはないよ。自分にとってスケートはどういう存在なのかわかりたい」

「哲学的になってきたな。よくわからないけど、ゆっくり休んだ方がいいと俺も思ったよ」

「翼には伝えたの？」

「うん」

「とにかく純が決めたんだから応援するよ」と麗子。

「ありがとう」

「俺だって応援してるよ。来シーズンは俺の独壇場の年にするぞ」

「期待してるー」

「麗子、馬鹿にしてるだろ」

「そんなことないよ」

第八章「充電」 17歳から18歳

第一話 純とテニス

1.

純の実家。４人で食事をしている。

「こうやってゆっくり4人で食事するの久しぶりね」

「純、本当に休養していいのか？」と重文。

「ひたすら走ってきたので止まって確認したくなっちゃって」

「ここまで本当に頑張ってきたもんな。ゆっくり休めよ」

「兄さん、ありがとう」

「なにかしたいことあるの？」といずみ。

「大学受験だから勉強はしっかりやりたい」

「そうか、思ったことをやりなさい」と重文。

「スケートを引退するわけじゃないんでしょ」といずみ。

「やりたいって気持ちが全然湧いてこなくて、少し時間をとって何かを見つけられたらまたやりたくなるんじゃないかと思ってる」

実家周辺をのんびり歩く純。どんどん歩いていくとボールのポーンポーンという音が聞こえてくる。音の方に歩いていくとテニスコートが見えてくる。コートは3面あり、向かって左のコートではシングルスの試合形式の練習、真ん中のコートはダブルスの試合形式の練習、右のコートではサーブの練習をしている。

純は最初、シングルスの試合形式の練習を見ている。ラリーで打ち合っていると突然、前に出てきてボレーをしたり、前に出てきたのを見てロブで頭を超えるボールを打ったりと、同じ個人スポーツなのに相手との駆け引きが多くて面白い。次にダブルスを見てみる。前衛と後衛が役割を持って戦っている。基本は前衛と後衛はポジションを変えないが相手の打つボールによって前衛と後衛が入れ替わったりする。ダブルスにはシングルス以上の駆け引きがある。

ネット越しに純に近づいて来る男がいる。

「一ノ瀬選手だよね」

「はい、そうです」

「テニスに興味あるの?」

「シングルスもダブルスも面白いですね。スケートもテニスのシングルスも個人スポーツですが、テニスには駆け引きがあって新鮮です」

「ちょっとやってみないか」

「やったことないです」

「ちょっとコートに入ってきて」

言われるがままコートに入る純。

「私はここでコーチをしている佐藤匠です。よろしく」

佐藤は、１８０㎝の長身で年は32歳だ。日焼けした小麦色の肌で、さわやかな印象を与える。

「一ノ瀬純です。よろしくお願いします」

「みんなフィギュアスケートの金メダリストの一ノ瀬純君だ」

ざわつくテニスメンバー。

「テニスラケットを持って振ってみて」

ラケットをもらう純。見よう見まねでラケットを振る純。

「腰をいれて平行に振ってみて」

言われたままに振ってみる純。

「ちょっと打ってみようか」

佐藤とボールを打ち合う純。

「さすがに運動神経がいいな。ボールを追うセンスや追いつく脚力は抜群だ」

面白くてボールを打ち続ける純。

「良かったらクラブに入らないか？」

「入りたいです」

「来られる日時でいいから来てみて」

純にスケジュール表を渡す佐藤。

「ありがとうございます」

2.

トロントの麗子の家の居間で良子と麗子はテレビを見ている。

「翼ちゃん、どう？　今シーズンは復帰できそう？」

「さすがの私も訊きにくい」

「そうよね。来週末パパが東京に行くから一緒に行ってくれれば」

「再来週末から練習だから丁度いい。やった。パパに早速メッセージ送っておこう」

「今年のテーマは決めてるの？」

「4回転ジャンプの種類を増やして安定させることかな」

「怪我はしないようにね」

「わかってる。あっ、パパからだ。ＯＫだって！」とはしゃぎ気味の麗子。

「行ってらっしゃい」


東京テニスクラブ。純が必死にボールにくらいついて打ち返す。佐藤が狙ったように逆サイドに打ち込む。それを予想したようにダッシュをして追いつくだけでなくクロスに打ち返す。呆然と球を見送る佐藤。

「今のは、プロ並みのショットだ。追いつく脚力も凄いが、あそこに打つ狙いとそこに正確に打ち込む技術がね…。すぐ一流選手になれるよ。純君は」

「だいぶ頭と体が一致するようになりました」

「ところで純君の後ろで見ている女の子は知り合い？」

純が振り向くとそこに麗子がいる。

「麗子！」

麗子も手を振る。

コート近くの道を歩く2人。

「いつ日本に来たの？」

「昨日、パパと一緒に来たの」

「そうなんだ」

「テニス驚いた。想像よりうまかった」

「シングルスは、同じ個人競技なんだけどスケートとは根本的に違う」

「それはそうよ。スケートと違って対戦型なんだから」

ベンチに腰掛ける2人。

「そうなんだよ。やってみると違いがはっきりわかって面白い」

「へー、そうなんだ」少しためらって姿勢を正して「純と初めて会って10年って知ってた？」

「10年か、そんなになるのか」

「そうだよ。10年の記念にこれプレゼント」

包装された長方形の箱を渡す麗子。

「ありがとう。何？」

「受験勉強頑張ってると思ったのでシャーペンとボールペンのセット」

「ありがとう」

「純は私の初恋の人。知ってた？」と間髪を入れずに話す麗子。

「えっ」

「私はずっと好きだけど、純は？」

戸惑う純。

「そうか……ごめん、もちろん大切な友達だけど……」

「嫌な言い方だな。純って好きな子いるの？」

「……」

「じゃ、どんな子が好きなの？」

「天真爛漫で明るくてまっすぐな子だな。一生懸命やっているけど、それがとても自然なんだ」

誰かを想像しているような顔でしゃべる純の顔を見て、麗子もちょっと考える。

「それ、翼じゃん」

当てられて言葉が出ない純。

「そうだったんだ。こんなに近くにいて純ばかり見てたのに気づかないなんて。なんて愚かな私」

「でも翼の目に入ってないよ」

「翼なら応援する。告白してみなよ」とけしかける麗子。

「理解しにくいと思うけど、そういうのでもないんだ」

「どういうこと？　わからないな」

「見てるだけで話しているだけでパワーをもらえるし、自分のやる気も出てくる」

「わかる！　翼はそういうやつ」

「翼に言うなよ」と真顔になる純。

「わかった。それじゃ私行くね。10年の片思い。自分の気持ちにけりをつけたかったの」

さっぱりした表情で歩いていく麗子。見送る純。

3.

横浜アイスアリーナ。リンクサイドの観客席に座る麗子。翼が剛と練習をしている。

「跳ぶタイミングが遅いぞ。少し躊躇している感じだ」

「もう一度いきます」

翼が4回転サルコウを跳ぶ。今度は綺麗に着氷。

「だいぶよくなってる」と安堵の表情の麗子。

次はトリプルアクセルを跳ぶ翼。

「高い！　綺麗！」

完璧な着氷。思わず拍手する麗子。その拍手に反応する剛と翼。

「麗子、なんで？」

「ごめん、邪魔しちゃった。あんまりにも完璧なトリプルアクセルだったから」

「麗子ちゃん、あと10分で終わるので待ってて」

「四ノ宮さん、すいません。待ってます」


スケートリンク近くの喫茶店。２人用の席に対面で座っている翼と麗子。

オムライスの注文をして待っている。

「お父さんに便乗して来たんだ」

「翼や純が気になったし」

「純に会った？」

「会ったよ。本格的にテニスをやっててびっくりした。予想以上にうまかった」

「純は運動神経抜群だから何をやってもうまそう」

「翼もあのトリプルアクセルを見る限りもう大丈夫だね」

翼は頭を下げて「一緒に一番きつい時リハビリ付き合ってくれたおかげだよ」

「お互い様でしょ。私も翼に助けられた」

「今年は完全復活を目指します」

「次に会うのはスケートリンクだね。楽しみにしてるよ」

「こちらこそ」

オムライスが運ばれてくる。麗子が一口食べて「美味しい。卵が抜群！　とろっとろ」

「でしょ！」

4.

代々木公園。ベンチに座っている麗子。健太がやってくる。

「待った？　悪い」

「ううん、私は暇だし、健太こそ練習だったんじゃないの？」

「大丈夫だよ」

「純も翼も気になって会ってきちゃった」

「純、テニスにはまってるらしいね」

「めちゃくちゃうまいよ」

「だろうね」

「翼ももう大丈夫だと思う。完璧なトリプルアクセル見ちゃった」

「そうかそれは安心だな」

「健太は調子どう？」

「純がいないと何か足りない感じで」と元気のない健太。

「そうだよね。私も翼がいないと勝っても嬉しくなかったし」

「純のテニスって格好いいよな。ますます女の子にもてそうだな。麗子心配でしょうがないんじゃない」

「もう大丈夫」

「もう？　どういう意味？」

「実は今年で純に会って10年で、ケリもつけたくて告白したんだ」

「まじ?」目を丸くして驚く健太。

「予想どおり撃墜されたけどね」

「そうか……」

「翼が好きだってさ」

「えっ?」

「健太も翼のこと好きでしょ。わかりやすいから」

「俺はとっくに振られてるから。告白した時、笑われた」

「えっ、それはつらいね」

「悪気ないだけに傷ついたけどね」

「翼はもてるな。でも翼なら許せるんだよね」

「そういうやつだね」

「純が翼に全く相手にされてないって言ってたけどね」

「告白するのかな?」

「告白とかじゃないって言ってた。翼には内緒にしてくれだって。私にはよくわからないけど」

「純には理解しがたいところあるからな。ところでいつ戻るの?」

「明日パパと一緒にカナダに戻る」

「それじゃ次はワールドシリーズかな」

「たぶんそうだね」

「今シーズンもよろしく！」

「こちらこそ」

第二話　翼の復帰

1.

フィギュアスケートワールドシリーズ第1戦は、フランスのグルノーブルで行われる。金メダリストの翼の復帰戦ということで、日本をはじめとして外国のメディアもたくさん来ている。

ショートプログラムが始まる。翼は7番滑走だ。

翼の番になる。

「翼、楽しんでこい」

「はい」

表情が硬い。今までの翼にない緊張感だ。

冒頭は、翼の代名詞ともいえるトリプルアクセルだ。助走から大きく高く跳ぶが、軸がずれている。「あっ」と叫ぶ剛。翼が、転倒する。立ち上がれない翼。担架が呼ばれ、それに乗せられて退出する。会場は静まりかえっている。

病院で医師と話し合っている剛。

「先生、足はたいした怪我をしてないというんですか？」

「ＭＲＩもやってみたし精神的な問題ではないかと。反射的に痛いと思ってしまうのではないかと思います」

「練習中はそんなことはないです」

「だから精神的な問題なのです。試合になると足が気になり始めて、跳ぶと痛いと思ってしまうのだと思います」

「どうすればいいんですか？」と困った顔の剛。

「私の専門ではないので、専門の先生を探された方がいいと思います」

翼が寝ているベッドに来る剛。

「痛むか？」

「今は痛まないです」

「骨や靭帯は異常ないから大丈夫だ」

「良かった。すぐ跳べるようになりますか？」

「今はゆっくり休め」

「はい」

携帯に純、健太、麗子、里香からメッセージが入っている。

「みんなにまた心配かけちゃった」

2.

シリーズ第3戦は、今年だけイタリアミラノで行われる。ここには、健太と麗子がエントリーしている。2人とも今シーズンの最初の試合だ。

ショートプログラムを終えて、健太も麗子もトップだ。男子はサンドロとの一騎打ち。女子はターニャとの一騎打ちだ。

フリーはまず女子からだ。滑走順は、ターニャは最終滑走で、麗子はその2番前だ。

麗子の番になる。冒頭は3回転ルッツ。綺麗に決まる。続いてトリプルアクセルから3回転トウループの連続ジャンプ。完璧だ。得意のスピンとステップは他を寄せ付けないものがある。4回転サルコウを決めて小さくガッツポーズ。最後はビールマンスピンで締めくくる。ノーミスで会場は総立ちだ。

麗子も満面の笑みで観客に手を振る。得点は、トータル234・37でトップに立つ。

そのまま最終滑走のターニャ。冒頭の4回転ジャンプが抜けてシングルになる。その後も精彩を欠きフィニッシュ。得点は223・24で、麗子の久しぶりの優勝。

男子は、最終滑走が健太で、サンドロはその前の滑走だ。

サンドロの演技が始まる。冒頭は4回転サルコウ、綺麗に着氷。続いてトリプルアクセルからシングルオイラー、3回転サルコウの連続ジャンプを完璧にこなし、出来栄え点もしっかり取る。勢いがついてきたサンドロは、スピンと苦手なステップもこなしてフィニッシュ。得点は自己ベストを更新してトータル318・76でトップに立つ。

場内は興奮状態だ。

「滑りにくいが、このパターンは純との戦いで慣れてるよ」そうつぶやいて滑り出す健太。

冒頭は4回転ルッツ。綺麗に決まる。続いて4回転サルコウから3回転トウループの連続ジャンプも綺麗に決まり出来栄えもしっかり取る。続いてトリプルアクセル。これはとても高い。出来栄えも最高点を取る。ステップシークエンスは乗りに乗る健太。最後のジャンプも決めてそのままスピンでフィニッシュ。観客は総立ちだ。健太は何度もこぶしを突き上げる。

得点は、３２５・６７で優勝だ。

試合後、健太のところに麗子がやってくる。

「健太、優勝おめでとう」

「麗子こそ定位置にカムバックだね。おめでとう」

「久しぶりで最高に嬉しい」と晴れやかな表情の麗子。

「勝って当たり前と言っていた麗子がそんなこと言うんだ」とからかい気味に言う健太。

「何年前のこと言ってるのよ。ねえ、明日空いてるでしょ。ミラノの街で買い物付き合ってよ」

「いいよ。空いてるし」

第三話　麗子と健太の運命のデート

1.

次の日、ホテルのフロントで待ち合わせする2人。麗子はピンクを基調としたおしゃれなワンピースを着ている。健太はいつもの革ジャンにジーパンだ。

「麗子はモデルみたいだ。俺と釣り合ってないいな」

「いいのよ。健太はそれで」

「まあ、これしかないし。まずどこ行くの？」

「行ってみたい店があるんだ」

「女性服の店だろ」

「そう」

「ブティック街は苦手だけど付き合うよ」

「ブエノスアイレス通りはカジュアルなお店が多いから健太でも大丈夫」

「麗子と一緒ならどこへでも行きますよ」

ブエノスアイレス通りでちょこちょこ買い物をする麗子。もう飽きている健太。店の中から外を見ると、正装した小学生くらいの女の子が楽器のようなものを持って泣いている。店を飛び出す健太。

「どうしたの？」

英語で話しかけるが、わからないのか泣き続けている。買い物を終えた麗子が出てきて健太に「どうしたの？」

「この子が泣いているんだ。麗子はイタリア語も少ししゃべれるよな」

「訊いてみるよ」

「どうしたの？」とたずねる。

女の子は泣き止んで「バイオリンの発表会があるのにママとはぐれて迷子になっちゃたの」

「発表会はどこでやるの？」

「わからない」

「演奏会の名前わからない？」

「わからない」

「健太、バイオリンの発表会らしいんだけど、場所も発表会の名前もわからないんだって」

「それでこんなにフォーマルな服を着てるんだ」

「警察に行きましょう」

「それじゃ、発表会に間に合わないだろう」

「そう言ったって」

キョロキョロしている健太。ビルの上にある看板を見て、女の子を連れて走り出す。

「どこ行くのよ、健太」麗子も走る。

看板を見たビルに入っていく健太。エレベータで4階に行く。

「麗子、ここは音楽関係だろ」

「確かに音楽スクールみたい」

「それならわかるかもしれない」

「えっ、無理じゃない」

「わかんないよ。訊いてみよう」

4階に着くと、健太は走って受付の女性に英語でこの子が演奏する発表会を探してほしいと言うが、相手にされない。麗子もイタリア語で頼むが断られる。

「頼むから探してくれよ」と大きな声で頼む健太に奥から1人のスーツを着た中年の男の人が出てきた。受付の女性がその男に説明していると、その男は、女の子に質問をし始める。

「麗子、何訊いてるんだ?」

「女の子にどんな曲を弾くのかとか、友達のことを訊いたりしている」

「そうなんだ。わかるのかな」

男は、ピンと来たのか携帯電話をかける。電話がつながって話をすると女の子は健太と麗子にVサインを出す。

「やった」

男は住所と発表会を行う場所を書いたメモを健太に渡す。健太はメモをもらって頭を下げるがすぐに「この子を車で会場まで連れて行ってほしい」と頼む。その迫力にびっくりする男と麗子。

男は笑顔でスタッフを呼んで、車で送ってくれることになる。車で会場に着くと入り口に母親が待っていた。男から主催者側に連絡をした時に、主催者側から母親に連絡をとったようだ。

母親が健太のところにやってきて頭を下げる。

「ありがとうございます」と英語でお礼を言う母親。

「どういたしまして、間に合いますか？」と英語で訊く健太。

「間に合います。本当にありがとう」

女の子は嬉しそうに笑ってありがとうと言う。健太も頑張れとエールを送る。

親子と別れて歩く２人。

「あの音楽教室の男の人は理事で偉い人らしい」と麗子。

「良かった。探してくれて」

「健太って、でも凄いね。言葉もあんまりわからなくても真っすぐに行くよね。あそこがよく音楽教室だってわかったよね」

「ＭＵＳＩＣＡって書いてあったから音楽関係かなと思ったんだ」

「確かに音楽のことだけど」

「だってあの子が可哀そうだったからね」

「健太は優しいね」

「熱い男だからさ」

「たいしたもんだ」感心した表情の麗子。

「麗子は昔、こういう俺の熱さが嫌いじゃなかったかな」

「いつの話よ。小学生の時の話でしょ」

「そうか、でも麗子がイタリア語、話せたから良かった」

「以前のミラノ遠征の時、イタリア語がしゃべれればと思ったから」

「そうか、あの時がきっかけなんだ」と感心する健太。

「あの子、嬉しそうだったね」

「たぶん一生懸命今日のために練習してきたと思うんだ。スケートとバイオリンと全然違うけど、自分の打ち込んできたことに対することは変わらないと思うし、どうしても発表会に出してあげたかった」

　熱く語る健太を見つめる麗子。

「麗子、買い物続き行くか?」

「それよりお腹すかない?　何か美味しいもの食べに行こうよ」

「それ賛成!」

　笑いながら歩いていく2人。麗子はポケットに突っ込んでいる健太の腕に自分の腕を通す。健太は動揺する。

第四話　翼のトラウマとの戦い

1.

　横浜アイスアリーナの会議室に翼と剛がいる。2人とも険しい表情をしていて重くるしい空気が漂っている。

「コーチ、どうしてですか？」

　剛に詰め寄る翼。

「精神的なこととしか考えられない」

「でも本当に足が痛いんです」

「リンクでジャンプを跳ぶ時だけだろ。それじゃ、どうしてグランドでダッシュはできるんだ。レントゲンでもなんともないんだ」

「精神的って」

　涙が出てくる翼。

「焦るな。リンクで跳ぶことに一種の恐怖感があるんだろう。トリプルアクセルを跳ぶ前に緊張感があるのが見える」

「そうかもしれないです。前回、それが原因で棄権になりましたから」


　飯島メンタルクリニックの控室に剛がいる。

　先生と会って出てきた翼に剛が駆け寄る。

「どうだった？」

「何か自分の心の中に問題があるのはわかった気がします。自分には足が痛いとしか思えないんですが、確かに普段、足が痛いと感じることは全くないので、やはりメンタルな問題なんだと思いました」

「先生と話をして解決の糸口は見つかりそうか？」

「いえ、先生と会ってもなかなか解決できないかもしれません」

考え込む剛。

2.

代々木公園にある美沙バレエスタジオに入っていく翼。

受付で、美沙とアポのある旨を伝える翼。美沙の社長室に案内される翼。

「美沙先生、ご無沙汰しています。オリンピックで金メダルを取れたお礼もしていなくてすいませんでした」

「何言ってるのよ。ボレロでオリンピック金メダルを取ってくれて、お礼を言わないといけないのは私の方よ」

「今日は、ご相談があって来ました」

「どうしたの？　足の怪我のこと？」

「はい、普段は痛くないのですが、フィギュアスケートで跳ぶと痛いんです。それが怪我のせいで痛いのなら足をしっかり治すしかないのですが、精神的な原因で足が痛いと感じるというのです。どうしたらいいかわからなくて……」と言うと泣きそうな翼。

「翼ちゃん、私も大怪我をして踊れなくなって焦ったことがある。私は痛くはなかったけど、怪我をしたところを演じるときにいつも失敗してしまうことがあったわ」

「どう克服したんですか？」

「私も焦っていたし、やはり周囲の期待に応えないといけないというプレッシャーがあった。そこに気づいて、自分を解放してあげたら、踊れるようになった」

「解放してあげる？」

「そう、もっと気楽に考えて、好きな演目を踊ったりしたかな」

「好きな演目を踊る……自分を解放する……」自問自答するように話す翼。

「翼ちゃんは、いつも楽しんでいて、リラックスしている印象があるけど、今は悲壮感しか感じない。そうだ、ここに行ってみなさい」とメモを書いて渡す美沙。

「美沙先生、ありがとうございます」

「話したくなったら、いつでも来ていいわよ」

頭を下げて出ていく翼。

メモにあるバレエ教室に行く翼。そこには、小学生や中学生と一緒に踊る里香の姿があった。小さい子たちと一生懸命に練習をしている里香。里香の表情は真剣だが、どこか楽しそうだ。ここまで踊れるようになったんだ。バレエの練習をずっと見ている翼。何かを感じる。

3.

東京テニスクラブで純が打ち合っている。

「純、あれ金メダリストの一条さんじゃないか」

「えっ」と振り返るとコートの金網越しに翼が見える。

「翼、どうした？」

「純、どうしているかなと思って見に来た」

「楽しくテニスやってるよ」

「来シーズンは復帰しないの？」

「まだスケートをやりたいって気持ちにならないんだ」

「そうなんだ」

「翼の足はもういいのか？」

急に泣き出す翼。驚く純。

「翼、どうした？」

「ごめん」

「翼が泣くなんて」

「どうしていいかわからなくて」

「第５戦は出場できるんだろ？」

「どうかな？」

「練習は再開しているんだよな」

「それがジャンプして着地すると痛いの」

「それはだめだよ。治してから跳ばないと」

「違うの。精神的なことらしいの。足は調べても何でもないし、氷の上でなくグランドで飛び跳ねても痛くもなんともないの」

「そんなことあるんだ」
「だから……どうしたらいいかわからない」
「最初の怪我をしてから、翼は翼らしくなくなった」
「どういう意味？　私らしいって」
「翼は、いつでもスケートをやるのが好きで、ジャンプを跳ぶのが楽しくてという感じだったよ。でも怪我をしてからは楽しそうじゃないし、僕なんかと一緒で競技をしている普通のスケーターになった感じで苦しそうだよ。特にトリプルアクセルは、一番好きなジャンプだったんじゃないか」

考え込む翼。

「純、ありがとう。そうだね。そうだね。何か重要なことを気づかせてもらった気がする。ありがとう」
「そろそろ練習に戻るよ」
「ありがとう」

自宅の部屋で昔からの写真を見ている翼。美沙や里香、そして純の言葉も思い出している。

石を強く握りしめると色々な思い出が蘇ってくる。トリプルアクセルや4回転が跳べたときのこと、4人でオリンピックに出ようと誓い合ったこと。翼は自分の顔が笑顔に満ちていたことを思い出す。負けた時でさえ、ジャンプを失敗したときでさえ楽しかったことを強く思い出す。

「私らしくない。自分を解放する」

スケートをするのはいつも好きだった。跳びたくて跳びたくて、こんなに楽しいことはなかった。純の言うとおりだ。いつから苦しくなったのか。楽しくなくなったのか。跳ぶのが怖くなったのか。

「お母さん、今からスケートリンク行ってくる」

「今日は夕方からでしょ」

「練習はそうだけど、昔みたいに滑りたいの」

「一般の人と一緒に？」

「そう、行ってきます」

リンクを縦横無尽に滑る翼。リンクにいる人が翼に気づくが、お構いなしに滑る翼。混んでいてジャンプは跳べないが楽しい。

夕方の練習になる。剛がやってくる。明るさを取り戻した翼に気づく。

「何かあったか？」

「跳べる気がします」

助走していきなりトリプルアクセルを跳ぶ。

「高い！」と剛が叫ぶ。

綺麗に着氷する。昔の翼スマイルが戻ってきた。

「痛くないです。もう大丈夫です。コーチ、第5戦の構成を相談したいです」

4.

シリーズ第5戦はボスニア・ヘルツェゴヴィナのサラエボで行われる。日本からは翼のみの出場。翼の足の状態や前回の結果など、マスコミの注目度は相変わらず高い。

試合前に話をする剛と翼。

「どうだ」

「久しぶりにワクワクしてます」

翼のリラックスした表情を見て安心する剛。

「ワクワクか。それはいい」

「はい、楽しんできます」

ショートプログラムが始まる。冒頭からトリプルアクセル。思いっきり踏み込み跳ぶ翼。高いジャンプ。綺麗に決まる！　剛は小さくガッツポーズ。そのあと、スピンやジャンプでいくつかのミスがあったが、フィニッシュ。剛は、嬉しそうに手をたたく。翼も満面の笑みで観客に手を振る。ショートプログラムを終えて3位につけている。

フリーの演技が始まる。1位は、ロシアの新星ヴェロニカ・エゴロワ、2位は中国のキャシー・チャン。滑走順は、翼が最終滑走だ。

最終グループの1番手で滑ったチャンは4回転を3つ成功させ、トータル228・54でトップ。

ヴェロニカの番になる。ヴェロニカも4回転を4つ入れてくる。新星なだけにスピンやステップではレベルがとれないが、ジャンプは次々成功させ248・76という高得点をたたき出しトップに出る。

そして最終滑走の翼。リンクに出てくると大きな拍手が起こる。冒頭は、トリプルアクセルからの3回転トウループだ。スピードに乗ったスケーティングで高く跳び綺麗に回って着氷して、もう一度跳ぶ。完璧に決まる。続いて4回転サルコウも決める。すでに会場は大きな拍手と歓声に包まれている。安定感のある得意のドーナツスピンとステップでレベル4を獲得。後半に入って、もう一度トリプルアクセル。これも高くて完璧だ。そしてビールマンスピンでフィニッシュのポーズ。その瞬間、剛が飛び上がってガッツポーズ。大きな歓声、スタンディングオベーション。「お帰り金メダリスト翼」という横断幕も会場で揺れている。翼は四方に丁寧に手を振り、頭を下げる。

得点は、256・87。今シーズン最高点で優勝。

キスアンドクライで涙ぐむ剛。翼にかろうじて「よくやった……」

「ありがとうございます」と楽しそうに笑い手を振る翼。

テレビの前でガッツポーズをしている純と健太。抱き合って喜ぶ。

「やったな、翼」

「強いチャンピオンが戻って来た」

「健太、頑張れよ」

「今年は絶対に優勝するから」

純は感動していた。翼が怪我をしてリハビリに取り組み、メンタルな問題を克服して復帰したからだ。それとともに自分ももう一度スケートリンクで滑りたいという衝動が起きる。翼のおかげで滑りたくなった。もう一度、みんなと世界の舞台で戦いたくなった。

麗子の家でも、良子と麗子が、翼の優勝が決まった瞬間抱き合う。

「やったー。翼、おめでとう」

「凄いね、凄いね、翼ちゃん」

手を取り合って喜ぶ麗子と良子。


里香もテレビの前で小さくガッツポーズ。

5.

シリーズファイナルは、女子は麗子、ロシアからヴェロニカとダリアの2名、中国のチャン、韓国のイ、イタリアのアイーダの6名、男子は健太、中国の陳、ロシアからニコライとオットーの2名、アメリカのケンとスペインのビクトルの6名で競われる。


ショートプログラムが終了し、女子は麗子が2位。1位はアイーダ。3位にヴェロニカ。

男子は健太が1位、陳が2位、ニコライが3位。

翼の家の居間のテレビで見ている翼と三枝子。

女子のフリーが始まる。

「麗子ちゃん、頑張れ！」

「実力からいうと、麗子のライバルはヴェロニカだな。ジャンプの種類や精度、演技構成も五分五分だし」

麗子は5番目、ヴェロニカが最終滑走だ。

麗子の滑走が始まる。冒頭は3回転ルッツ。綺麗に成功。次はトリプルアクセルからのコンビネーションジャンプ。これも決まった。スピンとステップは安定感がある華麗な演技。後半の演技に入る。まずは4回転フリップ。着氷が乱れるが、なんとか持ちこたえたる。得意のスピンで一息ついて、そして最後は4回転サルコウ。綺麗に決まる。納得のできる演技に笑顔の麗子。得点は、234・54でトップに立つ。

そして、ヴェロニカ。麗子の演技が良かったからか硬い入りになる。最初の4回転ルッツ。バランスを崩して手をつく。次のジャンプはトリプルアクセル。回転不足だ。全体にスピードがない。スピンもステップも今1つだ。後半の4回転サルコウは綺麗に決まった。最後のジャンプからのスピンでフィニッシュ。得点が出る。218・65で3位。麗子の優勝だ。

「麗子ちゃん、やったわね」

「うん、麗子おめでとう」と翼も満足な顔だ。

男子のフリーは健太が最終滑走。ここまでトップはニコライの322・34。

「健太気負わないといいけど」と翼。

滑り出す健太。冒頭の4回転ルッツ。決まった。次も4回転3回転のコンビネーションジャンプ。綺麗に決まった。スピンもステップも取りこぼしなし。後半のジャンプはまずトリプルアクセル。これもいい出来だ。最後のジャンプも決まった！　健太は、ガッツポーズ。観客もスタンディングオベーションだ。嬉しそうに手を観客に振る健太。得点は335・65で健太の優勝。

「健太君も優勝だ」

「健太、嬉しそう」

麗子と健太の表彰台に上がるのを見て、「私も来年はあそこにいたいな」

「きっといるわよ」と三枝子。三枝子の顔を見て、ニコッと笑う翼。

6.

東京テニスクラブの喫茶店に純、健太と翼の３人が集まっている。

「健太、ファイナルでの優勝おめでとう。麗子は世界選手権も初制覇したね」と翼。

「俺も世界選手権も勝たないといけない試合だった」と残念そうな健太。

「ところで純。今年は復帰するんでしょ」

「ゆっくりね」

「ゆっくりってどういう意味だよ」

「健太、そうつっかかるなよ。ブランクがあるから、いきなりやると怪我するし」

「私みたいに怪我すると……」

「もう翼は大丈夫だよ。僕は、まだまだだよ。個別の演技はよくなっているけど、全体でまだしっくりこない」

「純、まあ今年はオリンピック１年前の年だし焦らずやっていこうよ」

「さすが健太は言い方に余裕あるな」

「純もよく言うよ。いきなり復帰で負け知らずとか伝説をまた作るなよ」

「シニアの公式戦で僕を初めて破ったのは健太だろ」

「そうだけど」

「とにかくやっと4人揃ってスケートができる」

「そうね」


2人が帰った喫茶店に1人残っている純。石を握りしめながら思いにふける。

翼にメッセージを打つ。

「さっき、健太がいたので言えなかったけど、翼のおかげでやっと滑りたいと思った。ありがとう」

「私のおかげ？　どういうこと」

「第5戦で見せてくれた楽しそうな演技を見て自分も演技をしたいと思った。もう一度、あの翼のいる舞台に一緒に上がりたいと思った」

「そう言ってくれると悩んだことも意味あったのかなと思って私も嬉しい」

「簡単に復帰できないだろう。そんなにスケートは甘くない」

「大丈夫だよ、純は」

「頑張るよ」

晴れやかな顔の純。力がみなぎっている。

第九章「復帰」　18歳から19歳

第一話　それぞれのシーズン突入

1.

純が家の玄関でスーツケースを持っていずみと重文といる。

「お父さん、お母さん、これから墓参りに行ってからバンクーバーへ向かいます」

「そうか。いよいよカナダでの大学生活が始まるな」と重文。

「良かった。純が明るくなってくれたのが一番」と嬉しそうに話すいずみ。

「健太、翼、麗子のおかげです。テニスを習ったのも良かった。相手に任せるということがわかった気がします」

いずみは涙ぐんでいる。

「お母さん、泣かないでください」

「嬉しいのよ」

「純、カナダで頑張ってこい」

「お父さん、ありがとう。今年はきちっと滑りの感覚を取り戻して、来年のオリンピックに間に合わせるように頑張ります」

「無理しないでね」

「はい」

行きつけの喫茶店に純と井上がいる。

「コーチ、小学生から長い間ありがとうございました」

「カナダのコーチは厳しいぞ。頑張ってこい」

「はい、必ず復活します」

「これから墓参りか？」

「墓参りに行って、それから空港に向かいます」

「それじゃ、元気で」握手をする2人。

富士山のふもとにある霊園にやってくる純。霊園は、大きな富士山が、近くに見える。売店でお花と線香を買って、墓のある区画に行く。整然とお墓が並んでいる。一見、外国の墓地に来たような印象がある。暮石の高さが、腰の高さもないためだ。

両親の墓の前に来て、花を供えて、線香に火をつける。

「今までお参りに来ないですいませんでした。報告ですが、前回のオリンピックで金メダルを取りました。今年からカナダの大学に行きます。そして来年のオリンピックに向けて頑張ります。見守ってください」と手を合わせて祈る。終わると一礼して墓を去っていく純。

カナダのバンクーバーのスケートリンクに立つ純。

コーチのマイケル・スミスがやってくる。マイケルは、10年前まで現役だった元オリンピック銀メダリストで、純と同じような背格好だ。より科学的な手法を練習に取り入れて教えることで有名だ。

「純、このスケートリンクは、気に入りましたか？」

「はい、スケートリンクというか、総合施設として言うことないです」

「そうでしょう」

「いつでも好きな時間に練習ができるし、自分の滑ったデータをすぐに見ることができる。スケートリンクの近くにジムやマッサージ所等の必要な施設もあります」

「純、でもこれはあくまで道具です。その道具をどう使いこなせるかが重要なんです」

「はい、道具をそろえただけでは勝てないのはわかっているつもりです」

「オリンピックチャンピオンの純のためにできるだけあなたのリクエストに沿えるようにしますから、遠慮しないで言ってください」

「ありがとうございます」

「早速、練習を始めていきましょう」

2.

翼と剛が、新シーズンについて打ち合わせしている。翼は、私立の名星大学に入学。ここのスケートリンクは、翼が自由に使える。

「翼、今年の練習のポイントとしては、ステップを徹底的に練習するのとジャンプやスピンのつなぎの部分の強化だ」

「私としては、4回転の6種類のジャンプ精度をあげたいです」

「ジャンプとスピンは、好きだから特に意識しなくても練習するだろ」

「私の足を心配してですか？」

「まあ、それも多少はあるが……」

「わかりました」

3.

トロントのリンクに麗子とケイトがいる。麗子も地元のトロントの大学に入学。

「ケイト、今年は4回転ジャンプの種類を増やしたい」

「具体的にどのジャンプを取り入れたいというのは、あるの？」

「今、4回転はトウループとサルコウですが、フリップとルッツに挑戦したいです」

「わかったわ」

「トウ系のジャンプが苦手という意識も払しょくしたいので」

「わかったわ」

4.

健太と須藤が健太の家の近くの喫茶店で打ち合わせをしている。

「純君も翼ちゃんも麗子ちゃんも大学進学したのに、健太は実業団のＡＢ運輸で良かったのか？」

「はい、俺は、早く家計に貢献したかったので、良かったです」

「それにチームの監督に自分を推薦して、まさか私までＡＢ運輸のコーチになるとは思わなかった」

「すいません、どんどん進めちゃって」

「それはいいけど、今年をどうするかだな」

「今年は5回転トウループに挑戦したいです。陳は普通に跳んでいるので」

「健太にだめって言っても聞かないからな」

「お願いします」

「無理すると怪我するから、毎日跳ぶ本数には制限かけるからな」

「わかりました」

第二話　思惑のあるフィギュアスケートワールドシリーズ

1.

シリーズ第1戦の中国の北京。麗子が参戦している。

その前夜、4人はSNSでやりとりをしている。

「純、バンクーバーはどう?」

「だいぶ慣れたよ。スケートやるには最高だ」

「バンクーバーの方がトロントより都会だし、生活はしやすいよね」

「お前ら、カナダ生活自慢かい」

「そういう健太は社会人1年生どうなの?」

「運輸会社に入ったので、力仕事なのかと思ったら事務仕事で結構疲れる」

「健太が事務仕事なの?　イメージに合わない」と翼。

「なんだよ、その言い方。そういう翼はどうなんだ」

「大学は楽しいよ。結構、学校行ってるんだ」

「そうなの?」

「麗子に昔話したかなと思うけど、教員免許をとりたいんだ」

「先生になりたいって昔言ってたね」

「そうなんだ、翼の先生は合ってるな」とイメージをしながら言う健太。

「健太は熱血教師というイメージあったんだけど」

「また、そうやっていじる。麗子のいじりがひどくなった気がするな」

「さあ、明日からシリーズ始まるな。麗子頑張れよ」

「純、ありがとう。みんなの先陣を切って頑張って来ます」


シリーズ第1戦は北京で行われる。麗子が参加している。

ショートプログラムを終えて麗子は課題の4回転ルッツが失敗するもトップ。

次の日、フリースケーティングになる。

リンクサイドにケイトと深紅の衣装の麗子がいる。麗子の番になる。

「行ってきます」

そう言うと滑ってリンクの中央に行く。静まりかえる会場。『レ・ミゼラブル』の曲がかかり演技を始める麗子。

冒頭は、4回転ルッツ。転倒する麗子。すぐ立ち上がりトリプルアクセル、そしてスピンをはさんで、4回転トウループ、3回転トウループの連続ジャンプを完璧にこなす。会場も転倒を忘れたかのように大きな拍手が起こり、それに乗って後半の3回転からの連続ジャンプも決める。そして、4回転フリップを跳ぶが、明らかに回転不足だ。その後のジャンプやスピンは完璧に決めてフィニッシュ。麗子は苦笑いだが、会場はスタンディングオベーションだ。

「麗子、初戦としては、及第点だわ」と満足げなケイト。

「いいえ、ショートでもフリーでも4回転ルッツかフリップで何かを得ることができるジャンプがあったら及第点ですが、何も得られなかったのでだめです」

そう話をしているうちに得点が出て、トップに立ちそのまま優勝する麗子。

2.

第2戦はロシアのモスクワで行われる。翼と健太が出場する。

ショートプログラムが終了して、翼は2位。健太も2位。

女子のフリーが始まる。

「眠れる森の美女のお披露目だ。楽しんで来い」と剛。

「はい、今シーズン最初なので、楽しんできます」

滑り出す翼。演技が始まる。冒頭の4回転サルコウ、高くて綺麗だ。続いてトリプルアクセルから3回転トウループの連続ジャンプ。完璧だ。スピンに集中できていない。そして4回転ルッツ、綺麗に着氷。演技後半に入る。見せ所のステップシークエンス。会場も盛り上がってくる。最後のジャンプを跳んで、フライングキャメルスピンからレイバックスピンそして最後にビールマンスピンでフィニッシュ！　場内は総立ちだ。キスアンドクライに剛とやってくる翼。

「どうでした？」

「まだまだだな。1つ1つのステップは練習の成果が出てたよ。ただ、ステップに集中してると表情や手の動きがおろそかになるんだよな。今後の課題だ」

「やっぱりそうですか。自分でもそんな気がしてました」

結果、ロシアのダリアが優勝、翼は僅差の2位だった。


男子のフリーが始まる。健太の曲は、007のテーマソング。衣装も黒くスパイをイメージさせるデザインだ。

健太の演技が始まる。冒頭の5回転ジャンプを失敗し、転倒をする。後半にある4回転と3回転のコンビネーションジャンプのところでも4回転が抜けてシングルになってしまう。2つのジャンプの失敗が原因で4位に終わる。

キスアンドクライで須藤と話す健太。

「5回転よりコンビの方が情けなかったです」

「終わったことは仕方ない」

「はい、もっと練習で成功できるように頑張ります」

3.

第4戦はフランスのグルノーブルで行われる。日本からは翼が参戦する。ショートプログラムを終えてロシアのアリサをおさえてトップに立つ。

翼のフリースケーティングが始まる。冒頭の4回転サルコウ、完璧な出来だ。続いてトリプルアクセルから3回転トウループの連続ジャンプ。これも成功。続いてスピン。そして課題の流れを意識して、次の4回転フリップにつなげる。流れはスムーズで、跳ぶが、ジャンプは着氷が乱れ手をついてしまう。さらに次のステップシークエンスにうつるが、スピードがないので、ステップのきれも悪い。『眠れる森の美女』の曲に合わせて演技の後半に突入しているが、表情もさえていない。最後の4回転ルッツは綺麗に決まり、フライングキャメルスピンからレイバックスピンそして最後にビールマンスピンでフィニッシュ！　観客はスタンディングオベーションだが、翼は納得出来ておらず照れ笑いの表情だ。

結果は、ロシアのアリサに僅差で負け2位となる。

その夜、ホテルの部屋のバルコニーから星空を見ている翼。純からメッセージが来る。

「お疲れ。惜しかったな」

「純みたいに演技と演技の間もスムーズに流れを作って1つの作品として仕上げたかったけどできなかった」

「そのトライをしているのは、よくわかったよ」

「演技のつなぎをスムーズにと強く意識するとジャンプやスピンへの集中が弱くて結果失敗している。あと負けて悔しいと思うようになった」

「今まで本当に思わなかったんだ」

「なんで麗子はあんなに勝ちにこだわるんだろうと思ってたけど、今はよくわかる。もう負けたくない」

「オリンピックチャンピオンというプライドが芽生えたんじゃないか」

「確かにそうかもね。少なくとも恥ずかしい演技したくないとは思う。純は？」

「僕も負けるのは昔から大嫌いだよ。だから、翼がオリンピックチャンピオンとして負けたくない、みっともない演技できないというのと全く同感だ」

「純もそうなんだ。良かった」と安堵の表情の翼。

「完璧な形で復活したいと思ってる」

「復帰に向けて順調？」

「まあね」

「早く純の演技を見たいな」

「全日本でお見せしましょう！」

「楽しみにしてる」

今日もよく晴れて星がよく見える。

「今夜も星が綺麗だな」とつぶやく翼。

4.

第5戦は日本の大阪で行われる。麗子と健太が出場する。麗子は、4回転ルッツと4回転フリップがともに失敗して2位で終わる。健太は今回も5回転にこだわり2度転倒し、5位で終わる。

この結果、ファイナル進出は麗子だけとなる。

ファイナルも麗子は2つの4回転ジャンプにトライするが、失敗し4位で終わる。

女子は1位ダリア、2位ヴェロニカ、3位アリサとロシア勢がすべて独占する。男子は1位陳、2位ニコライ。

5.

純のいるカナダのバンクーバーのスケートリンクに観客がどんどん入ってくる。本番のような形式で実施したい

という純のリクエストにマイケルが応えて一面のスケートリンクを一日貸切ったのだ。午前にショートプログラムを行い、午後にフリースケーティングを行う。オリンピックチャンピオンの今季初の演技を無料で見られるという触れ込みで地元の観客が５００人以上集まった。

「マイケルは驚くこと考えるね」と会場の観客を見て言う純。

「純が本番のような緊張感で演技したいって言ったんじゃないか」と自慢げに話すマイケル。

「そうだけど……感謝してます」

「それでは、もう会場は準備ＯＫなので、いつでも始めて大丈夫だよ」

「はい、ショートプログラムを始めましょう」

スケートリンク中央に滑り出す純。すでに歓声や拍手が起こっている。一礼すると、音楽がかかり演技を始める純。

「さあ純思い切って行きましょう。練習ではパーフェクトな演技を見せてるから自信を持って」

冒頭は4回転ルッツ。成功。次は4回転アクセル。練習より完璧だ。スピンやステップは抜群だ。会場の観客もすでに虜になっている。最後の4回転サルコウ、3回転トウループの連続ジャンプ。非公式とはいえ復帰戦でパーフェクト。会場は大喜びだ。笑顔で手を振る純。マイケルのところに戻ってくる。

「純、グレート」と抱きつくマイケル。

「観客の前で演技をするのは、気持ちいいですね。午後のフリーも気を抜かず頑張ります！」

午後のフリーが始まる。曲は、『雨に唄えば』シルバーの衣装でコミカルに演じる。

冒頭の4回転トウループを皮切りに4回転6種類のジャンプをすべてノーミスで完璧に跳ぶ。ステップもスピンもブランクを感じさせない。以前と違って生き生きした表情で、楽しく滑っていることがわかる。最後までスタミナも切れず、豪快なフライングキャメルスピンからシットスピン、そしてアップライトの高速スピンでフィニッシュ。場内は総立ちだ。純コールが起こる。

嬉しそうに花束やぬいぐるみを拾いながら、場内を笑顔で手を振りながら回る純。マイケルは興奮している。戻ってくる純。マイケルに抱きつかれて戸惑う。

「グレート、グレートすぎる。今年から純のコーチになって、私はなんて幸せなんだ。ありがとう。ありがとう!」

「コーチ、これから公式戦復帰ですから……」と困った表情の純。

第三話　衝撃の純の復帰戦

1.

純も出場する全日本選手権が札幌で行われる。

滞在先のホテルで久しぶりに4人が会う。

「純、久しぶりだな」

「そうだな健太。なんか照れるな」

「純が照れるなんて面白い」

「麗子もひどいな」

「元気そうで良かった。しっかり練習してきたんでしょ」

「ばっちりだよ」

「マイケルという新しいコーチはどう?」と翼。

「アメリカ人で感情を爆発させるので結構戸惑うことが多いよ」

「純は、マシーンとか言われてたから、ちょうどいいんじゃない」

「麗子、ひどいな。でも、日本と違ってストレートに言わないとならない環境は自分にとっていい気はしてる」

「とにかく純の演技楽しみ!」と翼。

「まあ、見ててくれ!」


女子ショートは、翼1位、麗子2位となる。

注目の男子のショートが始まる。

観客席に翼と麗子が並んで見ている。滑走順は純が20番目、健太が28番目。

「純、楽しみだね」

「うん」

「純、出てきた。シルバーの衣装って。それにすでに笑顔だよ、翼」

「なんか楽しそう。純の雰囲気変わったね」

「最初は、いきなり4回転アクセルだね」

「始まった」

4回転アクセルは、綺麗に決まる。続いて、4回転トウループ。

「高い！　完璧……」

どよめく場内。

スピンもレベル4を決め、ステップシークエンス。場内はすでに興奮状態だ。

「なんか演技しているときも純楽しそう！」

「ステップもきれいきれ」

最後のコンビネーションジャンプを決めて、スピンからフィニッシュ！

場内は総立ち。大きな声援が上がる。「お帰り純」という声があちこちで起こる。

「たいしたもんだ。ブランクは全く感じさせない」と麗子。

「自分の復帰戦を思い出すけど、全然違う」

28番目の健太がリンクに登場する。

「さあ、健太。純が今のところダントツトップだね」

「健太って最初、5回転でいくんだよね。麗子」

「うん、今シーズン1回も成功してないけどね」

「でも健太だから、絶対に跳ぶでしょ」

健太の演技が始まる。冒頭の5回転トウループ。高いが、少し軸がぶれて転倒する。次のトリプルアクセルは完璧だ。スピン、ステップは、レベル4を取り最後の4回転サルコウ、3回転トウループの連続ジャンプも出来栄え点をしっかり取る出来だ。そしてフィニッシュ！

「満足そうだね」

「5回転はやるだけやった感じでしょ」

「うん、2位とは僅差の3位だし」

「それにしても純は、結局ダントツトップだよ」

「さすがとしか言いようがない……」


次の日になる。女子のフリースケーティングが始まる。

滑走順は、翼が22番目、麗子が最終滑走の24番目だ。

翼の番になる。

「今日は勝ちたいです」ときっぱり言う翼。

「そうか、さあ、行ってこい」

「はい」と言うと滑り出す翼。

冒頭の4回転サルコウ、出来栄えをしっかり取るジャンプだ。続いてトリプルアクセルから3回転トウループの連続ジャンプ。男子並みの高いジャンプを見せつける。スピンもステップもレベルは確実に上がっている。最後のジャンプを跳んで、フライングキャメルスピンからレイバックスピン、そして最後にビールマンスピンでフィニッシュ！　場内は総立ち。笑いながら手を振る翼。キスアンドクライに剛とやってくる翼。

「納得いってなさそうだな」

「わかります?」

「戻って来た顔見ればわかるよ。でも、流れる演技は以前と比べて確実によくなってる」

「でも、つなぎを切れ目なくとか考えると演技がきっちりできてない気がして不完全燃焼な感じなんです」

「そうか」

得点が出る。ダントツのトップに出る翼。

最後に麗子の登場。

「思い切って跳んできなさい」

「はい、跳んできます」

最初のジャンプは、4回転ルッツ。高さが足りない。失敗だ。次はトリプルアクセル、これはいい。4回転トウループ、これは悪くない。麗子の見せ場のスピン、そしてステップシークエンス。翼と比べても情感があふれ、細かい表情が曲に合わせて変わってくる。手先のしなやかさも他を圧倒している。その演技に会場のボルテージもどんどん上がってくる。

後半の課題の4回転フリップだが、これも回転不足だ。その後のジャンプとスピンはノーミスでフィニッシュ!

観客も総立ちで拍手を送っている。

麗子が戻ってくる。

「よかったけどね」

「わかってます。できそうな気はしてるんですけどね」

「世界選手権で成功させましょう」

「はい」

得点が出る。麗子の4回転の2つの失敗が響き、翼が優勝、麗子が2位。

結果を見ている剛と翼。

「勝ったな」

「嬉しいです。今回は結果がほしかった」

「変わったな、翼」

「変ですか?」

「いや、それでいい」

嬉しそうに笑っている翼を見ている剛。


男子のフリースケーティングが始まる。

滑走順は、健太が最終滑走前で純が最終滑走だ。

次々と演技は終わり、健太がトータル320・56でトップ。

純がリンクに出てくる。大きな拍手が起こる。まず冒頭は4回転トウループ。続いての4回転アクセルも成功させる。完璧だ、ブランクを感じさせない。得意のスピンとステップに入る。最後のジャンプも成功して、スピンでフィニッシュ。大きな歓声と拍手が起こる。得点は344・12で優勝。

「純ってやつは……」と健太。

アメリカのアトランタで世界選手権が開かれる。４人揃って出場する世界大会は久しぶりだ。この大会で上位に入らないと日本人のオリンピックに出る枠が２枠確保できないのだ。純の国際復帰戦は重要な大会となる。

2.

女子のショートプログラムの結果が出る。ロシアのダリアがトップ、２位にもロシアのヴェロニカ、３位に翼。4位に麗子となる。


次の日は、女子のフリースケーティングだ。

観客席には、純と健太がいる。

滑走順は、ダリアが20番目、ヴェロニカが21番目、翼が23番目で、麗子が最終滑走の24番目だ。

ダリア、ヴェロニカともにシリーズファイナルと同様にそつない演技で、翼の前までで1位、２位となっている。

滑り出す翼。演技が始まる。冒頭の４回転サルコウ、成功。続いて、トリプルアクセルから3回転トウループの連続ジャンプ。完璧だ。ドーナツスピンから、助走を短く4回転ルッツを跳ぶが転倒。起き上がると加速をして、元のポジションに戻ろうとする。演技後半に入る。見せ所のステップシークエンス。最後のジャンプを跳んで、フライングキャメルスピンからレイバックスピンそして最後にビールマンスピンでフィニッシュ！　場内は総立ちだ。

翼は苦笑いしながらも観客に手を振っている。

「純、得点どうだろう」

「ダリアには届かないが、ヴェロニカには勝ったんじゃないかな」

得点が出る。翼は、ヴェロニカを抜いて2位。

「おっ、さすが純の言ったとおり」

麗子がケイトと話をしている。

「麗子、ルッツとフリップは3回転にして出来栄えを狙いにいって勝ちましょう」

「ケイト、4回転でやります」

「わかったわ」

リンク中央へ滑り出す麗子。

「健太、麗子の表情見ろよ。いい顔してる」

「確かに、変な気負いもないけど勝負師の顔だ」

最初のジャンプは、4回転ルッツ。加速して思いっきり跳ぶ。着氷を失敗し、手をつく。すぐ姿勢を直してスケーティングを再開し、次のトリプルアクセルを跳ぶ。これは綺麗だ。次は、4回転トウループ、3回転トウループの連続ジャンプ。これは、完璧に成功。麗子の見せ場のスピンとステップ。場内も一段と手拍子が大きくなる。麗子の表情や仕草にすっかり魅了される観客。麗子ワールド全開。4回転フリップは回転不足だ。その後のジャンプとスピンはノーミスでフィニッシュ！　観客も総立ちで拍手を送っている。

「もったいないな」

「健太、麗子の顔をよく見てみろよ。やり切った満足感で、いい笑顔で観客に手を振ってるよ」

「確かに、以前の麗子では考えられないな」

キスアンドクライに麗子とケイトがいる。笑いながらハグしている。

得点が出る。２つのジャンプの失敗が響いて、ヴェロニカに僅差で負けて４位となる。

近くにいる翼とも抱き合う麗子。

「４位か」と麗子。

「ダリアに今年２度負けちゃった。今日は勝ちたかった」と言う翼の話に驚く麗子。

「翼、勝ちにいったんだ」

「うん」

「そうなんだ」と意外だという表情をしている麗子。

「これで女子はオリンピックの２枠を確保したな」と純。

「次は俺たちの番だ」と答える健太。


男子のショートプログラムは、最終滑走の健太を除いて終了している。ここまで５回転を成功させた中国の陳が１位、ロシアのニコライが２位、２人に僅差ではあるが純は３位となる。

健太が登場する。冒頭は５回転トウループだ。今シーズン一度も成功していない。

演技が始まり冒頭の５回転。成功だ。健太は軽くガッツポーズ。続いてトリプルアクセル。これも出来が素晴らしい。勢いに乗ってスピン、ステップ、最後の４回転、３回転の連続ジャンプも成功。健太、今シーズン一番の出来の演技となる。フィニッシュポーズの後、大きな拍手の中で何度もガッツポーズをする健太。得点も今シーズンのショートプログラムのベストスコアが出てトップに立つ。

祝福に来る純。

「やったな。ついに5回転」

「めちゃくちゃ嬉しいよ」

「良かった」

「フリーも成功させる」と強く言う健太。

「負けないぞ」と純もはっきり言う。

次の日、フリースケーティングが行われる。

滑走順は、健太が最終グループの1番手、陳が2番手で5番手が純でラストがニコライだ。

健太はここでも冒頭で5回転を跳ぶが転倒してしまう。その後、4回転を4種類跳び336・78の得点でトップに立つ。続いて陳。冒頭の5回転を成功させる。その後の4回転も次々と成功させ、358・56で健太を抜きトップに立つ。その後の2人は健太よりスコアが出ず健太はまだ2位だ。そして純の番だ。

純がリンクに出てくる。大きな拍手が起こる。翼も麗子も並んで見ている。まず冒頭は4回転トウループ、完璧だ。続いての4回転アクセルも成功させる。どっと沸く会場。続いて4回転3回転のコンビネーションジャンプ。完璧だ、ブランクを感じさせない。得意のスピンとステップで会場を味方につける。後半のジャンプも軽々と着氷し、加点していく。そして最後にスピンでフィニッシュ。大きな歓声と拍手が起こる。純が完全に戻ってきた。得点は354・56で陳に僅差で負ける。

「純はなんであんなに強いの？　翼教えて」とあきれ顔の麗子。

「ブランクが全くないみたい。私は復帰するのに大変だったのに」と自分を振り返る翼。

「私だってそうだったよ」と麗子。

「でもそれだけカナダでハードトレーニングしてきたっていう証だよ」

「そうだね。純は努力しているところを見せないよね」

最終滑走のニコライは会場の雰囲気に負けて転倒し、4位で終わる。この結果、優勝が陳、2位に純、3位に健太となる。

表彰台の前で話す純と健太。

「おい純、俺に勝つなよ。どうもいつも引き立て役になっちゃうんだよな」

「そんなことないよ。ホッとしたのが本音だけど。陳に負けたしね」

「まあ、それでも、これでオリンピック枠も確保できたしな」

「そうだな。本番は来シーズンだ」

第十章「結実」　19歳から20歳

第一話　オリンピックに向けて

1.

美沙のスタジオに翼がやってくる。すでに美沙と里香がいる。里香は最近、美沙にバレエを教わっている。

翼もすぐにレオタードに着替えてスタジオに入ってくる。

「美沙先生、里香のボレロの動画見ました。里香、凄く良かった。何度も見ちゃった」

「何度も見てくれたんだ」と笑顔の里香。

「それじゃ、一緒に踊れるわね」

「先生、それは無茶ぶりですよ。私はバレリーナじゃないんですから」と焦る翼。

「何を言ってるの。私の教え子の中でも、あなたはトップクラスのバレリーナよ」

「そうだよ、翼、一緒に踊ろう」と強く言う里香。つられてうなずく翼。

ボレロの曲をかける美沙。音楽が静かに始まり、里香と翼は踊り出す。まるで何度も練習してきたかのようにシンクロして踊る2人。演技後半に入ると2人のシンクロはどんどん高まっていく。2人はますます息を合わせて美しく踊っている。それを見て満足な表情の美沙。翼も里香の表情も生き生きとして喜びが体全体から出ているのがわかる。そしてフィニッシュ！　しばらくして2人は抱き合う。あふれんばかりの笑顔から一転、2人は泣いてしまう。それを見て美沙も涙があふれてくる。

「最高に楽しかった。バレエ踊って、こんなに楽しいのは初めて」と涙を拭き笑顔に戻る翼。

「私も最高。夢の中にいる感じ。翼と一緒にボレロを踊れるなんて！」と感激している里香。

「翼は今年2度目のオリンピック、里香は国際バレエコンクールに挑戦。2人とも世界を相手に頑張って来なさい」

と2人の肩をポンとたたく美沙。


帰宅途中、翼は剛へメッセージを打つ。

「コーチ、今シーズンのフリーの曲は、ボレロでもう一度やらせてください」

2.

トロントのリンクの上にケイトと麗子がいる。

「麗子、今回のチョイスは意外だったわ。どうしてこういう選曲をしたの？」

「恥ずかしいですけど、愛をテーマにしました」

「愛をね。それでショートが『愛の賛歌』でフリーが『アラジン』。ロマンティックすぎる感じだけど」

「ここまで来れたのは、ケイトをはじめ同期の3人、両親、ファンのおかげなので、感謝の気持ちをこめて滑り切りたい」

「衣装も麗子にしては、白と青で可愛らしいものね。でも有名なデザイナーと何度も打ち合わせしたって聞いたけど」

「今年は集大成なので、妥協したくないので」

「ジャンプは本当にいいの？」

「昨年4回転ルッツとフリップに一年を通してチャレンジしました。でも自分のものにできなかった。今年は勝ちにいくので、この2つのジャンプは3回転にします。4回転はトウループとサルコウに磨きをかけます。よろしくお願いします」

「わかったわ。でもルッツもフリップも3回転では自信ができたんじゃない」

「そうですね。3回転なら以前感じていた苦手意識はなくなりました。演技の完成度で勝負したいです」

　バンクーバーのスケート場の会議室でコーチのマイケルに対して、ホワイトボードに書きながら説明している純。

「この曲で情感豊かにこの演技構成で行きたいです」

「イメージで言うと少し幼い感じがするが、演技構成はハードだぞ。これを柔らかく演じたいと言うんだね？」

「そうです。難易度が高いのはわかってます。今年だから挑戦したいんです」

「あなたはディフェンディングチャンピオン。やりましょう、オリンピック連覇だ」

「はい、お願いします」

　健太はグループメッセージを打っている。

「みんな曲を選んだかな。僕はショートでは、もう一度チャップリン、フリーはスリラーでいく。力強く演じ切るつもりだ」

「私もボレロでフリーはいく」

「翼のボレロ好き。早く見たい。私はみんなに愛をこめて愛の賛歌とアラジンを選んだ」

「麗子のイメージと違うな。純は？」

「恥ずかしいから、まだ内緒」

「1人だけずるいぞ。ところで、1つ提案あるんだ。麗子も純もカナダにいるので、難しいのはわかってるけど、本格的なシーズンに入る前に合同合宿しないか？」

「合同合宿か？　ケイトと相談しないといけないけど、やりたいね、野辺山で」

「麗子も純も来れるなら四ノ宮コーチにかけ合って私も野辺山に行く」

「いいね。マイケルに訊いてみるよ。3、4日なら行けると思う。どちらにしても一度、日本に戻る予定だったからね」

「よし、決まった！　日程調整しようぜ」と気合が入っている健太。


美沙のバレエスタジオで、前回のオリンピックでの翼のボレロのビデオを見ている翼と剛と美沙。美沙は前回のオリンピック後、フィギュアスケートの振付をするようになっている。

「翼ちゃんの踊りは、以前よりうまくなっているから、今回のボレロはもっと難易度が高くて見栄えのいい踊りを入れたい」と言うと立ち上がって軽く踊って見せる美沙。

「今回のボレロは、里香と踊った時の喜びも表現したい」と翼。

「あの時の2人の踊りは、脳裏に刻まれてるわ」

「2人に任せるよ」と剛。

「剛、少し考えてみるわ」

3.

野辺山のリンクに立つ4人。カリキュラムをこなしていく4人。

純と翼、健太と麗子と2人1組でチームを作り、対抗戦をやったりしている。息のぴったりの健太、麗子チームに驚く純と翼。

「ペアチームみたい……」

夜はロッジにある大きな居間で話し合う4人。

「まさか純が明るいミュージカルソングと王子様スタイルで来るとは思わなかった」

「健太に冷やかされるから言うのが嫌だったんだよ」と照れながら話す純。

「純にぴったりだよ」と少し笑いながら翼が言う。

「翼までからかうなよ」

「純が赤くなった」

「麗子まで……うるさいな」

「それにしても純も翼も構成えぐいな」

「翼の演技構成は男子でも負けるような構成になってる。私は出来栄えで稼がないと戦えない」

「麗子は出来栄えでいつも最大にもっていくじゃない」

「ねえ、星見に行こうよ！」

「そうだね」

みんながお気に入りのバルコニーに出る４人。満天の星である。

「星が今日も綺麗だ」

健太は石を取り出し、念じて上に向けるが光が出ない。

「今回は出ないな。みんなも持ってるだろ」

他の３人も石を取り出して上に向けても光らないが、そこに強い光の流れ星。

「あっ」４人は流星にしばらく見とれている。

「いよいよオリンピック。みんなで出てベストを尽くそう」

４人で輪になって手をつなぐ。すると４つの石から光が出て、光の輪が４人を包んでいく。ノービス時代からの４人で経験したことが、現れては消え、消えては現れる。

第二話　オリンピックへ続くフィギュアスケートワールドシリーズ

1.

新シーズンは始まっている。

シリーズは第４戦まで終わっている。

女子第1戦は翼が4回転アクセルで転倒したが、優勝。2位にアメリカのカレンが入る。第2戦は「氷に咲く花」と言われるロシアのヴェロニカが4回転ジャンプを4つ跳び優勝。麗子は4回転が2本で、出来栄え点も伸ばせず2位となる。第3戦はロシアの「氷の天使」と呼ばれるダリアが4回転ジャンプを5つ成功させ優勝。2位にはイタリアのジュリアが入る。第4戦はヴェロニカが圧勝でファイナルを決める。2位にはカレン。

男子は第1戦で「ゴッドジャンパー」と言われるようになった5回転を跳ぶ陳が優勝。2位にアメリカのポールが入る。第2戦はロシアのニコライが4回転を5本跳び優勝。果敢に5回転にチャレンジした純は転倒し、2位となる。第3戦は健太が5回転を封印して、そつなくまとめて優勝。2位にはポールが入る。第4戦はフランスのジュリアンがすべてのジャンプで出来栄えを多く獲得し優勝。2位には珍しく2度転倒した陳が入る。

2.

第5戦、男子は純が女子は翼が参戦する。

試合前に翼と話す純。

「翼、ファイナル決めるぞ」

「わかってる。優勝して決める」

まずは女子のショートプログラム。翼のライバルはロシアのダリアだ。翼は、ダリアに一度も勝ったことがない。ダリアは4回転2本とトリプルアクセルがいい出来でトップを取る。次に黒い衣装をまとった翼がリンクに現れる。翼は曲に合わせて滑り出す。最初の4回転ルッツと3回転ループのコンビネーションジャンプだが、ルッツの着氷が乱れたため3回転ではなく2回転になってしまう。結果はダリアに次いで2位。

男子のショートは純の独壇場になった。青い衣装の純がミュージカルソングに合わせて陽気に踊る。切れのいい4回転ジャンプと4回転アクセルも決めて2位に20点差以上をつける。2位にはロシアのシモン。

女子のフリー。翼の番となる。赤い衣装の翼が『ボレロ』に合わせてリンクを縦横無尽に駆け回る。演技の完成度は高くなってきている。4回転と3回転のコンビネーションジャンプを2つともに失敗して終わるが、この時点ではトップに立つ。最終滑走のダリアはそつなく4回転を5本跳んで、翼をおさえて優勝する。悔しがる翼。ダリアはファイナルが決まった。翼も2位となり、ファイナルが決まった。

男子は純の独壇場が続く。白い王子のような衣装をまとった純が『ロミオとジュリエット』の曲に合わせて滑ると観客からため息がもれる。冒頭は5回転、回転不足だが、その後は、完璧にこなす。後半に怒涛の4回転ジャンプを立て続けに跳び、2位を大きく引き離して優勝しファイナルを決める。

純のところに翼がやってくる。

「純、優勝おめでとう」

「ありがとう。翼も惜しかった」

「悔しい。本当に悔しい、ダリアにまた負けた」闘志が全面に出ている表情の翼。

「翼の悔しがるのは新鮮だ。勝負はこれからだよ」

「そうだね」

3.

第6戦は東京で行われる。麗子と健太が出場する。

女子のショートプログラムが始まる。

麗子は白い衣装をまとってリンクに出てくる。編曲した『愛の賛歌』に合わせてテンポよく滑る。4回転サルコウもしっかり決めて、出来栄え点も最高に近く獲得し、トップに立つ。2位にはジュリアが入る。

男子は健太が久しぶりのチャップリンスタイルで現れる。冒頭の4回転フリップは決まったが、最後の4回転サルコウと3回転トウループのコンビネーションジャンプをミスして2位となる。それ以上に珍しい失敗で終わったのが、第2戦で優勝したニコライ。冒頭で転倒し、3位となる。トップにはジュリアンが立った。

女子のフリー。麗子のショートの白い衣装も観客を魅了したが、フリーの目が覚めるような青い衣装も印象的だ。『アラジン』の曲に合わせて幻想的な世界を作り上げる。2つ目の4回転サルコウで手をついたが、あとはノーミスで優勝。ファイナルを決める。

男子のフリー。3位のニコライが滑る。ショートとは別人のように4回転ジャンプを5本成功させトップに立つ。

続いて健太。健太は赤と黒のまだらの衣装で『スリラー』を披露する。力強い演技に見入る観客。最後のジャンプは3回転ルッツと3回転ループのコンビネーションジャンプだったが、ルッツの着氷が完全でないのに2本目を跳んだため転倒してしまう。ニコライに逆転を許し、2位となる。最終滑走はジュリアンだが、まずまずの出来で終えたが、健太にも負けて3位となる。この結果、ニコライとともに健太もファイナルを決める。

試合後、健太は麗子と会う。

「健太もファイナルおめでとう」

「麗子みたいに優勝して決めたかった」

「今シーズンのゴールはここじゃないでしょ。ファイナルに出て、オリンピックに出て勝つことが重要でしょ」

「まあ、そうだけど。ところで、今夜食事でもしない？　明日帰国だろ」

「今夜は予定があるの」

「そうなのか。困ったな」

「困った？　どうしたの？」

考え込む健太。

「何よ」

覚悟を決めた顔で「俺たち付き合わない？」

「えっ？」

「翼に振られて麗子に言うなんてと思うかもしれないけど、昨年イタリアでデートしてから麗子のことが好きになったんだ」

「びっくりした」本当に驚いた顔の麗子。

「俺じゃだめかな」探るような顔で麗子を見る健太。

笑う麗子。

「ここで笑うかな。翼にも笑われて傷ついたと話をしただろう」意気消沈の健太。

「だって、ここの場所ひどくない。リンクの控室の外にあるアップエリアだよ。ロマンティックさと正反対な場所だから、笑っちゃった」

「そうだけどさ。だから夜に別の場所で話したかったんだ」ため息をつく健太。

「でも嬉しいよ」

「それじゃ……」急に明るい表情になる健太。

「お互いオリンピックでメダルを取ったら彼女になってあげる」いたずらっぽい顔の麗子。

「俺が取っても麗子が取れなかったらだめなの？」と真剣に訊く健太。

「何よ。私はメダルを取れないって言うの？」つっかかる麗子。

「そうじゃないけど。なんか違う気がするんだけど」

「この条件が嫌なら、今すぐに断ろうか？」と意地悪な顔をして健太の顔をのぞく麗子。

「わかった、わかった。２人ともメダルを取って付き合おう！」

「よし！」

困惑する健太の顔を見て大笑いする麗子。

「それから翼と純にも漏らしたら終わりだからね」

「わかってるよ」

神妙な健太の顔を見てまた笑う麗子。

4.

東京テレビ局のスタジオにアナウンサーの杉田と解説の井田がいる。

「井田さん、オリンピックの前哨戦と言われているシリーズファイナルがいよいよ始まります。選ばれた男女6名ずつのスケーターの顔ぶれを見ていかがですか？」

「そうですね。今年を代表する選手が全員揃っていますね」

「その中で注目の選手は？」

「もちろん男女2名ずつの日本選手ですね。男子が一ノ瀬選手と伊藤選手。女子が一条選手と本城選手です。特に一ノ瀬選手と一条選手はオリンピック連覇がかかっており、その前哨戦であるこのファイナルでどんなスケーティングを見せてくれるかとても楽しみです」

「調子はどうなんでしょうか？」

「4人とも調子は良さそうです」

「日本勢に対抗する選手はどんな選手たちなんでしょうか？」

「男子では「ゴッドジャンパー」と呼ばれている中国の陳龍選手ですね。5回転を複数本跳びます。それからロシアのニコライ・イワノフ選手です。成長著しい選手です。脅威ですね。女子では「氷の花」というニックネームがあるヴェロニカ・アンドロポフ選手と同じくロシアのダリア・アレンスキー選手です」

「ダリア選手は「氷の天使」と呼ばれていますね。とても可愛いですよね」

「それに今シーズンはロシア国内、国際大会すべてで優勝していますし、一条さんにも勝っています」


男子のショートプログラムの演技が始まる。ジュリアンは84・54、ポールが86・78、ニコライが88・75となる。純は、4回転アクセルは失敗したが、100・54で3位。健太は110・58で2位。2人を抑えてトップに立ったのは5回転を成功させた陳で116・78。

その日の夜、マイケルと打ち合わせしている純。

「フリーの冒頭のジャンプは無理して5回転をチャレンジする必要はないよ。4回転でいったらどうか？」

「今回は勝ち負け関係ないです。5回転を跳ぶ姿勢を見せる必要があります」

「あくまでもオリンピックに照準を合わせているということだな」

「そうです。ここで5回転を跳ぶという強い意志を見せたいです」

「わかった。勝ち負けの駆け引きは私より純の方が得意そうだな」

「テニスの経験が少し役に立っている気がします」と少し笑う。

「思いっきり跳んで来い」

女子のショートプログラムの結果が出る。

カレンが70・98、ヴェロニカが73・54、ジュリアが75・34。麗子は4回転ルッツで回転不足はあったが、88・90で3位。ダリアは4回転ジャンプをすべて成功させ92・34で2位。1位は完璧な演技を見せた翼で95・87。

「男子のフリーが始まります。滑走順はジュリアン、ポール、伊藤、ニコライ、一ノ瀬、陳という順番です」と杉田が話す。

ジュリアンはトータル276・87、ポールが280・56という得点で終わる。やはり優勝は4人の戦いとなる。

「伊藤選手が出てきました。赤と黒のコスチュームです。エネルギッシュな伊藤選手。かなり気合が入っています。冒頭は5回転。高いが着氷は乱れる。何とかこらえました。続いても重要なコンビネーションジャンプ。4回転ルッツ、シングルオイラー、3回転フリップ、完璧だ。さらにトリプルアクセル、これも高くて綺麗だ。スピンもステップもスリラーに合わせて観客も乗ってきてます。後半に入ります。4回転トウループ、シングルオイラー、3回転サルコウのコンビネーションもまずまずか。最後のスピンもレベル4決まった！　伊藤選手もガッツポーズを連発してます」

「やり切った顔してますね。5回転も着氷は乱れましたが、回転は回っていたと思います」

「得点が出ました。フリーの得点249・84でトータル350・42です。自己ベストで今シーズンの世界最高得点です。伊藤選手も満面の笑みです」

「続いてニコライ選手が出てきました。冒頭は4回転アクセル、綺麗に着氷。続いて4回転サルコウ、シングルオイラー、3回転フリップもこれも成功。ステップとスピンもレベル4を獲得してます。後半に入っても4回転ジャンプを次々と決めます。スピンでフィニッシュ。これもノーミスです」

「4回転を5種類見事に跳びましたね」

「得点が出ました。フリーは235・77、トータル324・52で2位です」

純がリンクに登場する。次々と高得点が出て会場は興奮状態だ。

「一ノ瀬選手、冒頭は5回転トウループです。跳んだ。軸が傾いている。転倒です。続いて4回転サルコウ、4回転トウループのコンビネーションジャンプ。これは綺麗に成功。4回転4回転のコンビネーションは凄いです。次も3連続ジャンプ成功。さあ得意のステップ。場内も乗ってきました。スピンもレベル4。後半の4回転アクセル。成功。最後もスピンでフィニッシュ。手を突き上げたポーズ」

「惜しかったですね。冒頭の5回転の転倒以外は凄かったです」

「得点出ました。フリー245・56、トータル346・00でニコライを抜き2位です」

「最後の陳選手が出てきました。冒頭は代名詞の5回転。綺麗に成功。続いて4回転サルコウ、3回転トウループ。これも成功です。スピンやステップはレベル3ですね。後半の冒頭は4回転アクセル。これは抜けてダブルアクセルになってしまいました。そのあとの4回転ルッツも少しバランスを崩しています。そしてフィニッシュしました」

「得点はどうでしょう。微妙でしょうか」

顔に余裕がない陳。

「得点が出ました。フリー232・05、トータル348・83で2位です。伊藤選手優勝です。一ノ瀬選手は3位となりました」

優勝が決まった瞬間、飛び上がって喜ぶ健太。

「ハイレベルな戦いでした。陳選手は5回転を完璧に跳んでもフリーだけでみるとなんと4位です。オリンピックも楽しみな戦いになりそうです」

「それにしても伊藤選手凄かったですね」

「一ノ瀬選手も5回転を決めていたらと思うと早くオリンピックが見たいですね」

健太のところに来て祝福する純。

「健太、素晴らしい演技だった。優勝おめでとう」

「純、ありがとう。最高に嬉しい！」

純と何度も握手をする。健太が力を入れすぎて純が痛がる。

「さあ次は女子のフリーです。こちらも一条、本城と日本の２人は優勝争いしています」

「滑走順は本城、カレン、ジュリア、ヴェロニカ、ダリア、一条です」

「本城選手登場です。さあまずは３回転ルッツ、３回転トウループのコンビネーション。いい出来だ。続いてトリプルアクセル、これも綺麗な着氷。そして課題の４回転トウループ、これも着氷。これで乗ってくるか、『アラジン』の曲に合わせて楽しそうに滑って踊っています。観客は魅了されています。後半の最後の３回転ループ、これも何とか回った。得意のビールマンスピンでフィニッシュ！　いい点が出そうです。会場もスタンディングオベーションです」

「課題の４回転３本とも決めましたね」

「得点が出ました。トータル２６１・５５です。シーズンベストが出ました」

続いてのカレンはトータル２２２・３４、ジュリアが２３０・１８、ヴェロニカが２４２・３６となる。

「さあダリアが出てきました。冒頭は４回転サルコウ、３回転トウループのコンビネーション。成功。続いてトリプルアクセルも成功。４回転ルッツ、シングルオイラー、３回転フリップの３連続も成功。ステップ、スピンもレベル４獲得。後半の４回転ジャンプも次々成功です。最後に足変えスピンでフィニッシュ」

「まさに精密機械と言われる演技でした。観客は本城選手の演技の方が楽しんでいたと思います」

「得点が出ました。トータル271・91で本城選手をかわしてトップに立ちました。最後は一条選手です」

翼がリンクに出てくる。リラックスしている。

「一条選手が出てきました。さあ始まりました。まずは4回転アクセル。着氷が乱れた。続いて最高難度の4回転ルッツ、4回転トウループのコンビネーションジャンプ。あっ転倒です。さらに4回転サルコウ、これは高くて綺麗なジャンプです。ボレロに合わせてステップ、スピンは華麗にレベル4を獲得しています。会場も盛り上がってきました。後半も4回転ループ、3回転トウループのコンビネーション、そして4回転ルッツも完璧です。最後のジャンプはトリプルアクセル。高い！　綺麗に着氷、そしてスピンでフィニッシュ。観客も総立ちです。出だしの2つのジャンプの失敗がなかったかのような反応です。一条選手も笑顔で手を振って応えています」

「冒頭の2つのジャンプが成功したら高得点が出るプログラムになっています」

「得点が出ました。トータル270・41で僅差の2位です。優勝はダリア選手、2位に一条選手、3位に本城選手となりました」

5.

その日、祝勝会が行われ、4人が集まっている。

「久しぶりに4人とも表彰台に上がった」と純。

「オリンピックだったらな」と健太。

「翼のプログラムは本当に恐ろしいよ。男子並みだもん。ボレロも以前と違い、翼らしい躍動感が出ていて別物ね」

「でも、ダリアに負けて悔しい」

「僕は健太のプログラム好きだな」

「純は異次元に挑戦しすぎだろ」

「あとはオリンピックまで調子を最高に持っていくだけだ」と純。

「乾杯しようぜ」と健太。

みんなグラスを持って乾杯する。

「乾杯！」

晴れ晴れしい4人の笑顔。

里香から動画メッセージが届いているのに気づく翼。

「久しぶりに動画メッセージだ」

動画メッセージを再生すると、そこには舞台の上で、バレエ姿で表彰されている里香が映っている。続いて、里香が出てきて「翼、やったよー。スイスの国際コンクールで3位に入った！　私も遅ればせながらこれで国際デビューできる。翼もオリンピック頑張って、応援してる」

「里香、やったね。次は私の番だ」と静かに闘志を燃やす翼。

第三話　2回目のオリンピック

1.

オリンピックが行われるフランスのシャモニーの街に入ってくるバス。日本選手団が乗っている。翼と麗子、純と健太と並んで座っている。

「翼、いよいよシャモニーに入ってきたね」

「麗子、モンブランがはっきり見えるね」

「やっぱり綺麗だね。モンブラン」

「モンブランは白い貴婦人という異名もあるんだ」

「出た！　純の無駄な物知り解説」と健太。

「いよいよだね」と麗子が言うと「ベスト出すぞ」と力む健太。

開会式が始まる。4人とも2度目だが、緊張している。スタジアムに入る前で、日本選手団が競技ごとに集まっている。隣には、アイスホッケーの代表がいる。その中の大柄で長身の1人の選手が翼のところに来る。

「翼ちゃん、覚えてるかな？」

いきなり話しかけられて戸惑う翼。

隣にいる麗子が「翼、誰？」

「えっ?」と全く誰なのかわからない顔の翼。

「天馬です。同じ横浜のリンクで練習してた」

「あっ、天馬先輩?　お、お久しぶりです」

いきなり落ちつきがなくなる翼。

健太が、純に「前に話しただろ。翼の初恋の人」

「へー」

「なになに、翼の初恋の人?　背も高くて格好いいね。185㎝はあるんじゃない」

「俺とそんなに変わらないよ」と背筋を伸ばす健太。

「何、競ってるのよ」

「麗子、怒るなよ」

「怒ってないわよ」と腹にパンチをくらう健太。

「先輩、アイスホッケーで日本代表に選ばれたんですね」

「壮行会で翼ちゃんを見かけたんだけど、翼ちゃんは前のオリンピック金メダリストだし、声をかけられなくて。有名人だからね」

「そんな……」

その時に「そろそろ行進の準備してください」という声がかかる。

「それじゃ、また」と天馬が翼のもとを去る。

翼が、3人の方を見ると、みんなにやにやしている。

「何、にやにやしてるのよ」と翼が言う。

「翼、顔が真っ赤だよ」と麗子。

「もういやだ」と言って顔をかくす翼。

行進が始まり、赤と白のユニフォームを着た日本選手団が続々とスタジアムに入っていく。

4人も2度目だが、緊張した面持ちで行進している。

2.

東京テレビの杉田と解説の井田がオリンピックのスケートリンクの観客席にいる。

「井田さん、いよいよフィギュアスケート男子のショートプログラムが始まります」

「前回のチャンピオン一ノ瀬選手、そして伊藤選手と金メダル争いが楽しみです」

「この2人のライバルになる外国の選手はどうでしょうか?」

「まずは中国の陳龍選手です。フリーでは2本の5回転ジャンプを跳ぶことになってます」

「他はどうでしょうか?」

「ロシアのニコライ選手は演技の完成度が高く脅威になるでしょう。そして地元フランスのジュリアン選手です。会場全体が味方になりますからね」

「男子の後に行われる女子はどうでしょうか?」

「女子も連覇がかかる一条選手、ノービス時代からのライバルの本城選手と金メダル争いは間違いないですから今から楽しみです」

「海外選手はどうですか?」

「ロシア勢でしょうね。ヴェロニカ選手とダリア選手。ファイナルでは、ダリア選手が一条選手、本城選手を抑えて優勝していますからね」

「さあ、まもなく男子のショートプログラムが始まります」

滑走順は純が22番目、ニコライが24番目、陳龍が25番目で健太が29番目だ。

「一ノ瀬選手がリンクに登場です。青いコスチュームがまぶしいです」

「さあ、ミュージカルナンバーに乗っていけるか」

滑り出す純。

「冒頭のジャンプは4回転ルッツ。決めた! 続いて4回転アクセル、これも完璧だ。得意のスピンとステップで会場も乗っています。最後のジャンプは、4回転サルコウと3回転トウループのコンビネーションジャンプです。跳んだ、決まった! 完璧です! 会場は総立ちです」

笑顔で手を振る純。

「得点は118・54で大きく差をつけてトップです」

ニコライが登場する。

「ニコライ選手です。最初のジャンプは4回転サルコウ。綺麗だ、決まった。続いて4回転フリップと3回転トウループのコンビネーション。これも完璧です。ステップは華麗です。場内も盛り上がって来ました。最後はトリプルアクセル。これも綺麗に決まりました」

純の時に負けないくらい会場が総立ちで拍手を送っている。

「得点が出ました。114・32で一ノ瀬選手に続いて2位です」

「続いて優勝候補の陳龍選手が出てきました」

「少し表情が硬いですね。ニコライ選手のいい演技の次はつらいですね」

「冒頭は得意の5回転ジャンプです。あっ、まさかの転倒です。ここしばらく転倒はなかったですが。続いて4回転サルコウと3回転トウループのコンビネーションジャンプ。まずまずです。動きに精彩がありません。ジャンプの失敗を引きずっているのでしょうか。さあフィニッシュです。顔を手で覆ってしまいました」

うなだれて引き上げる陳龍。

「得点は98・38で3位です」

健太がリンクに現れる。

「伊藤選手の登場です。磨きをかけてきたチャップリンを演じきれるか」

チャップリンスタイルの健太が滑り出す。

「初めのジャンプは4回転ルッツ。高いジャンプだ、成功です。伊藤選手のジャンプは力強さがあります。続いてはトリプルアクセル、これも完璧です。さあ見せ所のステップです。伊藤選手のコミカルな演技で会場が緊張感から解放され楽しんでいるように感じます。観客を味方につけてフィニッシュ。これも高い点が出るでしょう。会場もスタンディングオベーションです」

リンクを動き回って手を振る健太。

「115・78で2位です。依然一ノ瀬選手がトップで3位にニコライ選手です」

結局、このまま終わり純がトップ、2位に健太、3位ニコライで陳龍は5位となる。

翼と麗子がミーティングスペースにいる。

「相変わらずミスターパーフェクトだね、純は」

「さすがだよ。ミスしそうにない」と麗子。

「でも健太も良かった。明日のフリーも楽しみだね」

そこに純と健太がやってくる。

「2人とも良かったよ」と笑顔で2人を見る翼。

「まあ明日が勝負だから」とクールな純。

「応援してるから表彰台に2人とも上がってね」と麗子。

「純と一騎打ちだ」

「ニコライもいるだろ。陳龍も」と純が言う。

「そうだけどニコライに爆発力はないし、陳龍はノーミスでやらないと厳しいだろ」

「でも5回転を2本入れてくるぞ」

「怖くないよ」

「健太も以前に比べて余裕あるよね」

「麗子、いつの話してるんだよ」

「とにかく頑張って!」と麗子。

「おう」と健太。

次の日になる。杉田と井田の実況が始まっている。

「井田さん、いよいよフリーです。展望はどうですか？」

「昨日の演技を見ると一ノ瀬選手の安定感は抜群です」

「滑走順も影響ありますよね」

「そうですね。伊藤選手からで、陳龍選手、ニコライ選手で最終滑走が一ノ瀬選手です。まず伊藤選手が完璧な演技をして他の選手にプレッシャーをかけられるかだと思います」

「一ノ瀬選手が最終滑走というのも有利な気がしますが」

「そうですね。他の選手の得点を見てから演技ができるというのは、一ノ瀬選手にとっては大きなアドバンテージがあります。どうやれば勝てるかを一番知っている選手だからです」

「さあ最終グループがリンクに出てきました」

最終グループの演技が始まり、健太の番になる。黒と赤の混じった衣装で現れる健太。

「伊藤選手の冒頭は4回転フリップです。跳んだ、着氷が少し乱れました。次のジャンプは4回転ルッツ、シングルオイラー、3回転フリップ。これは完璧です。凄く綺麗でした。さあ見せ場のステップです。曲の『スリラー』に合わせてコミカルながらも大きな動きです。会場も乗ってきてます。4回転ループ、4回転サルコウも完璧です。最後にスピンを回ってフィニッシュ。伊藤選手、控えめにガッツポーズをして笑顔です。会場も今日一番の拍手です」

少し照れながら笑ってキスアンドクライに来る健太。須藤と握手する。

「得点が出ました。トータル341・43でここまでダントツトップです」

やったーとガッツポーズをして須藤とハグする健太。会場でも立って拍手している翼と麗子。

続いて陳龍の登場。会場はまだ興奮状態だ。その状態で演技を始める陳龍。

「冒頭から5回転が2つ続きます。まず、最初のジャンプ。着氷が乱れる。さあ次も5回転のコンビネーションジャンプ。あっ、まさかの転倒です。ショートに続いて転倒してしまいました。やはりオリンピックには魔物がいるのでしょうか。気を取り直して4回転サルコウ。これは完璧です。最後のスピンをしてフィニッシュ。陳龍選手、しゃがみこんでしまいました。場内から拍手が起きてやっと立ち上がりました」

うなだれてキスアンドクライに来る陳龍。

「得点はトータル326・73で2位です」

ニコライが登場。

「冒頭は4回転ルッツ。綺麗に決まった。続いて4回転サルコウ、3回転トウループのコンビネーション。これも綺麗だ。華麗なステップで魅了します。後半はトリプルアクセル、これも完璧です。さあ最後のジャンプの4回転ループ、決まった、そのままスピンに入りフィニッシュ。これも高得点が出るでしょう」

ガッツポーズをするニコライ。

「得点はトータル335・00で2位です。伊藤選手の銀メダル以上は確定です。残るは一ノ瀬選手だけです」

純がリンクに出てくる。

「一ノ瀬選手は冒頭のジャンプは5回転になっていますが、4回転でも十分に勝てるので、どういう選択をするか注目です」

滑り出す純。

「さあ冒頭のジャンプは、あっ5回転」

「どうして純が」

麗子を見る翼。

「転倒、一ノ瀬選手、まさかの転倒です」

麗子はショックを受けている。健太は険しい顔で立ち上がっている。

騒然となる会場。純は加速して次のジャンプの姿勢に入る。

「続いて4回転、4回転のコンビネーションですが、4回転、3回転のコンビに変えてきました。これは綺麗です。ステップに入ってきました。会場には手拍子が起こっています。後半の4回転アクセル、成功！　完璧ですね。そして最後のスピンでフィニッシュ。一ノ瀬選手笑っています。苦笑いでしょうか」

会場の温かい拍手に答える純。キスアンドクライに笑顔で入ってくる。

「得点が出ました。トータル３３９・２２で僅差の2位です。伊藤選手金メダル、一ノ瀬選手連覇ならず銀メダルです」

キスアンドクライで抱き合う純と健太。

「なんで5回転を跳んだんだ」

「勝負したくなったんだよ」

「純、俺が暫定1位じゃなかったら4回転にしたんじゃないか」

「健太に金メダルを譲ったというのかよ」

「そうじゃないけど、もし俺が失敗していたら純は金メダルを確実に取りに行ったんじゃないかって」

「とにかく健太が実力で勝って、僕が負けたんだよ。5回転を成功させて勝てば良かったのさ。おめでとう、新チャンピオン」

その言葉を聞いて感激して泣いている健太。

会場でキスアンドクライに近づいてくる翼と麗子。2人とも目が潤んでいる。

「健太おめでとう！　純も惜しかった」と麗子。

「健太オリンピックチャンピオンだね、おめでとう！　純も格好良かったよ」

「翼、ありがとう！」少しためらって健太が切り出す。

「麗子、約束守れよ」

「麗子約束って？」麗子を見る翼。純も麗子を見る。

「健太！」睨む麗子。

「だって……」と言う健太をさえぎる麗子。

「私も演技終わって、結果出したらでしょ」

「そっか……ごめん」

「なんだよ、それ？」と純。

「内緒」と麗子。

「気になるよ、麗子」

「翼、私たちはまず自分の演技に集中しないとでしょ」

「わかった。そうだね」

男子の表彰式が始まる。

銅メダルのニコライが表彰台に上がり、銅メダルがかけられる。続いて純。表彰台に上がり、銀メダルをかけられる。笑顔で観客に手を振る純。

観客席で見ている翼と麗子。

「晴れやかな笑顔だね、翼」

「やるだけやったからでしょ」

そして大きな拍手で表彰台に上がる健太。満面の笑みだ。金メダルがかけられる。金メダルを持ってその場で何度も飛び上がる。

「健太、おめでとう！」と純が言う。

「純という目標がいたからここまで来れた、ありがとう」

「こちらこそ」

3.

東京テレビの杉田と解説の井田がオリンピックのスケートリンクの観客席にいる。

「井田さん、いよいよフィギュアスケート女子のショートプログラムが始まります」

「男子は伊藤選手、一ノ瀬選手の金銀でしたが、女子も一条選手、本城選手と金メダル争いが楽しみです」

「メダル争いで他に注目選手は、誰になりますか？」

「ロシアのヴェロニカ選手とダリア選手でしょうね」

「さあ、まもなく女子のショートプログラムが始まります」

滑走順はヴェロニカが25番目、ダリアが28番目、麗子が29番目、翼が30番目で最終滑走となっている。

次々と演技をしていく女子選手。

「さあ、ここから4人はメダル争いをしていく選手たちです。まずはヴェロニカ選手からです。まず4回転サルコウ。これは決まった。続いてトリプルアクセル。まずまずです。スピン、ステップは綺麗です。最後のジャンプは、4回転ルッツと3回転トウループです。4回転は綺麗に着氷、3回転は回転不足ですかね。最後のスピンは綺麗です！」

「緊張感がありました。でもまずまずだったと思います」

「得点出ました。88・12です。高い得点が出ました。この時点でトップです」

「さあダリア選手が登場。冒頭は4回転ルッツ。完璧です。続いてトリプルアクセル。これも完璧。ステップもスピンもキレがあります。最後のジャンプは4回転サルコウと3回転トウループのコンビネーションジャンプ。これも綺麗に成功。完璧ですね」

「会場総立ちですね。今日一番です」

「得点が出ました。93・54でトップに立ちました」

リンクに麗子が出てくる。白い衣装がかわいらしい。曲が始まり滑り出す。

「最初のジャンプは4回転サルコウ、決まった！　いい出来です。続いてトリプルアクセル、これも完璧です。ステップ、スピンも定評があります。会場はすでに乗ってきてますね。本当に美しいです。さあ最後のジャンプです。3回転ルッツから3回転トウループのコンビネーションジャンプ。綺麗に決まった。最後はビールマンスピンでフィニッシュ。ノーミスです。素晴らしい演技でした」

「高得点出るでしょう」

「得点が出ました。94・90でトップですね」

「やはり高い点ですね」

翼がリンクに出てくる。黒い衣装で迫力がある。『雪の女王』の曲が流れる。

「一条選手の最初のジャンプは4回転ルッツと3回転ループという難易度の高いコンビネーションジャンプです。綺麗に着氷。続いてトリプルアクセル。高いです。綺麗に着氷。スピンやステップもいいですね。最後のジャンプは4回転フリップ、成功。これも高得点間違いなし」

「一条さんも素晴らしかったです。接戦ですね」

「得点が出ました。95・66トップです。本城選手が2位、ダリア選手が3位、ヴェロニカ選手が4位です」

「1位から4位まで8点も離れていません。特に上位3人は、2点くらいの中に入っています。誰が金メダルをとってもおかしくない状況です」

「フリーは熾烈な戦いになりますね」

観客席で純と健太が見ている。

「純、接戦だな」

「ああ、差がない。フリーの演技次第だ」

「予想は?」

「わからないけど、基礎点は翼が圧倒的に高いからノーミスで全員が演技をしたら出来栄えはあるけど、翼の金メダルの可能性は圧倒的に高い」

「でも翼の演技内容は難易度高いよな」

「そこがポイントだ」

試合後、翼と麗子がすれ違うところで2人とも止まる。

「翼、いよいよフリーの勝負ね」

「麗子、思い切りやって勝つわ」

「私もパーフェクトを出して翼に勝つ」

2人とも自信に満ちた顔だ。


次の日になる。

「さあ女子のフリーです」

「金メダル争いをしている4人の中では滑走順はダリア、一条、ヴェロニカ、本城です」

ダリアの登場。

「さあ精密機械とも言われているダリア選手。冒頭は4回転サルコウ、3回転トウループのコンビネーション。成功。続いてトリプルアクセルも成功。4回転ルッツ、シングルオイラー、3回転サルコウの3連続も成功。ステップもスピンも魅せます。会場も盛り上がってきています。後半の4回転ジャンプも次々成功です。最後に足変えスピンでフィニッシュ。メダル争いの1番手で素晴らしい演技でした。残りの3人にプレッシャーをかける演技です」

「得点出ました。トータル286・88です。高い得点がいきなり出ました」

剛が翼に声をかける。

「最高の舞台で最高のボレロを見せてこい！」

「はい、行ってきます」

真っ赤な衣装の翼。

「里香、私たちのボレロ……行くよ」大きな声を出してリンクに滑り出す。

「一条選手が出てきました。何か楽しそうな表情です。この緊張感のある会場の雰囲気の中で、凄いですね。さあ、前回のオリンピックと同じく曲は『ボレロ』。さあ滑り出しました。まずは4回転アクセル、あっ、手をついてしまった。次は最高難度の4回転4回転の連続ジャンプですが、手をついてスピードに乗れなかったせいか4回転サルコウの単独のジャンプに変えてきました。さあ、次のジャンプが元々4回転サルコウだったが、どうするか？　加速したスケーティングから勢いをつけて、4回転ルッツ、4回転トウループのコンビネーションジャンプ。ここで4回転、4回転の最高難度の連続ジャンプを決めてきた！　素晴らしい出来でした。そして魂がこもったボレロ。とても美しいステップシークエンス。観客も引き込まれて、立ち上がっています。スピンも華麗にレベル4を獲得しています。後半も4回転ループ、3回転トウループのコンビネーション、そして4回転ルッツも完璧です。最後のジャンプはトリプルアクセル。高くて綺麗だ！　そして豪快なフライングキャメルスピンからビールマンスピンでフィニッシュ。観客も総立ちです。一条選手も笑顔で手を振って応えています」

リンクサイドに上がると翼と剛が抱き合う。剛は何度も何度も翼の肩をたたく。

「コーチ、どうでした？」と自信を持って訊く翼。

「最高のボレロだった！」と感激した表情で答える剛。それを見て満足する翼。

キスアンドクライで得点を待つ剛と翼。楽しそうに話す2人。

「得点が出ました。トータル305・77でトップです。300点を超えてトップに立ちました」

得点が出た瞬間、剛は立ち上がってガッツポーズ！

「翼、やったな」

翼と握手をする剛。

「コーチのおかげです」

観客席で純と健太が話をしている。

「純、翼の得点は段違いだ」

「リカバーが良かったな。最初に無理して連続ジャンプを跳ばず、後で4回転4回転を持ってきた冷静な判断とそれを実行する力、翼は本当に凄いよ！」

「麗子はノーミス・パーフェクトじゃないと勝てないだろ」

「翼を破るのは難しいが出来栄えをどれだけ稼ぐかにかかっている」

「ヴェロニカが出てきました。冒頭は4回転ルッツ。完璧です。4回転フリップ、3回転トウループのコンビネーションも綺麗に決まる。スピンもステップも華麗です。後半に入ります。トリプルアクセルも綺麗に決まり、最後の4回転ルッツも決まった」

「得点が出ました。トータル280・78で僅差ですが、3位です。あとは本城選手を残すのみとなりました」

鮮やかな青い衣装の麗子がリンクに登場。

「さあ本城選手。まずは3回転ルッツ、3回転トウループのコンビネーション。決まった。続いてトリプルアクセル、これも綺麗だ。そして4回転トウループ、これも綺麗に着氷。ステップは見せ所です。『アラジン』の曲に合わせてどんどん引き込まれます。観客は魔法にかかったようで、すでに総立ちで魅了されています。楽しそうにのびやかに演技をしています。後半の4回転サルコウ、3回転トウループの連続ジャンプ決まった！　最後のビールマンスピンでフィニッシュ！　会場も一斉にスタンディングオベーションです。大きな拍手と声援が送られています。完璧、完璧な演技でした」

翼はキスアンドクライで泣いている。

「麗子、凄い。凄いよ。昔見た麗子だ」

キスアンドクライにやってくる麗子に飛びつく翼。

「麗子、凄かった、凄かった」

泣いている翼を見ている麗子。

「なんで翼、泣いているのよ」

「だって感動したもん」

「純、どう思う？」

「麗子、いい出来だった。ノーミスどころか本当にパーフェクトだ。でも翼の点には追いつけるかどうか」

「でも演技はダントツだったぞ」

「そうだけど、基礎点が違いすぎるからな」

「得点はトータル３００・５８で、一条選手に次いで2位です。一条選手はオリンピック連覇です」

立ち上がって大きく手を何故と上げる翼。

「会場も大ブーイングです。優勝した一条選手も何か納得できないというポーズです」

麗子に話しかける翼。

「麗子の演技が一番だったよ」

「翼の優勝は優勝だよ」

「こんなのおかしいよ。観客の人もみんなわかってる。一番の演技をしたのは麗子だって」と必死の形相の翼。

「今は、とにかく応援してくれた人に手を振ろう」

我に返る翼。

「うん、そうだね」

やっと柔らかい表情になった翼。麗子と手を振っている。

表彰式が始まる。まずは銅メダルのダリア。笑顔で表彰台に上がる。続いて麗子が上がり、銀メダルをかけられる。そして翼が満面とは言えないが、微笑んで表彰台に上がり金メダルをかけられる。

その様子を観客席で見ている純と健太。

「晴れやかな笑顔じゃないな」

「翼の気持ちはわかるよ」

「健太、見ろよ。四ノ宮さんは目が真っ赤だ」

「翼、オリンピック連覇だもん」

「そうだな。僕もお世話になった。四ノ宮さんの翼に対する強い気持ちは僕が一番知ってる」

「おい、翼が……」

国旗掲揚が終わっているが、純が表彰台を見ると翼が麗子の手を引っ張って金メダルの表彰台に上げて、麗子に金メダルをかけている。会場は騒然としている。

「翼、何やってるの？」と驚く麗子。

「私の中では、麗子が金メダルだって」

そう言うと麗子の手をつかんで高く上げる翼。会場にも大きな拍手が起こる。

4．

野辺山天文台に来ている4人。バルコニーに出て星を眺めている。

里香から翼にメッセージが来ている。

「翼に報告があります。ロシアのバレエ団に入ることになりました！　プリマ目指して頑張る！」

「おめでとう！　やったね、応援してるよ」と返す翼。

そこに麗子が話しかける。

「翼はこれからどうするの？」

「競技を続けるか考えている。子供たちを教えたい。純は競技続けるんでしょ？」

「そうだな、もう1回オリンピックに挑戦してみようかなと思ってる。コーチは剛さんだ。麗子と健太は、プロに転向してアイスショーを中心にやっていくんだろ」

「ずっと経済的に助けてもらってきたんで、これからはお返ししていかないとな」

「金メダリストになってスポンサーも結構ついたんでしょ」と翼。

「まあね、でもまだまだだよ」

「健太、麗子との約束って何だったのよ」と翼がつっ込む。

麗子と健太は顔を見合わせて、もじもじしている。

「健太、男でしょ。健太から2人に言って」

「実は麗子に付き合ってくれと告白したら、オリンピックで2人とも表彰台に上がったら付き合うと約束してくれたんだ」

「えっー」と驚く翼と純。

「それで今、付き合ってるのよ」と舌を出す麗子。

「おめでとう！　なんか嬉しい」と興奮気味の翼。

「驚いたけど、お似合いだよ」と純もにこやかだ。

照れる2人。

「でも翼だってアイスホッケーの天馬さんとデートするんでしょ」

「麗子、それは言わない約束でしょ」

「へえ、そうなんだ」と健太。

「あっ、流れ星」といいものを見つけたと思いながら指をさす翼。

流れ星が糸をひいて落ちていく。

４人が持っている石も流れ星に呼応するように輝く。

石を空に向ける健太。青い光が真っすぐに伸びる。それを見て翼と麗子が石を空に向けると翼の石からは赤い光が、麗子の石からはオレンジの光が伸びる。最後に純が石を空に向けると、緑の光が伸びていく。

「なんでいつものように光が交わらないのかな」と健太。

「これからは、それぞれの道を歩んでいくからじゃない」と翼。

「そうかもしれないね」とうなずく麗子。

満天の星の下、微笑む４人。

終わり

編集　佐藤英明
挿画　鮎瀬サウリ

あとがき

フィギュアスケートは競技人口が4千人程度しかいないにも関わらずテレビの地上波で放映されるほど人気のあるスポーツです。この小説を書く上で、調べを進めるとフィギュアスケートという競技だけでなく、その環境も特殊な競技だなと感じて引き込まれていきました。平昌オリンピック後に行われたアイスショーにも怪我をした羽生選手以外はすべてのオリンピックメダリストが勢揃いをしていました。オリンピックメダリストが揃ってショーを行うというスポーツは他にはありません。フィギュアスケートが競技性と芸術性を兼ね備えていて、そこが大きな魅力です。

この小説で一般の人があまり知らないノービス時代からを描いていますが、読んでいただいてフィギュアスケートの世界に少しでも触れられていただけたら幸いです。

この小説を出版するにあたって、ノベルアプリ「ストーリー・ミー」を一緒に制作しているトラロックエンターテインメントの小林真人氏、フーモアの芝辻幹也氏、そしてフィギュアスケートのことでインタビューさせていただいた村主千香氏、カバーデザインを描いていただいた鮎瀬サウリ氏にこの場を借りてお礼を申し述べたい。

大和田廣樹

[著者紹介]
大和田廣樹（おおわだひろき）
IT企業の経営と並行して、映画のプロデューサーを続ける。『ぐるりのこと。』、『GOEMON』、『THE CODE/暗号』、日台合作映画『南風』、『ディストラクション・ベイビーズ』、『癒しのこころみ』など多数プロデュースし、脚本家としても、WEBドラマ探偵事務所5シリーズ『買収を阻止せよ！』、日台合作TVドラマ『木蘭花』などを手掛ける。

氷彗星（ひょうすいせい）のカルテット

2020年12月1日　第1刷発行

著　者　大和田廣樹
発行人　久保田貴幸

発行元　株式会社 幻冬舎メディアコンサルティング
〒151-0051　東京都渋谷区千駄ヶ谷4-9-7
電話　03-5411-6440（編集）

発売元　株式会社 幻冬舎
〒151-0051　東京都渋谷区千駄ヶ谷4-9-7
電話　03-5411-6222（営業）

印刷・製本　中央精版印刷株式会社

装　丁　町田帆奈美

検印廃止

Printed in Japan
ISBN 978-4-344-93188-6 C0093
幻冬舎メディアコンサルティング HP
http://www.gentosha-mc.com/